现代 远程教育与继续教育精品教材系列

XIANDAI YUANCHENG JIAOYU YU JIXU JIAOYU JINGPIN JIAOCAI XILIE

高等数学

（下册）

Gaodengshuxue

曾令武　吴　满　编著

U0132724

华南理工大学出版社

·广州·

内 容 提 要

本书是根据最新修订的成人高等教育《高等数学考试大纲》编写的，内容及深广度与大纲完全一致．全书分上、下两册，内容包括一元微积分、常微分方程、空间解析几何、多元函数微积分以及无穷级数．

本书对基础知识的叙述通俗易懂，说理清晰，注重几何直观和应用意识；例题丰富典型，富有启发性，对提高基础运算能力和分析问题、解决问题的能力极有帮助．每章末配有测试题及答案．

本书与《高等数学解题指引与同步练习》配套使用．可作为高等院校工科、经管各类专业的教材和学习参考书．书中有"＊"号标记的内容不作统一要求．

图书在版编目（CIP）数据

高等数学.下册/曾令武，吴满编著.—广州：华南理工大学出版社，2010.5
（现代远程教育与继续教育精品教材系列）
ISBN 978－7－5623－3290－9

Ⅰ.①高…　　Ⅱ.①曾…　②吴…　　Ⅲ.①高等数学–远距离教育：终生教育–教材
Ⅳ.①O13

中国版本图书馆 CIP 数据核字（2010）第 086009 号

总　发　行： 华南理工大学出版社（广州五山华南理工大学 17 号楼，邮编 510640）
　　　　　　　营销部电话：020-87113487　87110964　87111048（传真）
　　　　　　　E-mail：scutc13@scut.edu.cn　　　　http://www.scutpress.com.cn
总　策　划： 范家巧
策划编辑： 胡　元
责任编辑： 王建洲
技术编辑： 杨小丽
印　刷　者： 佛山市浩文彩色印刷有限公司
开　　　本： 787mm×1092mm　1/16　印张：12.25　字数：276 千
版　　　次： 2010 年 5 月第 1 版　2010 年 5 月第 1 次印刷
印　　　数： 1～3000 册
定　　　价： 22.00 元

序

　　我国正处在高等教育史上改革和发展的一个重要时期，高等教育由传统的精英教育逐步向大众化、普及化教育转变，传统学校教育向终身教育转变，促进了学习型社会的形成．成人高等教育作为高等教育的重要组成部分，也从过去作为普通高等教育的补充逐步明确为面向成人在职继续教育的重要方式．因此，随着成人高等教育的模式和主要面向对象的改变，教学内容和方法的改革势在必行．

　　教材作为教学内容的主要载体，其内容编排和知识点的传授，对于保证甚或提高教学的质量具有十分重要的意义．该书作为成人高等教育的教材，突出"适用性"的特点，因材施教，在强化基本概念和基础能力的基础上，注重对学习者分析问题、解决问题能力的培养．内容编排既便于教师教学，也有利于读者自学，充分体现面向成人在职教育的特色．

　　该书作者吴满、曾令武从教 50 周年，长期从事高等数学的课程教学和研究工作，在成人教育方面也具有几十年的教学实践经验，编写过多种针对不同类型学生的数学教材，在数学课程教学和研究方面成果颇丰，并多次获得学校和各种机构的表彰与嘉奖．更为重要的是，两位作者一直以来是最受学生欢迎的主讲教师之一，我们有理由相信，该书也将成为最受任课教师和学生欢迎的教材之一．

　　值此新书出版之际，专此为序，以示敬意！

华南理工大学继续教育学院

院长

2010 年 2 月

目 录

第六章　微分方程

众所周知，寻求变量之间的函数关系是数学研究的一项重要内容，也是解决实际问题的关键．而实际问题往往受本身条件的限制，难以直接建立所需的函数，比较容易得到的是含有待求函数及其导数(或微分)的关系式，这样的关系式就是所谓的微分方程．通过微分方程得出所需函数，就是求解微分方程．

建立微分方程需要几何、力学、物理学等各相关学科的知识，但离不开变化率的概念．求解微分方程要应用不定积分法．前面第二、第四章介绍的知识为我们应用微分方程解决实际问题提供了有力的保障．本章主要介绍几类常用微分方程的求解方法．

第一节　微分方程的基本概念

下面通过两个例子介绍有关微分方程的基本概念，并初步了解应用微分方程解决问题的过程．

例 1　设一条平面曲线通过点$(1，2)$，且曲线上任一点 $M(x，y)$处的切线斜率为$2x$，求这曲线的方程．

解　设所求的曲线方程为 $y = y(x)$．根据导数的几何意义及题设，可知未知函数应满足

$$\frac{\mathrm{d}y}{\mathrm{d}x} = 2x \tag{①}$$

又曲线经过点$(1，2)$，故未知函数还应满足条件：当 $x = 1$ 时，$y = 2$．

为求出未知函数 $y = y(x)$，将方程①变形为

$$\mathrm{d}y = 2x\mathrm{d}x$$

将上式两边积分

$$\int \mathrm{d}y = \int 2x\mathrm{d}x$$

得

$$y = x^2 + C \tag{②}$$

其中，C 为任意常数．

把 $x = 1$，$y = 2$ 代入式②，得

$$2 = 1^2 + C$$

由此得出 $C = 1$，并回代到式②中，即得所求的曲线方程为

$$y = x^2 + 1 \qquad ③$$

它是过定点(1，2)的一条抛物线. 而式②所表示的是由这条曲线沿 y 轴上、下平移而得到的一族抛物线. 这族曲线在横坐标相同的点处，切线的斜率相等（切线相互平行），都等于横坐标的 2 倍. 这正是它们的通性.

例 2 设列车在平直线路上以 20 m/s（相当于 72 km/h）的速度行驶，当制动时列车获得的加速度为 -0.4 m/s^2. 问制动后经过多长时间列车才能停住，以及列车在这段时间里所行驶的路程？

解 设列车在制动的一瞬间为 $t = 0$，经过 t s 后行驶了 s m 才停住. 依据题意，反映制动后列车运动规律的函数 $s = s(t)$ 应满足

$$\frac{\mathrm{d}^2 s}{\mathrm{d} t^2} = -0.4 \qquad ④$$

此外，列车运动的位置函数还应满足两个条件：

$$\begin{cases} s \Big|_{t=0} = 0 & \text{（初始位置）} \\[2mm] \dfrac{\mathrm{d} s}{\mathrm{d} t} \Big|_{t=0} = 20 & \text{（初始速度）} \end{cases} \qquad ⑤$$

下面求解微分方程④. 将方程两边积分，得

$$v = \frac{\mathrm{d} s}{\mathrm{d} t} = \int (-0.4) \mathrm{d} t = -0.4t + C_1 \qquad ⑥$$

再积分一次，得

$$s = \int (-0.4t + C_1) \mathrm{d} t = -0.2t^2 + C_1 t + C_2 \qquad ⑦$$

其中，C_1 和 C_2 为任意常数.

把条件 $t = 0$ 时，$v = 20$ 代入式⑥，得 $C_1 = 20$.

把条件 $t = 0$ 时，$s = 0$ 代入式⑦，得 $C_2 = 0$.

再把 C_1，C_2 的值回代到式⑥和式⑦，得

$$v = -0.4t + 20 \qquad ⑧$$

$$s = -0.2t^2 + 20t \qquad ⑨$$

式⑨就是制动后列车的运动方程.

在式⑧中，令 $v = 0$，得到列车从开始制动到完全停住所需的时间

$$t = \frac{20}{0.4} = 50 \ (\text{s})$$

再把 $t = 50$ 代入式⑨，得到列车在制动后所行驶的该段路程为

$$s = -0.2 \times 50^2 + 20 \times 50 = 500 \ (\text{m})$$

上面两个例子中，根据实际问题建立起来的未知函数应满足的关系式①和④都含有未知函数的导数(或微分)，它们都是微分方程.

一般地，凡表示未知函数、未知函数的导数(或微分)与自变量之间的关系式的方

程，叫做**微分方程**.

必须指出，微分方程中可以不显现出未知函数或自变量，但方程中必须出现未知函数的导数（或微分），否则就不成为微分方程.

微分方程中出现的未知函数的最高阶导数的阶数，称为微分方程的**阶**. 例如，例 1 的方程①是一阶微分方程，例 2 的方程④是二阶微分方程.

如果把某个函数以及它的各阶导数代入一个微分方程，能使方程成为恒等式，则该函数就称为那个微分方程的**解**. 就例 1 而言，函数②和③都是微分方程①的解；就例 2 而言，函数⑦和⑨都是方程④的解.

如果微分方程的解中含有任意常数，且任意常数的个数等于该方程的阶数，这样的解称为微分方程的**通解**. 如例 1、例 2 中，式②是方程①的通解，式⑦是方程④的通解.

必须注意，通解中的任意常数是相互独立的. 例如

$$y = C_1 \sin 2x + C_2 \sin x \cos x$$

$$= C_1 \sin 2x + \frac{C_2}{2} \sin 2x = \left(C_1 + \frac{C_2}{2}\right) \sin 2x$$

其中，$C_1 + \dfrac{C_2}{2}$ 可以合并写成一个任意常数 C，故此函数实质只含一个任意常数，而不是两个任意常数.

在微分方程的通解中，按一定的条件（习惯上叫做**初始条件**）确定出任意常数取特定值，从而得到不含任意常数的解，这个解就称为微分方程的**特解**. 如式③是方程①的特解，式⑨是方程④的特解.

通常，一阶方程的初始条件是给出未知函数 $y = y(x)$ 在点 x_0 处的函数值

$$y \Big|_{x = x_0} = y_0$$

二阶方程的初始条件是给出未知函数 $y = y(x)$ 在点 x_0 处的函数值及一阶导数值

$$y \Big|_{x = x_0} = y_0, \quad y' \Big|_{x = x_0} = y_1$$

在一个微分方程中，若未知函数 $y(x)$ 及其各阶导数都是一次幂，则称该方程为**线性**微分方程. 例 1、例 2 中的方程①和④都是非线性微分方程.

例 3　指出下列各微分方程的自变量、未知函数以及方程的阶数，并说明是否为线性方程.

(1) $y' + x(y'')^2 + x^2 y = 0$；　　　　　　(2) $(\sin t)x' + x \cos t = 2t \sin^2 t$；

(3) $(2x^2 + 6)\mathrm{d}y - y\mathrm{d}x = 0$.

解　要确定微分方程的阶，关键是找出方程中所含未知函数的最高阶导数的阶数，它就是该微分方程的阶，而不必考虑它的幂次.

(1) 自变量是 x，未知函数是 $y = y(x)$，出现的未知函数的最高阶导数是 y''，所以方程是二阶微分方程. 由于 y'' 是二次幂，故所给方程不属线性微分方程.

3

（2）自变量是 t，未知函数是 $x = x(t)$，出现的未知函数的最高阶导数是 x'，并且 x 及 x' 都是一次的，于是该方程为一阶线性微分方程.

（3）方程中 x 与 y 的地位是平等的，若将方程写成

$$\frac{\mathrm{d}y}{\mathrm{d}x} = \frac{y}{2x^2 + 6} \quad \text{或} \quad y' - \frac{1}{2x^2 + 6}y = 0$$

则自变量是 x，它是关于未知函数 $y = y(x)$ 的一阶线性微分方程.

如果把方程写成

$$\frac{\mathrm{d}x}{\mathrm{d}y} = \frac{2x^2 + 6}{y} \quad \text{或} \quad x' - \frac{2}{y}x^2 = \frac{6}{y}$$

则把 y 看做自变量，是关于未知函数 $x = x(y)$ 的一阶非线性微分方程. 这就是说，指定哪个变量为自变量是人为的，即自变量与因变量是相对的.

例 4 验证下列所给函数是否为微分方程 $y'' - y = 0$ 的解，并指出哪个是通解，哪个是特解.

（1）$y = \mathrm{e}^{-x}$；　　（2）$y = C_1\mathrm{e}^x + C_2\mathrm{e}^{-x}$；　　（3）$y = C\mathrm{e}^x + \mathrm{e}^{-x}$.

解　（1）由 $y = \mathrm{e}^{-x}$，求得 $y' = -\mathrm{e}^{-x}$，$y'' = \mathrm{e}^{-x}$. 将 y 及 y'' 的表达式代入方程，有

$$y'' - y = \mathrm{e}^{-x} - \mathrm{e}^{-x} = 0$$

恒成立，所以 $y = \mathrm{e}^{-x}$ 是所给微分方程的解. 因它不含任意常数，故是特解.

（2）由 $y = C_1\mathrm{e}^x + C_2\mathrm{e}^{-x}$，求得 $y' = C_1\mathrm{e}^x - C_2\mathrm{e}^{-x}$ 及 $y'' = C_1\mathrm{e}^x + C_2\mathrm{e}^{-x}$. 将 y 及 y'' 的表达式代入方程，有

$$y'' - y = (C_1\mathrm{e}^x + C_2\mathrm{e}^{-x}) - (C_1\mathrm{e}^x + C_2\mathrm{e}^{-x}) = 0$$

成立，所以 $y = C_1\mathrm{e}^x + C_2\mathrm{e}^{-x}$ 是所给微分方程的解. 又因它含有两个独立任意常数 C_1 与 C_2，所以是所给二阶方程的通解.

（3）由 $y = C\mathrm{e}^x + \mathrm{e}^{-x}$，求得 $y' = C\mathrm{e}^x - \mathrm{e}^{-x}$ 及 $y'' = C\mathrm{e}^x + \mathrm{e}^{-x}$. 将 y 及 y'' 的表达式代入方程，有

$$y'' - y = (C\mathrm{e}^x + \mathrm{e}^{-x}) - (C\mathrm{e}^x + \mathrm{e}^{-x}) = 0$$

成立，所以 $y = C\mathrm{e}^x + \mathrm{e}^{-x}$ 是所给方程的解. 因为 y 的表达式中只含一个任意常数，而所给方程是二阶方程，故不是通解，也不是特解，只能说它是微分方程的解.

第二节　变量可分离的一阶微分方程

求解一个微分方程，首先要判别方程的类型. 当确认是一阶微分方程时，一般先解出所给方程的 y' 的表达式，若能表示成

$$\frac{\mathrm{d}y}{\mathrm{d}x} = f(x) \cdot g(y) \qquad\qquad ①$$

的形式，即它的右端是两个单变量函数 $f(x)$（变量为 x）与 $g(y)$（变量为 y）的乘积，就称方程为一阶**变量可分离型**的方程．这里方程①可以写成

$$\frac{\mathrm{d}y}{g(y)} = f(x)\mathrm{d}x \quad (g(y) \neq 0) \qquad\qquad ②$$

其特征是变量 x 与变量 y 分离在方程的两边．这样只要将方程②两边分别积分，有

$$\int \frac{\mathrm{d}y}{g(y)} = \int f(x)\mathrm{d}x$$

积分后便可得到微分方程的通解．

上述解法是在 $g(y) \neq 0$ 的前提下进行的．如果存在常数 y_0，使 $g(y_0) = 0$，那么 $y = y_0$ 满足方程①，从而它也是微分方程的解．若这个解是特解，它必含于通解之内；若它不是特解，我们就不予讨论．因此，以后在解题时，就当做 $g(y) \neq 0$ 的情况来处理．

例 1　求微分方程 $\dfrac{\mathrm{d}y}{\mathrm{d}x} = 2xy$ 的通解．

解法 1　这是一个变量可分离的方程．当 $y \neq 0$ 时，将方程分离变量，得

$$\frac{\mathrm{d}y}{y} = 2x\mathrm{d}x$$

两边积分，得

$$\ln|y| = x^2 + C_1$$

故

$$|y| = \mathrm{e}^{x^2 + C_1} = \mathrm{e}^{C_1}\mathrm{e}^{x^2}, \quad 即 \quad y = \pm\,\mathrm{e}^{C_1}\mathrm{e}^{x^2}$$

因 $\pm\mathrm{e}^{C_1}$ 仍为任意常数，把它记作 C（$C \neq 0$）便得到

$$y = C\mathrm{e}^{x^2}$$

此外，$y = 0$ 显然也是微分方程的解．若在上面通解中补充 C 取零值，就得到这个解．因此，所给微分方程的通解可写为

$$y = C\mathrm{e}^{x^2} \quad (C \text{ 为任意常数})$$

解法 1 是严谨的，但在解题过程中，时常采用下述简化的表达方式，得出同样的正确结果．

解法 2　分离变量，得

$$\frac{\mathrm{d}y}{y} = 2x\mathrm{d}x$$

两边积分，有

$$\int \frac{\mathrm{d}y}{y} = \int 2x\mathrm{d}x$$

得

$$\ln y = x^2 + \ln C$$

即

$$\ln \frac{y}{C} = x^2, \quad y = Ce^{x^2}$$

其中，C 为任意常数. 这就是原方程的通解.

今后，我们采用这一简化解法，把 $\ln|y|$ 写成 $\ln y$，当积分后出现"ln"时，把任意常数直接写成 $\ln C$，都是为了便于把积分结果化为更简洁的表达式，而不必采用解法 1 的严密书写格式，也不再一一加以说明.

例 2   求微分方程 $(1 - x^2)y - xy' = 0$ 的通解.

解   这是一个一阶微分方程，通过代数运算解出 y' 的表达式，有

$$y' = \frac{\mathrm{d}y}{\mathrm{d}x} = \frac{(1 - x^2)y}{x}$$

将方程分离变量，得

$$\frac{\mathrm{d}y}{y} = \frac{1 - x^2}{x}\mathrm{d}x$$

两边积分，有

$$\int \frac{1}{y}\mathrm{d}y = \int \left(\frac{1}{x} - x \right)\mathrm{d}x$$

得

$$\ln y = \ln x - \frac{x^2}{2} + \ln C$$

化简为

$$\ln \frac{y}{Cx} = -\frac{x^2}{2}, \quad \frac{y}{Cx} = e^{-\frac{x^2}{2}}, \quad y = Cxe^{-\frac{x^2}{2}}$$

这就是所给微分方程的通解.

例 3   求微分方程 $(x - xy^2)\mathrm{d}x + (y + x^2y)\mathrm{d}y = 0$ 满足初始条件 $y\Big|_{x=0} = 2$ 的特解.

解   这是一个一阶微分方程，但不必解出 y' 的表达式，直接通过代数运算对方程分离变量. 原方程可写成

$$x(1 - y^2)\mathrm{d}x + y(1 + x^2)\mathrm{d}y = 0, \quad y(1 + x^2)\mathrm{d}y = x(y^2 - 1)\mathrm{d}x$$

分离变量，得

$$\frac{y\mathrm{d}y}{y^2 - 1} = \frac{x\mathrm{d}x}{1 + x^2}$$

两边积分，有

$$\int \frac{y}{y^2 - 1}\mathrm{d}y = \int \frac{x}{1 + x^2}\mathrm{d}x$$

用凑微分法，得

$$\int \frac{\mathrm{d}(y^2 - 1)}{y^2 - 1} = \int \frac{\mathrm{d}(x^2 + 1)}{x^2 + 1}, \quad \ln(y^2 - 1) = \ln(x^2 + 1) + \ln C$$

化简得方程的通解为

$$y^2 - 1 = C(x^2 + 1)$$

用初始条件 $x=0$，$y=2$ 代入通解，得 $C=3$．于是，所求的特解为

$$y^2 = 3x^2 + 4$$

注 本例题的解以隐函数的形式出现，称为微分方程的**隐式解**．

第三节 一阶线性微分方程

一个一阶微分方程，若未知函数 y 及 y' 都是一次幂，则称为一阶线性微分方程．其标准形式为

$$y' + P(x)y = Q(x) \qquad ①$$

其中，$P(x)$，$Q(x)$ 是已知的连续函数．

如果 $Q(x) \equiv 0$，则方程①可写成

$$y' + P(x)y = 0 \qquad ②$$

称为与方程①对应的**一阶线性齐次**方程．相应地，把方程①称为**一阶线性非齐次方程**．

一阶线性齐次方程②是变量可分离的方程．分离变量，得

$$\frac{\mathrm{d}y}{y} = -P(x)\mathrm{d}x$$

两边积分，得

$$\ln y = -\int P(x)\mathrm{d}x + \ln C$$

$$y = C\mathrm{e}^{-\int P(x)\mathrm{d}x} \qquad ③$$

这是线性齐次方程②的通解．

注意，其中 $\int P(x)\mathrm{d}x$ 表示 $P(x)$ 的任意一个原函数，它不再含任意常数（本节中下面的不定积分也如此约定）．

为了求出线性非齐次方程①的通解，我们先考察一个具体的例子，以分析线性非齐次方程与其对应的线性齐次方程通解之间的关系．

例 1 求解下列微分方程．

(1) $y' + xy = x$；　　　　　(2) $y' + xy = 0$．

解 （1）将方程分离变量，得

$$\frac{\mathrm{d}y}{y-1} = -x\mathrm{d}x$$

两边积分，有

$$\int \frac{\mathrm{d}y}{y-1} = -\int x\mathrm{d}x$$

得

$$\ln(y-1) = -\frac{x^2}{2} + \ln C, \quad \frac{y-1}{C} = e^{-\frac{x^2}{2}}$$

故

$$y = 1 + Ce^{-\frac{x^2}{2}}$$

或写成

$$y = (e^{\frac{x^2}{2}} + C)e^{-\frac{x^2}{2}} \tag{④}$$

（2）把方程分离变量，得

$$\frac{\mathrm{d}y}{y} = -x\mathrm{d}x$$

两边积分，有

$$\int \frac{\mathrm{d}y}{y} = -\int x\mathrm{d}x$$

得

$$\ln y = -\frac{x^2}{2} + \ln C, \quad \frac{y}{C} = e^{-\frac{x^2}{2}}$$

故

$$y = Ce^{-\frac{x^2}{2}} \tag{⑤}$$

在例 1 中，第一个方程为线性非齐次方程，第二个方程是第一个方程对应的线性齐次方程. 比较这两个方程的通解可以看出，它们的形式是相似的，差别在于齐次方程的通解⑤中的任意常数 C，在非齐次方程的通解④中变为 x 的函数

$$C(x) = e^{\frac{x^2}{2}} + C$$

这一有趣的结果且具有一般性，即所谓"常数变易". 下面我们就采用**常数变易法**来求线性非齐次方程的通解.

先把齐次方程②的通解③中的任意常数 C 看做是 x 的函数 $C(x)$，并设想非齐次方程①的通解形式为

$$y = C(x)e^{-\int P(x)\mathrm{d}x} \tag{⑥}$$

那么，如何确定 $C(x)$？为此，按解的含义，将式⑥及其导数

$$y' = C'(x)e^{-\int P(x)\mathrm{d}x} - P(x)C(x)e^{-\int P(x)\mathrm{d}x}$$

代入方程①，整理后得

$$C'(x)e^{-\int P(x)\mathrm{d}x} = Q(x)$$

成立，即

$$C'(x) = Q(x)e^{\int P(x)dx}$$

两边积分，得

$$C(x) = \int Q(x)e^{\int P(x)dx}dx + C$$

再将 $C(x)$ 回代到式⑥，便得到线性非齐次方程①的通解

$$y = e^{-\int P(x)dx}\left(\int Q(x)e^{\int P(x)dx}dx + C\right) \qquad \text{⑦}$$

若把这一通解改写成两项之和

$$y = Ce^{-\int P(x)dx} + e^{-\int P(x)dx} \cdot \int Q(x)e^{\int P(x)dx}dx$$

上式右端第一项是对应线性齐次方程②的通解，第二项是线性非齐次方程①的一个特解（在方程①的通解⑦中，取 $C=0$ 便得到此特解）.

由此可知，一阶线性非齐次方程的通解等于其对应齐次方程的通解与自身一个特解之和. 这一结论揭示了线性非齐次方程的通解结构.

例 2 求方程 $y' + 2xy = 2xe^{-x^2}$ 的通解.

解法 1 先解对应齐次方程

$$\frac{dy}{dx} + 2xy = 0$$

分离变量，得

$$\frac{dy}{y} = -2xdx$$

两边积分后得

$$\ln y = -x^2 + \ln C, \quad y = Ce^{-x^2}$$

再设原非齐次方程的通解为

$$y = C(x)e^{-x^2} \quad (C(x) \text{ 待定})$$

将 $y = C(x)e^{-x^2}$ 和 $y' = C'(x)e^{-x^2} - 2xC(x)e^{-x^2}$ 代入原方程，整理后得

$$C'(x)e^{-x^2} = 2xe^{-x^2}, \quad C'(x) = 2x$$

积分得到

$$C(x) = x^2 + C$$

因此，原方程的通解为

$$y = (x^2 + C)e^{-x^2}$$

解法 2 所给方程是一阶线性非齐次微分方程的标准形式，这里 $P(x) = 2x$，$Q(x) = 2xe^{-x^2}$. 直接代入通解公式⑦，得

$$y = e^{-\int P(x)dx}\left(\int Q(x)e^{\int P(x)dx}dx + C\right) = e^{-\int 2xdx}\left(\int 2xe^{-x^2} \cdot e^{\int 2xdx}dx + C\right)$$

$$= e^{-x^2}\left(\int 2x e^{-x^2} e^{x^2} dx + C\right) = e^{-x^2}(x^2 + C)$$

例 3 求微分方程 $\cos x \dfrac{dy}{dx} + y\sin x - 1 = 0$ 的通解.

解 这是一个一阶微分方程，不妨解出 y' 的表达式，先判断能否分离变量. 有

$$y' = \frac{1 - y\sin x}{\cos x}$$

显然不可以. 这时，观察方程中的 y 和 y' 是一次的，则需按照方程①的样式，y' 的系数为 1，故将所给方程除以 $\cos x$，得

$$\frac{dy}{dx} + \tan x \cdot y = \sec x$$

这里 $P(x) = \tan x$，$Q(x) = \sec x$. 套用通解公式，得

$$y = e^{-\int P(x)dx}\left(\int Q(x)e^{\int P(x)dx} dx + C\right) = e^{-\int \tan x dx}\left(\int \sec x e^{\int \tan x dx} dx + C\right)$$

$$= e^{\ln\cos x}\left(\int \sec x e^{-\ln\cos x} dx + C\right) = \cos x\left(\int \sec^2 x dx + C\right)$$

$$= \cos x(\tan x + C)$$

即通解为

$$y = \sin x + C\cos x$$

例 4 求微分方程 $\dfrac{dy}{dx} = \dfrac{y}{x + y^3}$ 满足初始条件 $y\big|_{x=1} = 1$ 的特解.

解 这是一个一阶微分方程，右端函数所含因子 $(x + y^3)$ 显然不可分离变量，关于未知函数 y 也不是线性的. 但如果将 x 看做是 y 的函数，方程可以改写为

$$\frac{dx}{dy} = \frac{x + y^3}{y}, \quad \frac{dx}{dy} - \frac{1}{y}x = y^2$$

则方程是关于未知函数 x 及 $\dfrac{dx}{dy}$ 的一阶线性方程. 这里 $P(y) = -\dfrac{1}{y}$，$Q(y) = y^2$. 套用通解公式，有

$$x = e^{-\int P(y)dy}\left(\int Q(y)e^{\int P(y)dy} dy + C\right) = e^{\int \frac{1}{y}dy}\left(\int y^2 e^{-\int \frac{1}{y}dy} dy + C\right)$$

$$= e^{\ln y}\left(\int y^2 e^{-\ln y} dy + C\right) = y\left(\int y^2 \cdot \frac{1}{y} dy + C\right)$$

$$= y\left(\frac{y^2}{2} + C\right)$$

用初始条件 $y = 1$，$x = 1$ 代入通解，得 $1 = \dfrac{1}{2} + C$，$C = \dfrac{1}{2}$. 于是，所求特解为

$$x = \frac{y^3 + y}{2}$$

*第四节 齐次型的一阶微分方程

一个一阶的微分方程，通过观察判定它不能变量分离，又不是一阶线性非齐次方程时，就应该考虑它是否可以表示为

$$\frac{\mathrm{d}y}{\mathrm{d}x} = \varphi\left(\frac{y}{x}\right) \qquad\qquad ①$$

的形式（其特征，右端是变元 $u = \dfrac{y}{x}$ 的函数），称方程①为**齐次型**的一阶方程（这里的齐次与第三节中的齐次含义不一样）．它可以通过作变量代换使方程转化为变量可分离的微分方程．令

$$\frac{y}{x} = u, \quad 即 \quad y = xu, \quad 则 \quad \frac{\mathrm{d}y}{\mathrm{d}x} = u + x\frac{\mathrm{d}u}{\mathrm{d}x}$$

代入方程①，便成为变量可分离方程

$$u + x\frac{\mathrm{d}u}{\mathrm{d}x} = \varphi(u) \qquad\qquad ②$$

分离变量，有

$$\frac{\mathrm{d}u}{\varphi(u) - u} = \frac{\mathrm{d}x}{x}$$

两边积分，有

$$\int \frac{\mathrm{d}u}{\varphi(u) - u} = \int \frac{\mathrm{d}x}{x} + C$$

可以得到方程②的通解．再用 $\dfrac{y}{x}$ 回代通解中的 u，便得到齐次方程①的通解．

例 1 求微分方程 $y^2 + x^2 \dfrac{\mathrm{d}y}{\mathrm{d}x} = xy \dfrac{\mathrm{d}y}{\mathrm{d}x}$ 的通解．

解 这是一个一阶微分方程，不妨解出 $\dfrac{\mathrm{d}y}{\mathrm{d}x}$ 的表达式

$$\frac{\mathrm{d}y}{\mathrm{d}x} = \frac{y^2}{xy - x^2}$$

显然变量不可以分离，关于未知函数 y（自变量 x）或未知函数 x（自变量 y）都不是线性的．易见，若以 x^2 同除方程右端分式函数的分子、分母，得

$$\frac{\mathrm{d}y}{\mathrm{d}x} = \frac{\left(\dfrac{y}{x}\right)^2}{\dfrac{y}{x} - 1}$$

这是一阶齐次型方程．令

$$\frac{y}{x} = u, \quad 即 \quad y = xu, \quad 则 \quad \frac{\mathrm{d}y}{\mathrm{d}x} = u + x\frac{\mathrm{d}u}{\mathrm{d}x}$$

于是原方程化为

$$u + x\frac{\mathrm{d}u}{\mathrm{d}x} = \frac{u^2}{u-1}, \quad 即 \quad x\frac{\mathrm{d}u}{\mathrm{d}x} = \frac{u}{u-1}$$

分离变量，得

$$\frac{u-1}{u}\mathrm{d}u = \frac{\mathrm{d}x}{x}$$

两边积分，有

$$\int\left(1 - \frac{1}{u}\right)\mathrm{d}u = \int\frac{\mathrm{d}x}{x}$$

$$u - \ln u = \ln x - \ln C, \quad u = \ln\frac{xu}{C}$$

以 $u = \frac{y}{x}$ 代入上式，得

$$\frac{y}{x} = \ln\frac{y}{C}, \quad \frac{y}{C} = \mathrm{e}^{\frac{y}{x}}$$

即 $y = C\mathrm{e}^{\frac{y}{x}}$ 就是原微分方程的通解.

利用变量代换，把一个微分方程化为变量可分离的方程，应针对所给微分方程的特征选择适当的代换关系，才能使方程转化为变量可分离型. 下面再举一个例子.

例 2 求解微分方程 $y' = \cos(x+y)$.

解 令 $x + y = u$，则 $y = u - x$，$\frac{\mathrm{d}y}{\mathrm{d}x} = \frac{\mathrm{d}u}{\mathrm{d}x} - 1$. 于是，原方程成为

$$\frac{\mathrm{d}u}{\mathrm{d}x} - 1 = \cos u, \quad \frac{\mathrm{d}u}{\mathrm{d}x} = 1 + \cos u = 2\cos^2\frac{u}{2}$$

分离变量后积分

$$\int\frac{\mathrm{d}u}{2\cos^2\frac{u}{2}} = \int\mathrm{d}x, \quad \tan\frac{u}{2} = x + C$$

把 $u = x + y$ 代入上式，就得原方程的通解为

$$\tan\frac{x+y}{2} = x + C$$

第五节 可降阶的高阶微分方程

二阶及二阶以上的微分方程，称为**高阶**微分方程. 本节介绍两类可以通过降阶法求解的高阶微分方程.

一、形如 $y^{(n)} = f(x)$ 的方程

它们的特征是：左端是未知函数的 n 阶导数，而右端只是含自变量的一个已知函数．这类方程可以通过逐次积分降阶来求解．

例 1 求微分方程 $y''' = e^{-x} + \cos x$ 的通解．

解 这是三阶方程，需对方程积分三次．第一次积分得

$$y'' = \int (e^{-x} + \cos x)dx = -e^{-x} + \sin x + C_1$$

再次积分得

$$y' = \int (-e^{-x} + \sin x + C_1)dx = e^{-x} - \cos x + C_1 x + C_2$$

第三次积分，便可得到原方程的通解

$$y = \int (e^{-x} - \cos x + C_1 x + C_2)dx = -e^{-x} - \sin x + \frac{C_1}{2}x^2 + C_2 x + C_3$$

其中，C_1，C_2，C_3 为任意常数．

二、形如 $y'' = f(x，y')$ 的方程

这一类二阶微分方程，其特征是不显含未知函数 y．可通过变量代换降阶，化为两次求解一阶微分方程．

作变换 $y' = P$，把 P 看做新的未知函数，x 仍是自变量，于是 $\dfrac{dP}{dx} = y''$．将 y' 及 y'' 的代换式代入原方程，得

$$\frac{dP}{dx} = f(x,P)$$

这是一个一阶微分方程．若可求解，设其通解为

$$P = \varphi(x,C_1)$$

代回 $P = \dfrac{dy}{dx}$，又得一阶微分方程

$$\frac{dy}{dx} = \varphi(x,C_1)$$

两边积分，便得出原方程的通解

$$y = \int \varphi(x,C_1)dx + C_2$$

例 2 求方程 $y'' = \dfrac{1}{x}y'$ 的通解．

解 这个二阶微分方程的未知函数 y 没有显现出来，所以令 $y' = P$，则 $y'' = \dfrac{dP}{dx}$，代入原方程，得

$$\frac{dP}{dx} = \frac{1}{x}P$$

这是一阶变量可分离的方程，分离变量，得

$$\frac{dP}{P} = \frac{dx}{x}$$

两边积分，得

$$\ln P = \ln x + \ln C_1, \quad P = C_1 x, \quad 即 \quad \frac{dy}{dx} = C_1 x$$

再次积分，得通解

$$y = \frac{1}{2}C_1 x^2 + C_2$$

例3 求微分方程 $xy'' = y' + x^2$ 满足初始条件 $y(1) = 0$，$y'(1) = -\frac{1}{3}$ 的特解.

解 方程的未知函数 y 没有显现出来，所以令 $y' = P$，则 $y'' = P'$，代入原方程，得

$$xP' = P + x^2, \quad 即 \quad P' - \frac{1}{x}P = x$$

这是一阶线性非齐次方程，其通解为

$$P = e^{\int \frac{1}{x}dx} \left(\int x e^{-\int \frac{1}{x}dx} dx + C_1 \right)$$

$$= e^{\ln x} \left(\int x e^{-\ln x} dx + C_1 \right) = x(x + C_1)$$

用初始条件 $x=1$，$P=y' = -\frac{1}{3}$ 代入上式，得 $-\frac{1}{3} = 1 + C_1$，$C_1 = -\frac{4}{3}$. 于是

$$y' = P = x^2 - \frac{4}{3}x$$

这是一阶微分方程，积分可得

$$y = \int \left(x^2 - \frac{4}{3}x \right) dx = \frac{1}{3}x^3 - \frac{2}{3}x^2 + C_2$$

用 $x=1$，$y=0$ 代入上式，得 $C_2 = \frac{1}{3}$. 于是，所求特解为

$$y = \frac{1}{3}x^3 - \frac{2}{3}x^2 + \frac{1}{3}$$

第六节　二阶线性微分方程解的结构

在本节和后面两节，我们将讨论一类在理论和实践中都比较重要的微分方程——二阶线性微分方程.

二阶线性微分方程的一般形式是

$$y'' + P(x)y' + Q(x)y = f(x) \qquad ①$$

其中，y，y'，y'' 的幂次都是一次的；$P(x)$，$Q(x)$，$f(x)$ 均为已知的连续函数.

当右端 $f(x) \equiv 0$ 时，方程① 成为

$$y'' + P(x)y' + Q(x)y = 0 \qquad ②$$

方程② 称为**二阶线性齐次**微分方程；当 $f(x) \not\equiv 0$ 时，方程① 则称为**二阶线性非齐次**微分方程.

关于它们解的结构定理是求解这类方程的理论基础，需理解定理的结论.

定理 1（线性齐次方程的解具有叠加性）   如果函数 $y_1(x)$ 与 $y_2(x)$ 是齐次方程② 的两个解，则

$$y = C_1 y_1 + C_2 y_2 \qquad ③$$

也是方程② 的解，其中 C_1，C_2 是任意常数.

证   由于 y_1 与 y_2 是方程② 的解，故有

$$y_1'' + P(x)y_1' + Q(x)y_1 = 0 \quad 及 \quad y_2'' + P(x)y_2' + Q(x)y_2 = 0$$

将 $y = C_1 y_1 + C_2 y_2$ 代入方程②，并由以上两式，可得

$$(C_1 y_1 + C_2 y_2)'' + P(x)(C_1 y_1 + C_2 y_2)' + Q(x)(C_1 y_1 + C_2 y_2)$$
$$= C_1(y_1'' + P(x)y_1' + Q(x)y_1) + C_2(y_2'' + P(x)y_2' + Q(x)y_2)$$
$$= C_1 \cdot 0 + C_2 \cdot 0 = 0$$

故函数 $y = C_1 y_1 + C_2 y_2$ 是方程② 的解.

定理 1 表明线性齐次微分方程的解符合叠加原理.

应该指出，由 $y_1(x)$ 与 $y_2(x)$ 叠加起来的解③ 从形式上看含有 C_1 和 C_2 两个任意常数，但还不一定是方程② 的通解. 因为，如果 $\dfrac{y_2}{y_1} = k$（k 为常数），这时

$$y = C_1 y_1 + C_2 y_2 = (C_1 + kC_2)y_1 = Cy_1$$

实际上只含一个任意常数，它就不是二阶方程② 的通解. 仅当 $\dfrac{y_2}{y_1} \neq k$ 时，$y = C_1 y_1 + C_2 y_2$ 确实有两个任意常数，它才是方程② 的通解.

为此，引入两个函数线性相关与线性无关的概念.

定义   如果函数 $y_1(x)$ 与 $y_2(x)$ 的比值

$$\frac{y_2(x)}{y_1(x)} = k \quad （k \text{ 为常数}）$$

则称 $y_1(x)$ 与 $y_2(x)$ **线性相关**，否则就称**线性无关**.

例如，e^x 与 e^{-x} 是线性无关的（因为 $\dfrac{\mathrm{e}^x}{\mathrm{e}^{-x}} = \mathrm{e}^{2x} \neq$ 常数），而 $\ln x^3$ 与 $\ln\sqrt{x}$ 是线性相关的（因为 $\dfrac{\ln x^3}{\ln\sqrt{x}} = 6$）.

有了线性无关的概念，由上述可得下面定理.

定理 2（线性齐次方程解的结构） 如果函数 $y_1(x)$ 与 $y_2(x)$ 是线性齐次方程②的两个线性无关的特解，则

$$y = C_1 y_1 + C_2 y_2$$

就是方程②的通解，其中 C_1，C_2 是任意常数.

例 1 验证 $y_1 = \cos x$ 与 $y_2 = \sin x$ 都是微分方程 $y'' + y = 0$ 的解，并写出方程的通解.

解 所给方程 $y'' + y = 0$（这里 $P(x) = 0, Q(x) = 1$）是二阶线性齐次方程.

由 $y_1 = \cos x$ 求得 $y_1' = -\sin x$ 及 $y_1'' = -\cos x$. 将 y_1 与 y_1'' 的表达式代入方程，有

$$y'' + y = -\cos x + \cos x = 0$$

成立，所以 $y_1 = \cos x$ 是所给方程的解.

同样，可验证 $y_2 = \sin x$ 也是方程 $y'' + y = 0$ 的解，且

$$\frac{y_2}{y_1} = \frac{\sin x}{\cos x} = \tan x \neq 常数$$

即 y_1 与 y_2 线性无关，因此方程的通解为

$$y = C_1 \cos x + C_2 \sin x$$

下面讨论二阶线性非齐次方程①的通解.

定理 3（线性非齐次方程解的结构） 如果函数 $y^*(x)$ 是二阶线性非齐次方程

$$y'' + P(x)y' + Q(x)y = f(x) \qquad\qquad ①$$

的一个特解，Y 是其对应齐次方程

$$y'' + P(x)y' + Q(x)y = 0 \qquad\qquad ②$$

的通解，则

$$y = Y + y^*$$

就是非齐次方程①的通解.

证 由于 Y 是方程②的解，y^* 是方程①的解，所以有

$$Y'' + P(x)Y' + Q(x)Y = 0 \quad 及 \quad y^{*''} + P(x)y^{*'} + Q(x)y^* = f(x)$$

将 $y = Y + y^*$ 代入方程①，并由以上两式可得

$$(Y'' + y^{*''}) + P(x)(Y' + y^{*'}) + Q(x)(Y + y^*)$$
$$= [Y'' + P(x)Y' + Q(x)Y] + [y^{*''} + P(x)y^{*'} + Q(x)y^*]$$
$$= 0 + f(x) \equiv f(x)$$

所以 $y = Y + y^*$ 是方程①的解.

由于齐次方程的通解 Y 中已含有两个任意常数，故 $y = Y + y^*$ 中也含有两个任意常数，从而它是二阶线性非齐次方程①的通解.

例 2 求微分方程 $y'' + y = x$ 的通解.

解 所给方程 $y'' + y = x$ 是一个二阶线性非齐次方程. 在例 1 中，已经知道 $Y = C_1 \cos x + C_2 \sin x$ 是其对应齐次方程 $y'' + y = 0$ 的通解.

又通过观察方程 $y'' + y = x$，容易看出 $y^* = x$ 是它的一个特解，于是由定理 3 可知

$$y = C_1\cos x + C_2\sin x + x$$

是所给方程的通解.

第七节 二阶常系数线性齐次微分方程

在二阶线性齐次微分方程中，如果 y''，y'，y 的系数均为常数，即

$$y'' + py' + qy = 0 \qquad ①$$

其中，p，q 是常数，则称方程①为二阶常系数线性齐次微分方程.

由上节定理 2 可知，只要找出方程①的两个线性无关的特解 y_1 与 y_2，即可得通解

$$y = C_1 y_1 + C_2 y_2$$

为找出 y_1 与 y_2，观察方程①可发现它的特征：因 p，q 是常数，要使 y''，py'，qy 三项相加互相抵消等于零，就要求 y，y'，y'' 三者是同一类函数. 我们知道，指数函数 $y = \mathrm{e}^{rx}$（r 为常数）求各阶导数后仍为同类的指数函数，只是系数增多一个常数因子，所以它符合这一要求. 于是，假定方程①的解为

$$y = \mathrm{e}^{rx}$$

其中，r 为待定常数. 此时

$$y' = r\mathrm{e}^{rx}, \quad y'' = r^2\mathrm{e}^{rx}$$

把上述 y，y'，y'' 的表达式代入方程①，得

$$(r^2 + pr + q)\mathrm{e}^{rx} = 0$$

由于 $\mathrm{e}^{rx} \neq 0$，所以

$$r^2 + pr + q = 0 \qquad ②$$

由此可见，只要 r 满足代数方程②，函数 $y = \mathrm{e}^{rx}$ 就是微分方程①的解. 于是微分方程①的求解问题，便转化为求代数方程②的根的问题. 代数方程②称为微分方程①的**特征方程**.

特征方程②是一个一元二次代数方程，其中 r^2，r 的系数及常数项依次是微分方程①中 y''，y' 及 y 的系数. 由一元二次方程的求根公式，特征方程②的根为

$$r_{1,2} = \frac{-p \pm \sqrt{p^2 - 4q}}{2}$$

下面按根的三种不同情况分别探讨微分方程①的通解.

（1）当 $p^2 - 4q > 0$ 时，特征方程有两个不相等的实根，即 $r_1 \neq r_2$. 于是 $y_1 = \mathrm{e}^{r_1 x}$ 与 $y_2 = \mathrm{e}^{r_2 x}$ 都是方程①的解，且

$$\frac{y_2}{y_1} = \frac{\mathrm{e}^{r_2 x}}{\mathrm{e}^{r_1 x}} = \mathrm{e}^{(r_2 - r_1)x} \neq \text{常数}$$

即它们线性无关. 因此，方程①的通解为

$$y = C_1\mathrm{e}^{r_1 x} + C_2\mathrm{e}^{r_2 x}$$

（2）当 $p^2 - 4q = 0$ 时，特征方程有两个相等的实根，$r_1 = r_2 = -\dfrac{p}{2}$. 于是只得到方程①的一个特解 $y_1 = e^{r_1 x}$. 容易验证，$y_2 = x e^{r_1 x}$ 是方程①的另一个特解，且与 $y_1 = e^{r_1 x}$ 线性无关（因为 $\dfrac{y_2}{y_2} = x \neq$ 常数）. 因此，得到方程①的通解为

$$y = C_1 e^{r_1 x} + C_2 x e^{r_1 x} \quad \text{或} \quad y = (C_1 + C_2 x) e^{r_1 x}$$

（3）当 $p^2 - 4q < 0$ 时，特征方程有一对共轭复根 $r_{1,2} = \alpha \pm \beta i$. 于是 $y_1 = e^{(\alpha + \beta i)x}$ 与 $y_2 = e^{(\alpha - \beta i)x}$ 是方程①的两个线性无关的特解，则方程①的通解为

$$y = C_1 e^{(\alpha + \beta i)x} + C_2 e^{(\alpha - \beta i)x}$$

但它是以复函数形式出现的，而微分方程是实变数的. 为了便于应用，我们还是希望得出实函数形式的通解.

如何找出方程①的两个线性无关的实函数解（又要与实数 α，β 有关），这里不作详述，只给出结果. 容易验证，实函数 $y_1 = e^{\alpha x} \cos \beta x$ 与 $y_2 = e^{\alpha x} \sin \beta x$ 是方程①的两个线性无关的解. 因此，方程①以实函数形式给出的通解为

$$y = e^{\alpha x}(C_1 \cos \beta x + C_2 \sin \beta x)$$

综上所述，求二阶常系数线性齐次微分方程

$$y'' + py' + qy = 0$$

的通解步骤如下：

第一步，对照方程写出其特征方程

$$r^2 + pr + q = 0$$

第二步，求出特征方程的两个根 r_1，r_2.

第三步，根据特征根 r_1，r_2 的三种不同情况，按下表写出微分方程相应的通解.

特征根的情况	微分方程通解的形式
两个不相等的实根 $r_1 \neq r_2$	$y = C_1 e^{r_1 x} + C_2 e^{r_2 x}$
两个相等的实根 $r_1 = r_2$	$y = (C_1 + C_2 x) e^{r_1 x}$
一对共轭复根 $r_{1,2} = \alpha \pm \beta i$	$y = e^{\alpha x}(C_1 \cos \beta x + C_2 \sin \beta x)$

例 1 求微分方程 $y'' - 2y' - 3y = 0$ 的通解.

解 所给方程是二阶常系数线性齐次微分方程，它的特征方程为

$$r^2 - 2r - 3 = 0, \quad \text{即} \quad (r+1)(r-3) = 0$$

它有两个不相等的实根：$r_1 = -1$，$r_2 = 3$. 于是，微分方程的通解为

$$y = C_1 e^{-x} + C_2 e^{3x}$$

例 2 求微分方程 $4y'' + 4y' + y = 0$ 满足初始条件 $y\big|_{x=0} = 2$，$y'\big|_{x=0} = 0$ 的特解.

解 特征方程 $4r^2 + 4r + 1 = 0$（没有必要写为 $r^2 + r + \dfrac{1}{4} = 0$ 的形式），即

$$(2r + 1)^2 = 0$$

它有两个相等的实根：$r_1 = r_2 = -\dfrac{1}{2}$. 于是，方程的通解为

$$y = (C_1 + C_2 x)e^{-\frac{x}{2}}$$

对上式求导，得

$$y' = C_2 e^{-\frac{x}{2}} - \frac{1}{2}(C_1 + C_2 x)e^{-\frac{x}{2}}$$

把初始条件 $x = 0$，$y = 2$ 与 $x = 0$，$y' = 0$ 代入，有

$$\begin{cases} 2 = C_1 \\ 0 = C_2 - \dfrac{C_1}{2} \end{cases}$$

解得 $C_1 = 2$，$C_2 = 1$. 因此，所求的特解为

$$y = (2 + x)e^{-\frac{x}{2}}$$

例 3 求方程 $y'' + y' + y = 0$ 的通解.

解 其特征方程为 $r^2 + r + 1 = 0$，它的根

$$r_{1,2} = \frac{-1 \pm \sqrt{1 - 4}}{2} = -\frac{1}{2} \pm \frac{\sqrt{3}}{2}i$$

是一对共轭复根. 于是，方程的通解为

$$y = e^{-\frac{x}{2}}\left(C_1 \cos\frac{\sqrt{3}}{2}x + C_2 \sin\frac{\sqrt{3}}{2}x\right)$$

*附注 特征根法可以推广到 n 阶常系数线性齐次微分方程.

例 4 求微分方程 $y''' - 3y' + 2y = 0$ 的通解.

解 特征方程是 $\qquad\qquad r^3 - 3r + 2 = 0$

用观察法知 $r_1 = 1$ 是一个特征根，于是特征方程可化为

$$(r - 1)(r^2 + r - 2) = 0$$

再次化为

$$(r - 1)(r - 1)(r + 2) = 0$$

求得三个根为 $r_1 = r_2 = 1$，$r_3 = -2$. 于是，方程的通解为

$$y = (C_1 + C_2 x)e^x + C_3 e^{-2x}$$

第八节 二阶常系数线性非齐次微分方程

二阶常系数线性非齐次微分方程的一般形式为

$$y'' + py' + qy = f(x) \qquad\qquad ①$$

其中，p，q 是常数，$f(x) \neq 0$ 是已知的连续函数.

由线性非齐次方程解的结构定理知，方程①的通解由它自身的一个特解 y^* 与它所对应的齐次方程

$$y'' + py' + qy = 0 \qquad\qquad ②$$

的通解 Y 之和构成，即方程①的通解是

$$y = Y + y^*$$

其中，齐次方程②的通解 Y 采用特征根法求得，而方程①的特解 y^* 主要是由右端函数 $f(x)$ 的类型所确定的. 下面就常见的两类函数介绍求 y^* 的方法（待定系数法）.

一、$f(x) = P_n(x)\mathrm{e}^{\lambda x}$ 型（其中 λ 是常数，$P_n(x)$ 是已知的 n 次多项式）

注意到这时方程①的右端函数 $f(x)$ 是多项式 $P_n(x)$ 与指数函数 $\mathrm{e}^{\lambda x}$ 的乘积，方程左端的系数 p，q 均为常数. 要求其特解就要找一个函数 $y^*(x)$，将其代入方程①使它成为恒等式. 由于多项式与指数函数乘积的一阶、二阶导数仍是同类函数，因此可以假定方程①的特解形式为

$$y^* = Q(x)\mathrm{e}^{\lambda x}$$

其中，$Q(x)$ 是待定多项式. 它是几次多项式，各项系数如何？这些都有待确定. 为此，将 $y^* = Q(x)\mathrm{e}^{\lambda x}$ 及

$$y^{*\prime} = \mathrm{e}^{\lambda x}[\lambda Q(x) + Q'(x)]$$
$$y^{*\prime\prime} = \mathrm{e}^{\lambda x}[\lambda^2 Q(x) + 2\lambda Q'(x) + Q''(x)]$$

代入方程①并消去 $\mathrm{e}^{\lambda x}$，得

$$Q'' + (2\lambda + p)Q' + (\lambda^2 + p\lambda + q)Q \equiv P_n(x) \qquad\qquad ③$$

也即多项式 $Q(x)$ 若能满足式③，y^* 就是方程的特解.

注意到多项式的导数仍为多项式，且求导一次其幂次便降低一次的特点，由式③出发确定多项式 $Q(x)$ 的方法如下：

（1）当 λ 不是特征方程 $r^2 + pr + q = 0$ 的根，即 $\lambda^2 + p\lambda + q \neq 0$ 时，式③左端的次数就是 $Q(x)$ 的次数，它要与右端 $P_n(x)$ 的次数相同，所以应设

$$Q(x) = Q_n(x) = b_0 x^n + b_1 x^{n-1} + \cdots + b_{n-1} x + b_n$$

它的系数 b_0，b_1，$\cdots$，b_n 可通过式③比较两端 x 同次幂的系数来确定，从而得到要求的特解

$$y^* = Q_n(x)\mathrm{e}^{\lambda x}$$

（2）当 λ 是特征方程 $r^2 + pr + q = 0$ 的单根，即 $\lambda^2 + p\lambda + q = 0$，而 $2\lambda + q \neq 0$ 时，式③左端的次数由 $Q'(x)$ 决定，可知 $Q'(x)$ 应是 n 次多项式，于是可设

$$Q(x) = xQ_n(x) = x(b_0 x^n + b_1 x^{n-1} + \cdots + b_{n-1} x + b_n)$$

并且可用同样的方法（比较系数法）确定 b_0，b_1，$\cdots$，b_n，进而求得特解

$$y^* = xQ_n(x)\mathrm{e}^{\lambda x}$$

(3) 当 λ 是特征方程 $r^2 + pr + q = 0$ 的重根，即有 $\lambda^2 + p\lambda + q = 0$，且 $2\lambda + p = 0$ 时，式③成为 $Q''(x) \equiv P_n(x)$．这时，$Q''(x)$ 应是 n 次多项式，则可设

$$Q(x) = x^2 Q_n(x) = x^2(b_0 x^n + b_1 x^{n-1} + \cdots + b_{n-1} x + b_n)$$

并用同样的比较系数法确定 b_0，b_1，$\cdots$，b_n．于是，求得特解

$$y^* = x^2 Q_n(x) e^{\lambda x}$$

综上所述，有下面结论：

如果 $f(x) = P_n(x) e^{\lambda x}$（其中 λ 是常数，$P_n(x)$ 是可能缺项的 n 次多项式），应设特解的待定形式为

$$y^* = \begin{cases} Q_n(x) e^{\lambda x} & \text{（当 } \lambda \text{ 不是特征方程的根）} \\ x Q_n(x) e^{\lambda x} & \text{（当 } \lambda \text{ 是特征方程的单根）} \\ x^2 Q_n(x) e^{\lambda x} & \text{（当 } \lambda \text{ 是特征方程的重根）} \end{cases}$$

其中，$Q_n(x) = b_0 x^n + b_1 x^{n-1} + \cdots + b_{n-1} x + b_n$，它的系数 b_0，b_1，b_2，$\cdots$，b_n 待定．

例 1 求微分方程 $y'' + y = x$ 的通解．

解 对应齐次方程的特征方程是 $r^2 + 1 = 0$，其根 $r_{1,2} = \pm i$．于是，对应齐次方程的通解为

$$Y = C_1 \cos x + C_2 \sin x$$

求特解 y^* 时，先弄清楚所给方程右端函数 $f(x) = x$（$= x e^{0x}$）的结构是 $\lambda = 0$，$P_1(x) = x$ 为一次多项式．这里，$\lambda = 0$ 不是特征方程的根，所以应设特解为

$$y^* = (b_0 x + b_1) e^{0x} = b_0 x + b_1$$

其中，b_0，b_1 待定．

用 $y^* = b_0 x + b_1$，$y^{*\prime} = b_0$，$y^{*\prime\prime} = 0$ 代入原方程，得

$$y'' + y = 0 + b_0 x + b_1 = x$$

比较等式两边同次幂的系数，有 $b_0 = 1$，$b_1 = 0$．于是，特解为

$$y^* = x$$

故原方程的通解为

$$y = C_1 \cos x + C_2 \sin x + x$$

应该指出，由于例 1 所给方程右端的函数 $f(x) = x$ 比较简单，也可以通过直接观察方程 $y'' + y = x$，容易看出 $y^* = x$ 是方程的一个特解（用 $y^* = x$，$y^{*\prime} = 1$，$y^{*\prime\prime} = 0$ 代入方程成立）．所以，原方程的通解为

$$y = C_1 \cos x + C_2 \sin x + x$$

例 2 求方程 $y'' - 3y' + 2y = x e^x$ 的一个特解．

解 特征方程 $r^2 - 3r + 2 = 0$ 的根 $r_1 = 1$，$r_2 = 2$．

所给方程右端函数 $f(x) = x e^x$ 的 $\lambda = 1$，$P_1(x) = x$ 为一次多项式．这里，$\lambda = 1$ 是特征方程的单根，所以应设特解为

$$y^* = x(b_0 x + b_1)e^x \quad (b_0, b_1 \text{ 待定})$$

用 $y^* = (b_0 x^2 + b_1 x)e^x$，$y^{*\prime} = [b_0 x^2 + (2b_0 + b_1)x + b_1]e^x$

$$y^{*\prime\prime} = [b_0 x^2 + (4b_0 + b_1)x + 2b_0 + 2b_1]e^x$$

代入原方程，整理得

$$-2b_0 x + 2b_0 - b_1 = x$$

比较等式两边同次幂的系数，有

$$\begin{cases} -2b_0 = 1 \\ 2b_0 - b_1 = 0 \end{cases}$$

解得 $b_0 = -\dfrac{1}{2}$，$b_1 = -1$. 于是，原方程的一个特解为

$$y^* = \left(-\frac{1}{2}x^2 - x\right)e^x$$

例 3　求微分方程 $y'' - 4y' + 4y = 3e^{2x}$ 的通解.

解　特征方程 $r^2 - 4r + 4 = 0$，即 $(r-2)^2 = 0$，其根 $r_1 = r_2 = 2$. 于是，对应齐次方程的通解为

$$Y = (C_1 + C_2 x)e^{2x}$$

下面求特解 y^*. 所给方程的 $f(x) = 3e^{2x}$，这里，$\lambda = 2$，$P_0(x) = 3$ 为 0 次多项式. 由于 $\lambda = 2$ 是特征方程的重根，所以设特解形式为

$$y^* = x^2 b_0 e^{2x} \quad (b_0 \text{ 待定})$$

注意，重根时用 $(x^2 Q_n(x))'' \equiv P_n(x)$ 来确定系数可以减少计算量. 这里，$x^2 Q_0(x) = b_0 x^2$，$(x^2 Q_0(x))' = 2b_0 x$，$(x^2(Q_0(x))'' = 2b_0 \xLeftarrow{\text{令}} P_0(x) = 3$，解得 $b_0 = \dfrac{3}{2}$. 于是，特解 $y^* = \dfrac{3}{2}x^2 e^{2x}$. 故原方程的通解为

$$y = (C_1 + C_2 x)e^{2x} + \frac{3}{2}x^2 e^{2x}$$

例 4　写出下列微分方程的特解的待定形式.

(1) $y'' + y = x^2 + 1$；　　　　(2) $y'' - 2y' + y = 4xe^x$.

解　(1) 特征方程 $r^2 + 1 = 0$，其根 $r_{1,2} = \pm i$. 所给方程右端函数 $f(x) = x^2 + 1$ 的 $\lambda = 0$，$P_2(x) = x^2 + 1$ 是二次多项式.

由于 $\lambda = 0$ 不是特征方程的根，所以应设特解待定形式为

$$y^* = b_0 x^2 + b_1 x + b_2$$

(2) 特征方程 $r^2 - 2r + 1 = 0$，即 $(r-1)^2 = 0$，其根 $r_1 = r_2 = 1$. 所给方程右端函数 $f(x) = 4xe^x$ 的 $\lambda = 1$，$P_1(x) = 4x$ 是一次多项式.

由于 $\lambda = 1$ 是特征方程的重根，所以应设特解待定形式为

$$y^* = x^2(b_0 x + b_1)e^x$$

*二、$f(x) = e^{\lambda x}(A\cos\omega x + B\sin\omega x)$型（其中 λ，ω，A，B 都是常数，且 A 与 B 不同时为零）

这时方程①成为

$$y'' + py' + qy = e^{\lambda x}(A\cos\omega x + B\sin\omega x)$$

方程左端的 p，q 为常数，右端是指数函数与正弦、余弦函数相乘的形式. 我们知道，指数函数的导数仍为指数函数，正弦、余弦函数的导数为余弦、正弦函数. 因此，要找一个函数 $y^*(x)$ 代入方程使它成为恒等式，应该设它的待定形式为

$$y^* = \begin{cases} e^{\lambda x}(a\cos\omega x + b\sin\omega x) & \text{（当 }\lambda \pm \omega i \text{ 不是特征方程的根）} \\ x e^{\lambda x}(a\cos\omega x + b\sin\omega x) & \text{（当 }\lambda \pm \omega i \text{ 是特征方程的根）} \end{cases}$$

其中，a 与 b 待定.

为了确定 a 和 b，可以通过将形式特解 y^* 代入原方程中，然后比较等式两端同类项的系数，得关于 a 和 b 的线性方程组，解之得 a 和 b.

例5 写出下列微分方程的特解的待定形式.

(1) $y'' + y = 3\cos 4x$；   (2) $y'' - 2y' + 5y = e^x \sin 2x$.

解 （1）特征方程 $r^2 + 1 = 0$，其根 $r_{1,2} = \pm i$.

所给方程右端的函数 $f(x) = 3\cos 4x \xrightarrow{\text{即}} e^{0x}(3\cos 4x + 0 \cdot \sin 4x)$ 的 $\lambda = 0$，$\omega = 4$. 由于 $\lambda \pm \omega i = \pm 4i$ 不是特征方程的根，所以应设特解待定形式为

$$y^* = e^{0x}(a\cos 4x + b\sin 4x) = a\cos 4x + b\sin 4x$$

（2）特征方程 $r^2 - 2r + 5 = 0$，其根为一对共轭复根 $r_{1,2} = 1 \pm 2i$.

所给方程右端的函数 $f(x) = e^x \sin 2x \xrightarrow{\text{即}} e^x(0 \cdot \cos 2x + \sin 2x)$ 的 $\lambda = 1$，$\omega = 2$. 于是，$\lambda \pm \omega i = 1 \pm 2i$ 恰好是特征根，故应设特解待定形式为

$$y^* = x e^x(a\cos 2x + b\sin 2x)$$

例6 求微分方程 $y'' + 3y' + 2y = \cos x$ 的通解.

解 对应齐次方程的特征方程是 $r^2 + 3r + 2 = 0$，即 $(r + 2)(r + 1) = 0$，其根 $r_1 = -2$，$r_2 = -1$. 于是，对应齐次方程的通解为

$$Y = C_1 e^{-2x} + C_2 e^{-x}$$

下面求特解 y^*. 所给方程右端的函数 $f(x) = \cos x \xrightarrow{\text{即}} e^{0x}(\cos x + 0 \cdot \sin x)$ 的 $\lambda = 0$，$\omega = 1$. 由于 $\lambda \pm \omega i = \pm i$ 不是特征方程的根，所以设特解待定形式为

$$y^* = a\cos x + b\sin x \quad (a, b \text{ 待定})$$

用 $y^* = a\cos x + b\sin x$，$y^{*\prime} = -a\sin x + b\cos x$，$y^{*\prime\prime} = -a\cos x - b\sin x$ 代入原方程，经整理后得

$$(a + 3b)\cos x + (-3a + b)\sin x = \cos x$$

比较上式两端同类项的系数，得方程组

$$\begin{cases} a + 3b = 1 \\ -3a + b = 0 \end{cases}$$

解得 $a = \dfrac{1}{10}$, $b = \dfrac{3}{10}$. 于是，特解 $y^* = \dfrac{1}{10}\cos x + \dfrac{3}{10}\sin x$. 故原方程的通解为

$$y = C_1 e^{-2x} + C_2 e^{-x} + \frac{1}{10}\cos x + \frac{3}{10}\sin x$$

例 7　求微分方程 $y'' + qy = 2\cos 3x - 3\sin 3x$ 的特解.

解　特征方程 $r^2 + 9 = 0$ 的根 $r_{1,2} = \pm 3i$.

所给方程右端函数 $f(x) = e^{0x}(2\cos 3x - 3\sin 3x)$ 的 $\lambda = 0$, $\omega = 3$. 由于 $\lambda \pm \omega i = \pm 3i$ 是特征方程的根，所以设特解待定形式为

$$y^* = x(a\cos 3x + b\sin 3x) \quad (a, b \text{ 待定})$$

将 $y^* = x(a\cos 3x + b\sin 3x)$, $y^{*\prime\prime} = 6b\cos 3x - 6a\sin 3x - 9x(a\cos 3x + b\sin 3x)$ 代入原方程，经整理后得

$$6b\cos 3x - 6a\sin 3x = 2\cos 3x - 3\sin 3x$$

比较上式两端同类项的系数，得

$$\begin{cases} 6b = 2 \\ -6a = -3 \end{cases}, \quad \text{即} \quad \begin{cases} a = \dfrac{1}{2} \\ b = \dfrac{1}{3} \end{cases}$$

于是，原方程的特解为

$$y^* = x\left(\frac{1}{2}\cos 3x + \frac{1}{3}\sin 3x\right)$$

*第九节　微分方程的应用举例

应用微分方程解决实际问题，首先是建立方程并确定初始条件（或定解条件）；然后求解方程，得出通解以及满足初始条件的特解；最后还需对所得的解作出分析，检验结果是否与实际情况相符.

建立方程是主要的环节. 由于实际问题来自科学研究以及工程技术的各个不同领域，需要应用各种不同学科的知识、相关的定律去找出待求函数及其导数（或微分）的关系式. 所以，建立方程是有一定难度的.

下面举几个简单的例子.

例 1　探照灯反射镜的设计.

在 xOy 平面上有一曲线 L 绕 x 轴旋转一周，形成一个旋转曲面. 假设由原点 O（光源）发出的光线经此旋转曲面形状的凹镜反射后都与 x 轴平行（探照灯内的凹镜就是这样的），求曲线 L 的方程.

解　如图 $6-1$ 所示，设点 O 发出的某条光线经 L 上一点 $M(x, y)$ $(y > 0)$ 反射后

是一条与 x 轴平行的直线 MS，过点 M 的切线 AT 与 x 轴的倾角为 α。由题意，$\angle SMT = \alpha$（同位角）。另一方面，$\angle OMA$ 是入射角的余角，$\angle SMT$ 是反射角的余角，根据光学的反射定律，有 $\angle OMA = \angle SMT = \alpha$，从而 $\triangle AOM$ 是等腰三角形，得

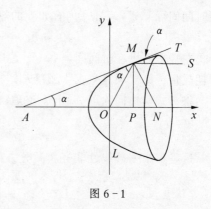

$$AO = OM$$

其中，$AO = AP - OP = \dfrac{PM}{\tan\alpha} - OP = \dfrac{y}{y'} - x$，

$OM = \sqrt{x^2 + y^2}$。于是得微分方程

$$\frac{y}{y'} - x = \sqrt{x^2 + y^2}$$

图 6-1

即

$$\frac{y\,\mathrm{d}x}{\mathrm{d}y} = x + \sqrt{x^2 + y^2}, \qquad \frac{\mathrm{d}x}{\mathrm{d}y} = \frac{x}{y} + \sqrt{\left(\frac{x}{y}\right)^2 + 1}$$

这是一阶齐次型方程。为方便求解，视 y 为自变量，x 为未知函数，令 $\dfrac{x}{y} = v$，即 $x = yv$，则 $\dfrac{\mathrm{d}x}{\mathrm{d}y} = v + y\dfrac{\mathrm{d}v}{\mathrm{d}y}$，代入上面方程，有

$$y\frac{\mathrm{d}v}{\mathrm{d}y} = \sqrt{v^2 + 1}$$

分离变量化为

$$\frac{\mathrm{d}v}{\sqrt{v^2 + 1}} = \frac{\mathrm{d}y}{y}$$

两边积分，有

$$\int \frac{\mathrm{d}v}{\sqrt{v^2 + 1}} = \int \frac{\mathrm{d}y}{y}, \quad \ln(v + \sqrt{v^2 + 1}) = \ln y - \ln C$$

整理得

$$v + \sqrt{v^2 + 1} = \frac{y}{C}, \quad \left(\frac{y}{C} - v\right)^2 = v^2 + 1, \quad \frac{y^2}{C^2} - \frac{2yv}{C} = 1$$

以 $yv = x$ 代入上式，解得

$$y^2 = 2C\left(x + \frac{C}{2}\right)$$

这就是曲线 L 的方程，可见它是以 x 轴为对称轴、焦点在原点的抛物线。

    例 2　当电机启动后，若不计热量散失，可使电机每分钟升温 10℃。现将电机安置在通风良好的厂房内（设保持 15℃ 恒温），求电机温度的变化规律（设散热系数为 k）。

    解　根据热量平衡原理可知，电机启动后产生的热量等于使电机升温的热量与散失到空气中热量的总和。

    设所求电机温度的变化规律为 $T = T(t)$，电机的质量为 m，平均比热容为 c，则

在时间间隔 $[t, t + dt]$ 内有如下的热量平衡关系

$$10 cm dt = cm dT + cmk(T - 15)dt$$

等式左端是电机在时间间隔 $[t, t + dt]$ 内产生的热量，右端中的第一项是电机升温 dT 所耗热量，第二项是根据牛顿冷却定律电机向空气中散发的热量.

将等式两边同除以 $cm dt$，整理得微分方程

$$\frac{dT}{dt} + kT = 10 + 15k$$

这是一个一阶线性非齐次微分方程，由通解公式，得

$$\begin{aligned}
T &= e^{-\int k dt} \left[\int (10 + 15k) e^{\int k dt} dt + C \right] \\
&= e^{-kt} \left[\int (10 + 15k) e^{kt} dt + C \right] \\
&= e^{-kt} \left[\frac{1}{k}(10 + 15k) e^{kt} + C \right] \\
&= \frac{10}{k} + 15 + Ce^{-kt}
\end{aligned}$$

利用初始条件 $T(0) = 15$ 代入通解，定出 $C = -\dfrac{10}{k}$，故得温度的变化规律为

$$T = 15 + \frac{10}{k}(1 - e^{-kt})$$

注 本例应用微元分析法建立微分方程. 它的一般做法是：给自变量 x 一个微小的增量 dx，把因变量 y 与此相对应的变化过程看做是均匀的，用 dy 近似代替 y 相应的改变量 Δy，然后根据均匀状态下的有关定律列出微分方程.

例 3 设某商品的需求量 Q 对价格 P 的弹性为 $P\ln 3$，已知该商品的最大需求量为 1 500（即当 $P = 0$ 时，$Q = 1 500$），求需求量 Q 对价格 P 的函数关系.

解 设需求量 Q 对价格 P 的函数为 $Q = Q(P)$，按弹性的定义

$$\frac{EQ}{EP} = -\frac{P}{Q} \cdot \frac{dQ}{dP}$$

可知 $Q(P)$ 应满足的微分方程是

$$\frac{P}{Q} \cdot \frac{dQ}{dP} = -P\ln 3$$

这是变量可分离的一阶方程. 分离变量，得

$$\frac{dQ}{Q} = (-\ln 3)dP$$

两边积分，通解为

$$\ln Q = (-\ln 3)P + \ln C$$

化简得

$$Q = Ce^{(-\ln 3)P} = C(e^{\ln 3})^{-P} = C3^{-P}$$

用初始条件 $Q\Big|_{P=0} = 1 500$ 代入通解，定出 $C = 1 500$，故得需求量 Q 对价格 P 的函数关系为

$$Q = 1 500 \cdot 3^{-P}$$

测试题（六）

一、单项选择题（20分）

1. 已知函数 $y = Ce^x + e^{-x}$（C 为任意常数）满足微分方程 $y'' - y = 0$，则这个函数 $y = Ce^x + e^{-x}$ （　　）

    A. 不是方程 $y'' - y = 0$ 的解　　　　　　B. 是方程 $y'' - y = 0$ 的通解

    C. 是方程 $y'' - y = 0$ 的特解　　　　　　D. 是方程 $y'' - y = 0$ 的解

2. 下列方程中，不是线性微分方程的是   （　　）

    A. $\dfrac{dy}{dx} + x^2 y = 0$　　　　　　　　B. $y'' = 2y' + y + 3$

    C. $y' + xy^2 = 0$　　　　　　　　　　D. $\dfrac{d^2 y}{dx^2} + x\dfrac{dy}{dx} = 0$

3. 微分方程 $y'' - 4y' + 4y - 1 = 0$ 的一个特解是   （　　）

    A. $y = \dfrac{1}{4}x$　　　　B. $y = x$　　　　C. $y = \dfrac{1}{4}$　　　D. $y = 1$

4. 微分方程 $y' = y$ 满足初始条件 $y\big|_{x=0} = 1$ 的特解是   （　　）

    A. $y = 2e^x$　　　　　B. $y = 2e^x - 1$　　C. $y = e^x$　　D. $y = 2 - e^x$

5. 下列函数组中，线性无关的一组是   （　　）

    A. e^x 与 e^{x-1}　　　　　　　　　　B. $\sin 2x$ 与 $\sin x \cos x$

    C. $\ln x$ 与 $\ln x^3$　　　　　　　　　D. $e^x \sin x$ 与 $e^x \cos x$

二、填空题（20分）

6. 微分方程 $y' - 2xy = 0$ 的通解是_____．

7. 微分方程 $y'' - 2y' - 3y = 0$ 的通解是_____．

8. 微分方程 $y'' = e^x - x^{-2}$ 的通解是_____．

9. 微分方程 $y'' + y = x^2$ 的特解的待定形式为 $y^* = $_____．

10. 设 $y_1(x)$ 与 $y_2(x)$ 是微分方程 $y'' + P(x)y' + Q(x)y = 0$ 的两个线性无关的特解，则该方程的通解是_____．

三、计算题（40分）

11. 求微分方程 $2x\sin y\,dx + (x^2 + 1)\cos y\,dy = 0$ 的通解．

12. 求微分方程 $x\mathrm{d}y + (y - x\mathrm{e}^x)\mathrm{d}x = 0$ 的通解.

13. 求微分方程 $y'' + \sin x + x^2 = 0$ 满足初始条件 $y\big|_{x=0} = 1$，$y'\big|_{x=0} = -1$ 的特解.

14. 求微分方程 $y'' = \dfrac{1}{x}y' + x$ 的通解.

15. 求微分方程 $y'' + 3y = \mathrm{e}^x$ 的通解.

四、综合题（20 分）

16. 求微分方程 $y^{(4)} - y = 0$ 的通解.

17. 设一条平面曲线经过点 $\left(1, \dfrac{1}{2}\right)$，且曲线上任一点 $P(x, y)$ 处的切线斜率等于该点横坐标的立方，求这曲线的方程.

18. 设 $f(x) = 3\mathrm{e}^x - 4\displaystyle\int_0^x (x - t)f(t)\mathrm{d}t$，其中 $f(x)$ 二阶可导，求 $f(x)$.

测试题（六）答案

1. D

2. C

3. C

4. C

5. D

6. $y = Ce^{x^2}$

7. $y = C_1 e^{-x} + C_2 e^{3x}$

8. $y = e^x + \ln x + C_1 x + C_2$

9. $y^* = b_0 x^2 + b_1 x + b_2$

10. $y = C_1 y_1 + C_2 y_2$

11. $(x^2 + 1)\sin y = C$

12. $y = \dfrac{1}{x}(xe^x - e^x + C)$

13. $y = \sin x - \dfrac{x^4}{12} - 2x + 1$

14. $y = \dfrac{x^3}{3} + C_1 x^2 + C_2$

15. $y = C_1 \cos\sqrt{3}\,x + C_2 \sin\sqrt{3}\,x + \dfrac{1}{4}e^x$

16. $y = C_1 e^x + C_2 e^{-x} + C_3 \cos x + C_4 \sin x$

17. $y = \dfrac{1}{4}(x^4 + 1)$

18. $f(x) = \dfrac{3}{5}(4\cos 2x + 2\sin 2x + e^x)$

*第七章 向量代数与空间解析几何

空间解析几何的知识对学习多元函数微积分是必不可少的. 本章对空间解析几何的主要内容加以概括: 首先建立空间直角坐标系并引入向量, 然后以向量为工具来讨论空间的平面和直线, 最后介绍常见的空间曲面和曲线.

第一节 向量及其运算

一、空间直角坐标系

在空间取一点 O, 以点 O 为原点作三条两两互相垂直的数轴 Ox, Oy, Oz (长度单位一般相同), 这样便构成空间直角坐标系 (图 7-1a).

三条数轴称为**坐标轴**, 分别叫做 x 轴 (横轴)、y 轴 (纵轴)、z 轴 (竖轴). 通常按右手系规定坐标轴的指向, 即用右手的拇指、食指、中指叉开如图 7-1b 所示的指向为方向, 大拇指表示 x 轴的正向, 食指表示 y 轴的正向, 中指表示 z 轴的正向.

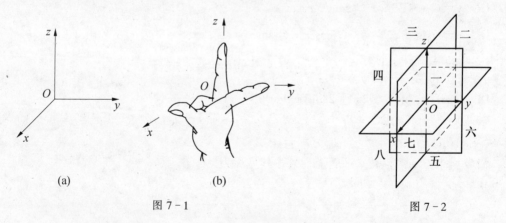

(a)　　　　　　　　(b)

图 7-1　　　　　　　　　　　图 7-2

每两条坐标轴确定的一个平面, 称为**坐标面**. 由 x 轴、y 轴确定的叫 xOy 坐标面; 由 y 轴、z 轴确定的叫 yOz 坐标面; 由 z 轴、x 轴确定的叫 zOx 坐标面. 这三个坐标面把整个空间分成八个部分, 每一个部分称为一个**卦限**, 八个卦限的次序如图 7-2 所示.

在空间直角坐标系下, 空间的点 M 与有序数组 (x, y, z) 之间一一对应, 如

图 7-3 所示. 称有序数组 (x, y, z) 为点 M 的直角坐标,
记作 $M(x, y, z)$. 显然, 在空间直角坐标系中:

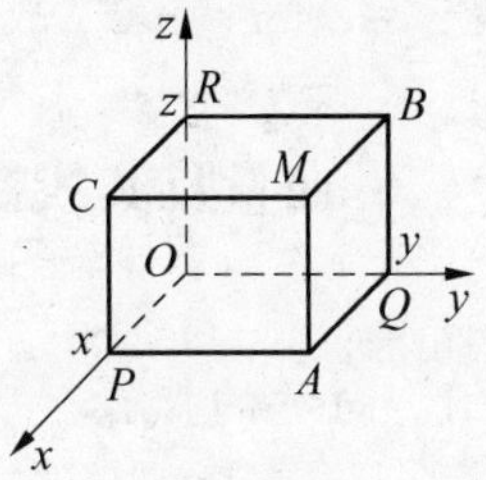

原点 O 的坐标为 $(0, 0, 0)$;

在 x 轴上的点 P 的坐标为 $(x, 0, 0)$;

在 y 轴上的点 Q 的坐标为 $(0, y, 0)$;

在 z 轴上的点 R 的坐标为 $(0, 0, z)$;

在 xOy 坐标面上的点 A 的坐标为 $(x, y, 0)$;

在 yOz 坐标面上的点 B 的坐标为 $(0, y, z)$;

在 zOx 坐标面上的点 C 的坐标为 $(x, 0, z)$.

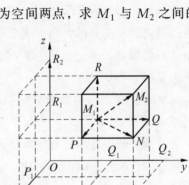

图 7-3

例1 设 $M_1(x_1, y_1, z_1)$, $M_2(x_2, y_2, z_2)$ 为空间两点, 求 M_1 与 M_2 之间的距离 $|M_1M_2|$.

解 过点 M_1, M_2 各作三个分别垂直于三条坐标轴的平面, 这六个平面围成一个以 M_1M_2 为对角线的长方体, 如图 7-4 所示. 由勾股定理可得

$$|M_1M_2|^2 = |M_1N|^2 + |NM_2|^2$$
$$= |M_1P|^2 + |M_1Q|^2 + |M_1R|^2$$

由于
$$|M_1P| = |P_1P_2| = |x_2 - x_1|$$
$$|M_1Q| = |Q_1Q_2| = |y_2 - y_1|$$
$$|M_1R| = |R_1R_2| = |z_2 - z_1|$$

图 7-4

所以
$$|M_1M_2| = \sqrt{(x_2 - x_1)^2 + (y_2 - y_1)^2 + (z_2 - z_1)^2}$$

这就是空间两点间的距离公式.

特别地, 空间点 $M(x, y, z)$ 到原点 $O(0, 0, 0)$ 的距离为

$$|OM| = \sqrt{x^2 + y^2 + z^2}$$

例2 在 xOz 平面上求一点, 使之与点 $A(1, -3, 2)$, $B(-3, 0, -1)$ 及 $C(6, 3, -1)$ 等距离.

解 所求点 M 在 xOz 平面上, 故设其坐标为 $(x, 0, z)$.

由 $|MA| = |MB|$, 得

$$\sqrt{(x-1)^2 + 3^2 + (z-2)^2} = \sqrt{(x+3)^2 + 0^2 + (z+1)^2}$$

由 $|MB| = |MC|$, 得

$$\sqrt{(x+3)^2 + 0^2 + (z+1)^2} = \sqrt{(x-6)^2 + (-3)^2 + (z+1)^2}$$

整理以上两式, 得方程组

$$\begin{cases} 4x + 3z = 2 \\ x = 2 \end{cases}$$

解得 $x=2$，$z=-2$. 故所求点为 $M(2,0,-2)$.

二、向量及其线性运算

1. 向量的概念

在实践中，常常遇到两类性质不同的量：一类是只有大小的量，例如时间、温度、距离等，称之为**数量**；另一类量，不仅有大小而且还有方向，例如力、速度、加速度等，这种量称为**向量**.

几何上，用带有箭头指向的线段来表示向量，线段的长度表示向量的数值大小，而线段的指向表示向量的方向. 图 7-5 表示以 A 为起点、B 为终点的向量，并记作 $\overrightarrow{AB}$ 或小写黑斜体"a"，手写时记为 $\vec{a}$.

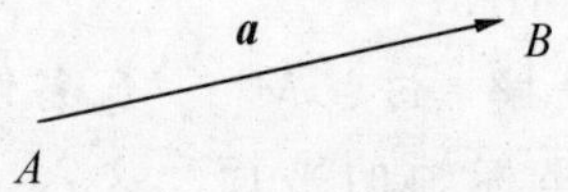

图 7-5

向量的数值大小叫做向量的**模**. 向量 $\overrightarrow{AB}$（或 a）的模记作 $|\overrightarrow{AB}|$（或 $|a|$）.

模等于 1 的向量叫做单位向量.

模等于 0 的向量叫做零向量，记作 **0**. 零向量没有确定的方向，或者说它的方向是任意的.

如果两个向量 a 和 b 的模相等，且方向相同（指向相同），则称这两个向量相等，记作 $a=b$.

根据这个规定，只要不改变向量的模和方向，向量是可以任意平行移动的. 换句话说，向量与它的起点无关，这种向量称为**自由向量**，本章所论述的向量均指自由向量.

与向量 a 的模相等而方向相反的向量，称为 a 的负向量，记作 $-a$.

下面以力的合成法则为依据，定义向量的线性运算.

2. 向量的加减法

实验证实，两个力的合力符合平行四边形法则. 以这一实践知识为依据，可定义两向量和的平行四边形法则：

设有 a 和 b 两向量，平移 a（或 b）使它们的起点重合，以 a 和 b 为邻边作平行四边形，则与 a，b 同起点的对角线向量 c 称为 a 与 b 的和（图 7-6a），记作

$$c=a+b$$

由于平行四边形对边相等且平行，所以在图 7-6a 中，向量 $\overrightarrow{AC}=\overrightarrow{OB}$. 这样，在向量求和的作图上，可以简化为图 7-6b，即自 a 的终点 A 作 $\overrightarrow{AC}=b$，连接 OC，则向量 $\overrightarrow{OC}$ 就是 a 与 b 的和向量. 这种方法又叫做向量加法的三角形法则.

根据求和运算法则，容易验证向量加法有下列运算律：

交换律　$a+b=b+a$

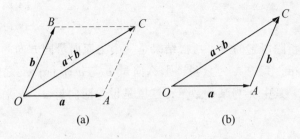

图 7 - 6

结合律　　$(a + b) + c = a + (b + c)$

显然，　　$a + 0 = a$，$a + (-a) = 0$.

由加法的结合律与交换律可将三角形法则推广至求任意有限个向量的向量和：设有 n 个向量 a_1，a_2，$\cdots$，a_n，相继作出向量 $\overrightarrow{OA_1} = a_1$，$\overrightarrow{A_1A_2} = a_2$，$\cdots$，$\overrightarrow{A_{n-1}A_n} = a_n$，使前一个向量的终点作为后一个向量的起点，这样把 n 个向量连接，则以第一个向量的起点 O 为起点，最后一个向量的终点 A_n 为终点的向量 $\overrightarrow{OA_n}$ 便是这 n 个向量的和向量.

$$\overrightarrow{OA_n} = a_1 + a_2 + \cdots + a_n$$

由负向量的概念，可以知道向量 a 与 $(-b)$ 之和就是向量 a 与 b 的差

$$a - b = a + (-b)$$

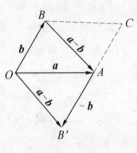

从图 7 - 7 可看出，差向量 $a - b$ 的作图法：平移 a（或 b）使它们的起点重合，则由 b 的终点 B 到 a 的终点 A 所成的向量 $\overrightarrow{BA} = a - b$.

图 7 - 7

3. 数与向量的乘法

设 λ 是一个数量，a 是向量，λ 与 a 的乘积 λa 仍表示一个向量，其模与方向规定为

$$|\lambda a| = |\lambda||a|$$

当 $\lambda > 0$ 时，λa 与 a 同方向；$\lambda < 0$ 时，λa 与 a 反方向.

据此可得　$0 \cdot a = 0$，$(-1)a = -a$. 且有如下结论：

(1) 运算律

结合律　　$\lambda(\mu a) = (\lambda\mu)a = \mu(\lambda a)$

分配律　　$(\lambda + \mu)a = \lambda a + \mu a$

$$\lambda(a + b) = \lambda a + \lambda b$$

(2) 若记 $a°$ 为与非零向 a 同方向的单位向量，则有

$$a = |a|a°$$

从而

$$a^\circ = \frac{a}{|a|}$$

这表示一个非零向量除以它的模，所得结果是一个与原向量同方向的单位向量.

（3）如果 $b = \lambda a$，其中 λ 为数量，那么向量 b 与 a 平行；反之，如果向量 b 与 a 平行，那么 $b = \lambda a$，其中 λ 为某一数量. 这就是说，两向量 a，b 平行的充分必要条件为 $b = \lambda a$.

三、向量的坐标

前面用几何方法表示向量及其运算，应用极不方便. 为了能简化向量的运算，并把它作为重要的数学工具，可以借助空间直角坐标系把向量及其运算数量化.

1. 向量的坐标表示式

在空间直角坐标系中，可以把一个任意给定的非零向量平移，使它的起点和坐标原点 O 重合，则它的终点 M 唯一确定，也即点 M 的坐标 (x, y, z) 是唯一确定的. 这样就建立了向量与数组 (x, y, z) 的对应关系. 通常把以原点为起点、$M(x, y, z)$ 为终点的向量 $\overrightarrow{OM}$ 称为**向径 r**，如图 7-8 所示.

由向量的加法可知

$$r = \overrightarrow{OM} = \overrightarrow{OP} + \overrightarrow{PM}$$
$$= \overrightarrow{OA} + \overrightarrow{OB} + \overrightarrow{OC}$$

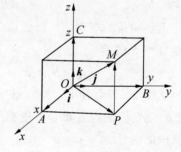

图 7-8

用 i，j，k 分别表示 x 轴、y 轴和 z 轴上正方向的单位向量（称为空间直角坐标系的基本单位向量）. 由数与向量的乘法可知

$$\overrightarrow{OA} = x\boldsymbol{i}, \quad \overrightarrow{OB} = y\boldsymbol{j}, \quad \overrightarrow{OC} = z\boldsymbol{k}$$

于是

$$\overrightarrow{OM} = x\boldsymbol{i} + y\boldsymbol{j} + z\boldsymbol{k}$$

这就是向量 $\overrightarrow{OM}$ 的坐标表示式. 由于 i，j，k 是规定了的、明确的基本单位向量，所以上式可简记为

$$\overrightarrow{OM} = \{x, y, z\}$$

称它为向量 $\overrightarrow{OM}$ 的坐标，而把 $x\boldsymbol{i}$，$y\boldsymbol{j}$，$z\boldsymbol{k}$ 分别称为 $\overrightarrow{OM}$ 在 x 轴、y 轴、z 轴上的分向量.

由于讨论的是自由向量，即经平行移动不会改变向量的模和指向，所以向量 a（不论它是否为向径）的坐标是唯一的、确定的. 通常把向量 a 的坐标写成

$$a = a_x\boldsymbol{i} + a_y\boldsymbol{j} + a_z\boldsymbol{k} = \{a_x, a_y, a_z\}$$

利用向量的坐标就可以将原来用几何方法规定的向量运算转化为向量的坐标之间的

代数运算.

设两向量 $\boldsymbol{a} = \{a_x, a_y, a_z\}$ 和 $\boldsymbol{b} = \{b_x, b_y, b_z\}$，则有

$$\boldsymbol{a} \pm \boldsymbol{b} = \{a_x \pm b_x, a_y \pm b_y, a_z \pm b_z\}$$

$$\lambda\boldsymbol{a} = \{\lambda a_x, \lambda a_y, \lambda a_z\}$$

例3　设 $\boldsymbol{a} = \{4, -3, 4\}$，$\boldsymbol{b} = \{2, 2, 1\}$，求 $\boldsymbol{a} + \boldsymbol{b}$ 及 $2\boldsymbol{a} - 3\boldsymbol{b}$.

解　$\boldsymbol{a} + \boldsymbol{b} = \{4+2, -3+2, 4+1\} = \{6, -1, 5\}$

$$\begin{aligned}
2\boldsymbol{a} - 3\boldsymbol{b} &= 2(4\boldsymbol{i} - 3\boldsymbol{j} + 4\boldsymbol{k}) - 3(2\boldsymbol{i} + 2\boldsymbol{j} + \boldsymbol{k}) \\
&= (8\boldsymbol{i} - 6\boldsymbol{j} + 8\boldsymbol{k}) - (6\boldsymbol{i} + 6\boldsymbol{j} + 3\boldsymbol{k}) \\
&= 2\boldsymbol{i} - 12\boldsymbol{j} + 5\boldsymbol{k} = \{2, -12, 5\}
\end{aligned}$$

例4　已知空间两点 $M_1(x_1, y_1, z_1)$ 和 $M_2(x_2, y_2, z_2)$，求向量 $\overrightarrow{M_1M_2}$ 的坐标表示式.

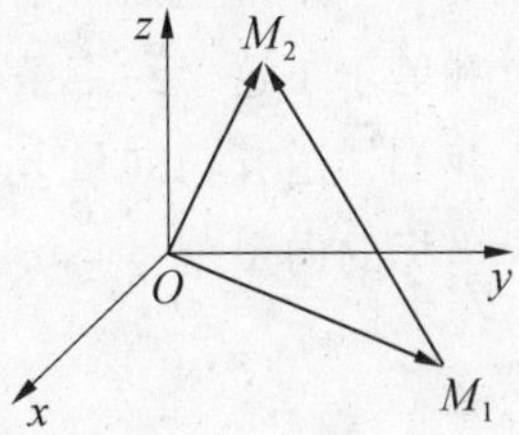

解　如图 7-9 所示，作向量 $\overrightarrow{OM_1}$ 与 $\overrightarrow{OM_2}$，则

$$\overrightarrow{M_1M_2} = \overrightarrow{OM_2} - \overrightarrow{OM_1}$$

由于

$$\overrightarrow{OM_1} = \{x_1, y_1, z_1\}, \quad \overrightarrow{OM_2} = \{x_2, y_2, z_2\}$$

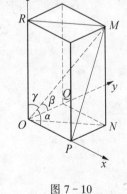

图 7-9

于是

$$\overrightarrow{M_1M_2} = \{x_2, y_2, z_2\} - \{x_1, y_1, z_1\} = \{x_2 - x_1, y_2 - y_1, z_2 - z_1\}$$

例4表明，由空间两点所确定的一个向量，它的坐标由其终点坐标减去起点坐标所组成.

2. 向量的模与方向余弦

下面利用向量的坐标来表示向量的模与方向.

已知向量 $\overrightarrow{OM} = \{x, y, z\}$（见图 7-10）. 显然，$\overrightarrow{OM}$ 的模 $|\overrightarrow{OM}|$ 等于点 $M(x, y, z)$ 到原点的距离

$$|\overrightarrow{OM}| = \sqrt{x^2 + y^2 + z^2}$$

即向量的模等于其坐标平方和的算术平方根.

从图 7-10 可以看出，向量 $\overrightarrow{OM}$ 的方向可以由这向量与三条坐标轴正向的夹角 α，β，γ 完全确定（规定 $0 \leqslant \alpha \leqslant \pi$，$0 \leqslant \beta \leqslant \pi$，$0 \leqslant \gamma \leqslant \pi$），$\alpha$，$\beta$，$\gamma$ 称为向量 $\overrightarrow{OM}$ 的**方向角**.

因为 $\angle MOP = \alpha$，且 $MP \perp OP$，所以

$$x = |\overrightarrow{OM}|\cos\alpha$$

同理

$$y = |\overrightarrow{OM}|\cos\beta$$

$$z = |\overrightarrow{OM}|\cos\gamma$$

图 7-10

$\cos\alpha$，$\cos\beta$，$\cos\gamma$ 称为向量 $\overrightarrow{OM}$ 的**方向余弦**. 显然，方向余弦一经确定，方向角 α，β，γ 也就确定，从而向量的方向确定.

由模的公式，可得

$$\begin{cases} \cos\alpha = \dfrac{x}{|\overrightarrow{OM}|} = \dfrac{x}{\sqrt{x^2 + y^2 + z^2}} \\[3mm] \cos\beta = \dfrac{y}{|\overrightarrow{OM}|} = \dfrac{y}{\sqrt{x^2 + y^2 + z^2}} \\[3mm] \cos\gamma = \dfrac{z}{|\overrightarrow{OM}|} = \dfrac{z}{\sqrt{x^2 + y^2 + z^2}} \end{cases}$$

据此得

$$\cos^2\alpha + \cos^2\beta + \cos^2\gamma = 1$$

这表明，一个向量的三个方向角 α，β，γ 并不是相互独立的，它们的余弦值必须满足平方和等于 1 这个约束条件．

我们知道，与向量 $\boldsymbol{a}$ 同方向的单位向量的模 $|\boldsymbol{a}^\circ| = 1$，从而，以向量 $\boldsymbol{a}$ 的方向余弦作为坐标的向量就是与 $\boldsymbol{a}$ 同方向的单位向量，即

$$\boldsymbol{a}^\circ = \{\cos\alpha, \cos\beta, \cos\gamma\}$$

另外，还常称与方向余弦成比例的一组实数 m，n，$p\left(\dfrac{m}{\cos\alpha} = \dfrac{n}{\cos\beta} = \dfrac{p}{\cos\gamma}\right)$ 为 **方向数**，也写成 $\{m, n, p\}$．

易见向量的坐标 $\{x, y, z\}$ 就是该向量的一组方向数．

例 5 已知空间两点 $M_1(2, 2, \sqrt{2})$ 和 $M_2(1, 3, 0)$，求与 $\overrightarrow{M_1 M_2}$ 同方向的单位向量以及 $\overrightarrow{M_1 M_2}$ 的方向余弦、方向角．

解 $\overrightarrow{M_1 M_2} = \{1-2, 3-2, 0-\sqrt{2}\} = \{-1, 1, -\sqrt{2}\}$

所以 $\overrightarrow{M_1 M_2}$ 的模

$$\left|\overrightarrow{M_1 M_2}\right| = \sqrt{(-1)^2 + 1^2 + (-\sqrt{2})^2} = 2$$

于是，与 $\overrightarrow{M_1 M_2}$ 同方向的单位向量为

$$\boldsymbol{a}^\circ = \frac{\overrightarrow{M_1 M_2}}{\left|\overrightarrow{M_1 M_2}\right|} = \frac{1}{2}\{-1, 1, -\sqrt{2}\} = \left\{-\frac{1}{2}, \frac{1}{2}, -\frac{\sqrt{2}}{2}\right\}$$

方向余弦为

$$\cos\alpha = -\frac{1}{2}, \quad \cos\beta = \frac{1}{2}, \quad \cos\gamma = -\frac{\sqrt{2}}{2}$$

方向角为

$$\alpha = \frac{2\pi}{3}, \quad \beta = \frac{\pi}{3}, \quad \gamma = \frac{3\pi}{4}$$

例 6 从点 $A(2, -1, 7)$ 沿向量 $\boldsymbol{a} = 8\boldsymbol{i} + 9\boldsymbol{j} - 12\boldsymbol{k}$ 的方向作向量 $\overrightarrow{AB}$，使 $|\overrightarrow{AB}| = 34$，求终点 B 的坐标．

解 设终点 B 的坐标为 (x, y, z)，则

$$\overrightarrow{AB} = \{x-2, y+1, z-7\}$$

依题意，有 $|\overrightarrow{AB}| = 34$，并且 $\overrightarrow{AB}$ 与 $\boldsymbol{a}$ 同方向（即有相同的方向余弦）.

现可得 $\boldsymbol{a}$ 的方向余弦为

$$\cos\alpha = \frac{8}{\sqrt{8^2 + 9^2 + (-12)^2}} = \frac{8}{17}$$

$$\cos\beta = \frac{9}{17}$$

$$\cos\gamma = -\frac{12}{17}$$

而 $\overrightarrow{AB}$ 的方向余弦为

$$\cos\alpha = \frac{x-2}{|\overrightarrow{AB}|} = \frac{x-2}{34}$$

$$\cos\beta = \frac{y+1}{34}$$

$$\cos\gamma = \frac{z-7}{34}$$

从而有

$$\frac{x-2}{34} = \frac{8}{17}, \quad \frac{y+1}{34} = \frac{9}{17}, \quad \frac{z-7}{34} = -\frac{12}{17}$$

解得 $x = 18$，$y = 17$，$z = -17$. 即 $(18,~17,~-17)$ 为所求终点 B 的坐标.

四、向量的数量积与向量积

定义（空间两向量的夹角）　设 $\boldsymbol{a}$ 和 $\boldsymbol{b}$ 是空间两个不平行的向量（如图 $7-11$ 所示），以坐标原点 O 为起点分别作 $\overrightarrow{OM_1} = \boldsymbol{a}$，$\overrightarrow{OM_2} = \boldsymbol{b}$，连接 $M_1 M_2$，则把 $\triangle OM_1 M_2$ 的内角

$$\theta = \angle M_1 OM_2$$

称为向量 $\boldsymbol{a}$ 与 $\boldsymbol{b}$ 间的**夹角**，常记作 $(\widehat{\boldsymbol{a}, \boldsymbol{b}})$ 或 $(\widehat{\boldsymbol{b}, \boldsymbol{a}})$.

如果 $\boldsymbol{a}$ 与 $\boldsymbol{b}$ 平行同方向，则规定 $\theta = 0$；若 $\boldsymbol{a}$ 与 $\boldsymbol{b}$ 平行反方向，则规定 $\theta = \pi$.

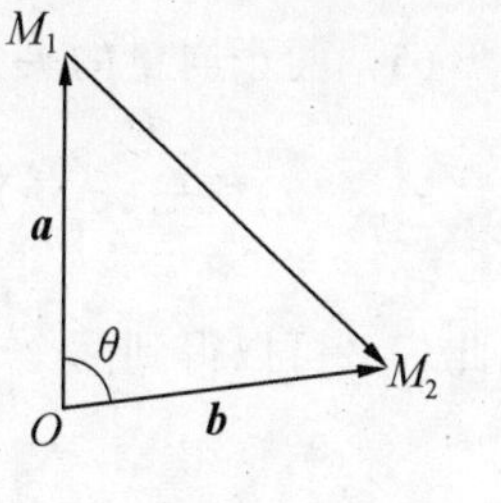

图 $7-11$

1. 两向量的数量积

先看一个实例.

在力学中，常力 $\boldsymbol{F}$ 作用在物体上，物体做直线运动，从点 M_0 运动到点 M 处，产生位移 $\boldsymbol{s} = \overrightarrow{M_0 M}$（图 $7-12$）. 则力 $\boldsymbol{F}$ 对物体所做的功为

$$W = |\boldsymbol{F}||\boldsymbol{s}|\cos\theta$$

其中，θ 为向量 $\boldsymbol{F}$ 与 $\boldsymbol{s}$ 的夹角.

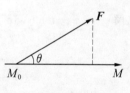

图 $7-12$

这种由两个向量确定一个数值的运算——即由两个向量各自的模及其夹角余弦的连乘积，称为 F 与 s 的数量积.

定义 两个向量 a 和 b 的模及其夹角的余弦的乘积，叫做向量 a 与 b 的**数量积**，记作 $a \cdot b$，即

$$a \cdot b = |a||b|\cos(\widehat{a, b})$$

习惯上又称之为**点乘**.

由数量积定义可以得知：

(1) $a \cdot a = |a||a|\cos 0 = |a|^2$.

(2) 对于两个非零向量 a 与 b，如果 $a \perp b$，那么 $a \cdot b = |a||b|\cos\dfrac{\pi}{2} = 0$；反之，如果 $a \cdot b = 0$，由于 $|a| \neq 0$，$|b| \neq 0$，所以 $\cos(\widehat{a, b}) = 0$，即 $(\widehat{a, b}) = \dfrac{\pi}{2}$，从而 $a \perp b$.

这就是说，两个非零向量互相垂直的充要条件是它们的数量积为零.

(3) 数量积有下列运算律：

交换律 $a \cdot b = b \cdot a$

与数因子的结合律 $\lambda(a \cdot b) = (\lambda a) \cdot b = a \cdot (\lambda b)$

分配律 $(a + b) \cdot c = a \cdot c + b \cdot c$

(4) 应用上述结论可以推导（过程从略）出数量积的坐标表示式. 设

$$a = \{a_x, a_y, a_z\}, \quad b = \{b_x, b_y, b_z\}$$

则

$$a \cdot b = a_x b_x + a_y b_y + a_z b_z$$

这就是两向量数量积的坐标表示式.

(5) 两个向量的夹角余弦

$$\cos(\widehat{a, b}) = \frac{a \cdot b}{|a||b|} = \frac{a_x b_x + a_y b_y + a_z b_z}{\sqrt{a_x^2 + a_y^2 + a_z^2} \times \sqrt{b_x^2 + b_y^2 + b_z^2}}$$

由此，又可以得到两个非零向量 a 与 b 互相垂直的充要条件为

$$a_x b_x + a_y b_y + a_z b_z = 0$$

这就是说，两个非零向量互相垂直的充要条件是它们对应的坐标乘积之代数和为零.

例 7 已知 $|a| = |b| = 1$，$(\widehat{a, b}) = \dfrac{\pi}{2}$，试计算 $(2a + b) \cdot (3a - b)$.

解 $(2a + b) \cdot (3a - b) = 6a \cdot a + 3a \cdot b - 2a \cdot b - b \cdot b$

$$= 6|a|^2 + a \cdot b - |b|^2$$

$$= 6 + |a||b|\cos\frac{\pi}{2} - 1 = 5$$

例 8 已知 $a = \{1, \sqrt{2}, -1\}$，$b = \{-1, 0, 1\}$，求 $a \cdot b$ 及 $(\widehat{a, b})$.

解　$a \cdot b = 1 \cdot (-1) + \sqrt{2} \cdot 0 + (-1) \cdot 1 = -2$

$$|a| = \sqrt{1^2 + (\sqrt{2})^2 + (-1)^2} = 2$$

$$|b| = \sqrt{(-1)^2 + 0^2 + 1^2} = \sqrt{2}$$

于是

$$\cos(\widehat{a, b}) = \frac{a \cdot b}{|a||b|} = -\frac{1}{\sqrt{2}}$$

得

$$(\widehat{a, b}) = \frac{3\pi}{4}$$

例 9　在 xOy 坐标面上求一单位向量，使它与已知向量 $a = \{-4, 3, 7\}$ 垂直.

解　因为所求向量在 xOy 平面上，所以设它的坐标表示式为 $b^\circ = \{x, y, 0\}$. 依题意有

$$|b^\circ| = \sqrt{x^2 + y^2} = 1$$

$$a \cdot b^\circ = -4x + 3y = 0$$

解方程组

$$\begin{cases} x^2 + y^2 = 1 \\ -4x + 3y = 0 \end{cases}$$

可得 $x = \dfrac{3}{5}$，$y = \dfrac{4}{5}$ 或 $x = -\dfrac{3}{5}$，$y = -\dfrac{4}{5}$. 于是，所求的单位向量为

$$b^\circ = \left\{ \frac{3}{5}, \frac{4}{5}, 0 \right\} \quad 或 \quad b^\circ = \left\{ -\frac{3}{5}, -\frac{4}{5}, 0 \right\}$$

2. 两向量的向量积

向量积也是应实际需要而产生并加以定义的. 现以力矩问题为例.

我们用扳手的钳口钳住螺钉的六角头，然后用力 F 扳动手柄（作用点 A），使扳手绕着螺钉的中心轴 L 作顺时针方向转动（$OA \perp L$），如图 7-13 所示. 这时，螺钉受到力矩 M 的作用往下钻. 力矩的模 $|M|$ 等于力的模 $|F|$ 与力臂 p 的乘积，即

$$|M| = |F| \cdot p$$

其中，力臂 p 是支点 O 到作用力方向的垂直距离，所以 $p = |\overrightarrow{OA}| \sin(\widehat{\overrightarrow{OA}, F})$. 于是

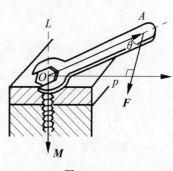

图 7-13

$$|M| = |F| |\overrightarrow{OA}| \sin(\widehat{\overrightarrow{OA}, F})$$

而 M 的方向垂直于 $\overrightarrow{OA}$ 与 F 所决定的平面，且 $\overrightarrow{OA}$，F，M 之间构成右手系.

这种由两个向量按上面规则确定出一个新向量的运算，可抽象定义为两向量的向量积.

定义 由向量 a 与 b 确定一个新向量 c，使其满足：

（1）c 的模为 $|c| = |a||b|\sin(a\stackrel{\wedge}{,}b)$；

（2）c 的方向同时垂直于 a 和 b，且 a，b，c 构成右手系（图 7-14）．这样确定的向量 c 称为 a 与 b 的**向量积**，记作

$$c = a \times b$$

通常也叫做 a 与 b 的**叉乘**．

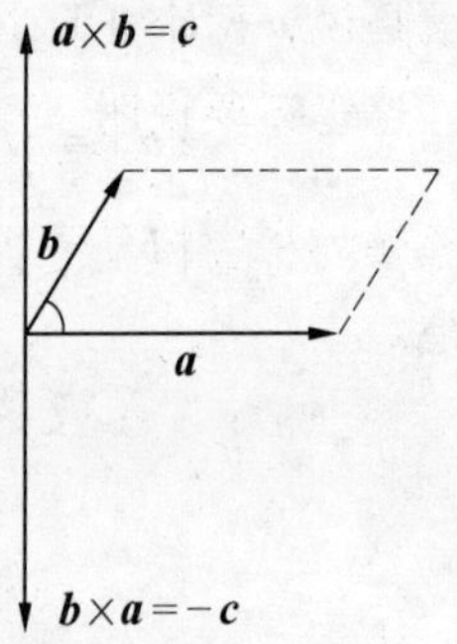

按此定义，力矩 M 可以表示为

$$M = \overrightarrow{OA} \times F$$

由向量积的定义可以得知：

（1）向量积的模

$$|a \times b| = |a||b|\sin(a\stackrel{\wedge}{,}b)$$

在几何上正好表示以 a，b 为邻边的平行四边形的面积（见图 7-14）．

（2）对于两个非零向量 a，b 来说，当 $a \times b = 0$ 时，$|a \times b| = 0$，由于 $|a| \neq 0$，$|b| \neq 0$，所以必有 $\sin(a\stackrel{\wedge}{,}b) = 0$，$(a\stackrel{\wedge}{,}b) = 0$ 或 π，即 a 与 b 平行；反之，若 a 与 b 平行，那么 $(a\stackrel{\wedge}{,}b) = 0$ 或 π，于是 $|a \times b| = 0$，即 $a \times b = 0$．

这就是说，两个非零向量 a 与 b 平行的充要条件是它们的向量积为零向量．

显然 $\qquad\qquad\qquad\qquad a \times a = 0$

（3）向量积有下列运算律：

反交换律 $a \times b = -(b \times a)$

分配律 $a \times (b + c) = a \times b + a \times c$

与数因子的结合律 $\lambda(a \times b) = (\lambda a) \times b = a \times (\lambda b)$

（4）应用上述结论可以推导（过程从略）出向量积的坐标表示式．设

$$a = \{a_x, a_y, a_z\}, \quad b = \{b_x, b_y, b_z\}$$

则

$$a \times b = \begin{vmatrix} i & j & k \\ a_x & a_y & a_z \\ b_x & b_y & b_z \end{vmatrix} = \begin{vmatrix} a_y & a_z \\ b_y & b_z \end{vmatrix} i - \begin{vmatrix} a_x & a_z \\ b_x & b_z \end{vmatrix} j + \begin{vmatrix} a_x & a_y \\ b_x & b_y \end{vmatrix} k$$

$$= (a_y b_z - a_z b_y)i - (a_x b_z - a_z b_x)j + (a_x b_y - a_y b_x)k$$

从向量积的坐标表示式可以看出，若 $a \times b = 0$，应有

$$a_y b_z - a_z b_y = 0, \quad a_z b_x - a_x b_z = 0, \quad a_x b_y - a_y b_x = 0$$

或写成比例式

$$\frac{a_x}{b_x} = \frac{a_y}{b_y} = \frac{a_z}{b_z}$$

图 7-14

这就是说，两个非零向量平行的充分必要条件是它们的坐标对应成比例.

这里还要说明一点：当分母 b_x，b_y，b_z 中有某个为零时（不能同时为零），比例式应理解为相应的分子也是零. 例如，应把比例式 $\dfrac{a_x}{0} = \dfrac{a_y}{0} = \dfrac{a_z}{b_z}$ 理解为 $a_x = 0$，$a_y = 0$.

例 10　设 $a = \{2, -1, 3\}$，$b = \{3, -2, 5\}$，计算 $a \times b$，并验证 $(a \times b) \perp a$，$(a \times b) \perp b$.

解

$$a \times b = \begin{vmatrix} i & j & k \\ 2 & -1 & 3 \\ 3 & -2 & 5 \end{vmatrix} = \begin{vmatrix} -1 & 3 \\ -2 & 5 \end{vmatrix} i - \begin{vmatrix} 2 & 3 \\ 3 & 5 \end{vmatrix} j + \begin{vmatrix} 2 & -1 \\ 3 & -2 \end{vmatrix} k$$

$$= i - j - k = \{1, -1, -1\}$$

因为

$$(a \times b) \cdot a = 1 \cdot 2 + (-1)(-1) + (-1) \cdot 3 = 0$$
$$(a \times b) \cdot b = 1 \cdot 3 + (-1)(-2) + (-1) \cdot 5 = 0$$

所以

$$(a \times b) \perp a，\quad (a \times b) \perp b$$

例 11　已知三角形的顶点是 $A(1, -1, 2)$，$B(3, 3, 1)$，$C(3, 1, 3)$，求 $\triangle ABC$ 的面积.

解　因为 $\triangle ABC$ 的面积等于以 $\overrightarrow{AB}$，$\overrightarrow{AC}$ 为邻边的平行四边形的面积之半，即

$$S = \frac{1}{2} |\overrightarrow{AB} \times \overrightarrow{AC}|$$

由

$$\overrightarrow{AB} = \{2, 4, -1\}，\quad \overrightarrow{AC} = \{2, 2, 1\}$$

得

$$\overrightarrow{AB} \times \overrightarrow{AC} = \begin{vmatrix} i & j & k \\ 2 & 4 & -1 \\ 2 & 2 & 1 \end{vmatrix} = 6i - 4j - 4k$$

所以

$$|\overrightarrow{AB} \times \overrightarrow{AC}| = \sqrt{6^2 + (-4)^2 + (-4)^2} = 2\sqrt{17}$$

故 $\triangle ABC$ 的面积

$$S = \sqrt{17} \quad （面积单位）$$

例 12　求同时垂直于 $a = \{2, 2, 1\}$ 及 $b = \{4, 5, 3\}$ 的单位向量.

解　根据向量积的定义，向量 $\pm(a \times b) = \pm c$ 同时垂直于 a 与 b. 所以，求出 $\pm c$ 后再除以它的模，就得到所求的单位向量.

$$c = \begin{vmatrix} i & j & k \\ 2 & 2 & 1 \\ 4 & 5 & 3 \end{vmatrix} = i - 2j + 2k$$

$$|c| = \sqrt{1^2 + (-2)^2 + 2^2} = 3$$

于是，所求的单位向量为

$$c° = \frac{c}{|c|} = \frac{1}{3}\{1, -2, 2\} = \left\{\frac{1}{3}, -\frac{2}{3}, \frac{2}{3}\right\}$$

及

$$-c° = -\frac{c}{|c|} = -\frac{1}{3}\{1, -2, 2\} = \left\{-\frac{1}{3}, \frac{2}{3}, -\frac{2}{3}\right\}$$

* **例 13** 已知 $a = \{x_1, y_1, z_1\}$，$b = \{x_2, y_2, z_2\}$，$c = \{x_3, y_3, z_3\}$，试问 $(a \times b) \cdot c$ 是否有意义？若有，其几何意义是什么？

解 由于

$$a \times b = \begin{vmatrix} i & j & k \\ x_1 & y_1 & z_1 \\ x_2 & y_2 & z_2 \end{vmatrix} = \begin{vmatrix} y_1 & z_1 \\ y_2 & z_2 \end{vmatrix} i - \begin{vmatrix} x_1 & z_1 \\ x_2 & z_2 \end{vmatrix} j + \begin{vmatrix} x_1 & y_1 \\ x_2 & y_2 \end{vmatrix} k$$

所以

$$(a \times b) \cdot c = \begin{vmatrix} y_1 & z_1 \\ y_2 & z_2 \end{vmatrix} x_3 - \begin{vmatrix} x_1 & z_1 \\ x_2 & z_2 \end{vmatrix} y_3 + \begin{vmatrix} x_1 & y_1 \\ x_2 & y_2 \end{vmatrix} z_3$$

$$= \begin{vmatrix} x_1 & y_1 & z_1 \\ x_2 & y_2 & z_2 \\ x_3 & y_3 & z_3 \end{vmatrix}$$

结果是一个数值，可知 $(a \times b) \cdot c$ 是存在的，且称为三个向量 a，b，c 的混合积.

混合积的绝对值

$$|(a \times b) \cdot c| = |a \times b| |c| |\cos \theta| = |a \times b| h$$

恰好等于以 a，b，c 为棱的平行六面体的体积（图 7-15）. 事实上，以 a，b 为邻边的平行四边形 $ABCD$ 的面积为

$$S = |a \times b|$$

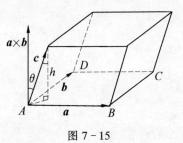

图 7-15

而平行六面体在这底面上的高是

$$h = |c| |\cos \theta|$$

由上述混合积的几何意义立刻得到：三个向量 a，b，c 共面的充要条件是 $(a \times b) \cdot c = 0$.

第二节 空间的平面与直线

在空间直角坐标系下，把几何图形作为满足一定条件的点的集合. 由于空间的点与其坐标 (x, y, z) 一一对应，所以，点所应满足的条件通常用动点坐标 x，y，z 的一个三元方程来描述，并把这样的方程 $F(x, y, z) = 0$ 称为空间点的约束条件方程. 就

是说，图形上任一点的坐标都满足这个方程；反过来，满足这个方程的三元数组（x，y，z）所对应的点都在图形上.

在这个意义下，三元方程

$$F(x,y,z) = 0 \qquad\qquad ①$$

所表示的几何图形一般是空间曲面 Σ. 而空间曲线 Γ 可看成是两个曲面的交线. 设曲面 Σ_1 和 Σ_2 的方程分别为

$$F_1(x,y,z) = 0 \quad 和 \quad F_2(x,y,z) = 0$$

那么曲线 Γ 上任一点作为两曲面的公共点，其坐标应同时满足这两个曲面的方程，即满足方程组

$$\begin{cases} F_1(x,y,z) = 0 \\ F_2(x,y,z) = 0 \end{cases} \qquad\qquad ②$$

反之，不在 Γ 上的点就不可能同时在这两个曲面上，它的坐标也就不满足方程组②. 因此，曲线 Γ 可用方程组②表示.

下面着手研究空间中最简单的几何图形——平面与直线.

一、平面方程

1. 平面的点法式方程

在空间直角坐标系中，过定点 $M_0(x_0，y_0，z_0)$ 可以作无数多个平面. 但是，过点 $M_0(x_0，y_0，z_0)$ 可以作而且只能作一个平面 Π 垂直于已知向量 $\boldsymbol{n} = \{A，B，C\}$（$A$，$B$，$C$ 不全为零）. 现建立平面 Π 的方程.

设 $M(x，y，z)$ 是平面 Π 上的任一点（图 7-16），引进向量

$$\overrightarrow{M_0M} = \{x - x_0, y - y_0, z - z_0\}$$

由于向量 $\boldsymbol{n}$ 垂直于平面，因此 $\boldsymbol{n}$ 垂直于平面上任何直线，所以 $\boldsymbol{n}$ 也垂直于向量 $\overrightarrow{M_0M}$，从而

$$\boldsymbol{n} \cdot \overrightarrow{M_0M} = 0$$

用坐标表示数量积，得

$$A(x - x_0) + B(y - y_0) + C(z - z_0) = 0 \qquad ③$$

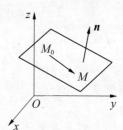

图 7-16

显然，不在平面上的点的坐标不可能满足方程③. 所以方程③就是通过 M_0 且与 $\boldsymbol{n}$ 垂直的平面 Π 的方程.

通常把垂直于平面的任意非零向量叫做该平面的**法向量**. 因此，$\boldsymbol{n}$ 为平面的法向量，称方程③为平面的**点法式**方程.

例 1 求过点 $M_0(1，-2，0)$ 且以 $\boldsymbol{n} = \{6，-4，3\}$ 为法向量的平面方程.

解 根据点法式方程③，所求的平面方程为

$$6(x - 1) + (-4)(y + 2) + 3(z - 0) = 0$$

即

$$6x - 4y + 3z - 14 = 0$$

例 2 已知一平面经过三点 $M_1(1, 2, 3)$，$M_2(-1, 0, 0)$ 和 $M_3(3, 0, 1)$，求此平面的方程.

解 关键是求出平面的法向量 n. 连接 M_1，M_2 及 M_1，M_3，得所求平面上的两个向量：

$$\overrightarrow{M_1M_2} = \{-1 - 1, 0 - 2, 0 - 3\} = \{-2, -2, -3\}$$

$$\overrightarrow{M_1M_3} = \{3 - 1, 0 - 2, 1 - 3\} = \{2, -2, -2\}$$

注意到 $n \perp \overrightarrow{M_1M_2}$，$n \perp \overrightarrow{M_1M_3}$，所以可取

$$n = \overrightarrow{M_1M_2} \times \overrightarrow{M_1M_3} = \begin{vmatrix} i & j & k \\ -2 & -2 & -3 \\ 2 & -2 & -2 \end{vmatrix} = -2i - 10j + 8k$$

然后在 M_1，M_2，M_3 中随意取定一点，譬如 $M_2(-1, 0, 0)$，由点法式可得所求平面方程为

$$-2(x + 1) - 10(y - 0) + 8(z - 0) = 0$$

即

$$x + 5y - 4z + 1 = 0$$

2. 平面的一般式方程

若将平面的点法式方程

$$A(x - x_0) + B(y - y_0) + C(z - z_0) = 0$$

展开写成

$$Ax + By + Cz - (Ax_0 + By_0 + Cz_0) = 0$$

且把常数 $-(Ax_0 + By_0 + Cz_0)$ 记为 D，即有

$$Ax + By + Cz + D = 0 \qquad\qquad ④$$

这表明，平面方程是一个三元一次方程.

反之，对于任意一个三元一次方程④（其中 A，B，C 不全为零）它的图形一定是一个平面. 事实上，因为 A，B，C 不全为零时，总能找到方程④的一组解 (x_0, y_0, z_0)，即

$$Ax_0 + By_0 + Cz_0 + D = 0 \qquad\qquad ⑤$$

由式④减去式⑤，得

$$A(x - x_0) + B(y - y_0) + C(z - z_0) = 0$$

上式表示的图形是过点 $M_0(x_0, y_0, z_0)$ 且与 $n = \{A, B, C\}$ 垂直的平面.

式④称为平面的**一般式**方程, 其中 x, y, z 的系数就是该平面的一个法向量 $\boldsymbol{n}$ 的坐标.

在方程④中, 由 A, B, C 和 D 的不同取值, 表示空间不同的平面. 当其中某一个或几个为零时, 由它所表示的平面在坐标系中就有特殊的位置.

(1) 当 $D=0$ 时, 方程④成为
$$Ax + By + Cz = 0 \quad (\text{缺常数项})$$
显然, 原点 $O(0, 0, 0)$ 的坐标满足这个方程, 所以它表示过原点的平面.

(2) 若 A, B, C 中仅有一个为零, 例如 $C=0$ 时, 方程④成为
$$Ax + By + D = 0 \quad (\text{缺 } z \text{ 项})$$
这时法向量 $\boldsymbol{n} = \{A, B, 0\}$ 与 z 轴的单位向量 $\boldsymbol{k} = \{0, 0, 1\}$ 的点乘为 0, 即 $\boldsymbol{n}$ 垂直于 z 轴, 平面与 z 轴平行. 例如方程
$$3x + 2y - 1 = 0$$
所表示的平面是平行 z 轴的, 如图 7-17 所示.

同理, 方程
$$Ax + Cz + D = 0 \quad (\text{缺 } y \text{ 项})$$
表示平行于 y 轴的平面; 而方程
$$By + Cz + D = 0 \quad (\text{缺 } x \text{ 项})$$
则表示平行于 x 轴的平面.

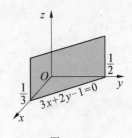

图 7-17

(3) 当 A, B, C 中有两个为零, 例如 $A=B=0$ 时, 方程④成为
$$Cz + D = 0 \quad (\text{缺 } x, y \text{ 项})$$
平面既平行于 x 轴, 又平行于 y 轴, 因此, 平面平行于 xOy 坐标面, 也即垂直于 z 轴.

同理可知, 平面 $By + D = 0$ 平行于 xOz 平面; 而平面 $Ax + D = 0$ 平行于 yOz 平面.

例如, 方程 $3x - 1 = 0$ 表示的平面如图 7-18 所示, 它平行于 yOz 坐标平面.

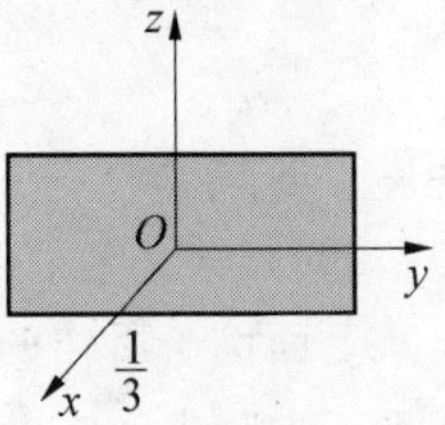

例 3 求通过 z 轴且过点 $M(2, 4, -3)$ 的平面方程.

解 平面过 z 轴, 即平面通过原点且平行于 z 轴, 所以 $D=0$, $C=0$. 所求平面方程可设为
$$Ax + By = 0$$
由于平面过点 $M(2, 4, -3)$, 因此
$$2A + 4B = 0, \quad \text{即} \quad A = -2B$$
代回所设方程, 有
$$B(-2x + y) = 0$$
因 $B \neq 0$ (否则 A, B, C 同时为 0, 无意义), 故得所求平面方程为

图 7-18

$$y = 2x$$

其图形如图 7 - 19 所示.

例 4　求与三坐标轴分别交于 $P(a, 0, 0)$，$Q(0, b, 0)$，$R(0, 0, c)$三点的平面方程. 其中 a，b，c 都不为零.

解　设所求的平面方程为

$$Ax + By + Cz + D = 0$$

因为 P，Q，R 三点都在该平面上，将点的坐标代入方程，即有

$$\begin{cases} Aa + D = 0 \\ Bb + D = 0 \\ Cc + D = 0 \end{cases}$$

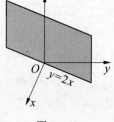

图 7 - 19

解此方程组，得

$$A = -\frac{D}{a}, \quad B = -\frac{D}{b}, \quad C = -\frac{D}{c}$$

代回所设方程，有

$$-D\left(\frac{x}{a} + \frac{y}{b} + \frac{z}{c} - 1\right) = 0$$

因 $D \neq 0$，故得所求平面方程为

$$\frac{x}{a} + \frac{y}{b} + \frac{z}{c} = 1 \qquad ⑥$$

方程⑥称为平面的**截距式**方程，a，b，c 分别称为平面在 x，y，z 轴上的截距.

例 5　试画出平面 $3x + 2y + 6z - 12 = 0$ 的图形.

解　将所给平面的一般式方程化为截距式方程：

$$\frac{x}{4} + \frac{y}{6} + \frac{z}{2} = 1$$

可知该平面与 x，y，z 轴的交点分别为$(4, 0, 0)$，$(0, 6, 0)$，$(0, 0, 2)$. 其图形如图 7 - 20 所示.

从上面例子所作的一些平面图形可以看到，由已知平面方程求作它的图形时，一般先求出该平面与各坐标轴的交点，然后作出经过这些交点的平面. 可以用平行四边形、长方形或三角形等来表示这平面的一个部分，视具体情况而定，所作图形即为所求平面的图形.

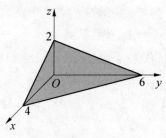

图 7 - 20

二、两平面间的位置关系

设有两平面 Π_1 与 Π_2，方程分别为

$$A_1x + B_1y + C_1z + D_1 = 0 \quad 和 \quad A_2x + B_2y + C_2z + D_2 = 0$$

它们的法向量依次为

$$\boldsymbol{n}_1 = \{A_1, B_1, C_1\} \quad 和 \quad \boldsymbol{n}_2 = \{A_2, B_2, C_2\}$$

规定这两个法向量间的夹角 $(\widehat{\boldsymbol{n}_1, \boldsymbol{n}_2})$ 为两平面 Π_1 与 Π_2 间的夹角 θ（一般指锐角，见图 7-21）。因此，向量夹角的余弦公式

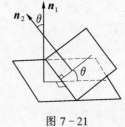

图 7-21

$$\cos\theta = \frac{|\boldsymbol{n}_1 \cdot \boldsymbol{n}_2|}{|\boldsymbol{n}_1||\boldsymbol{n}_2|} = \frac{|A_1A_2 + B_1B_2 + C_1C_2|}{\sqrt{A_1^2 + B_1^2 + C_1^2}\sqrt{A_2^2 + B_2^2 + C_2^2}}$$

也就是两平面夹角的余弦公式.

（1）两平面互相垂直相当于 $\boldsymbol{n}_1$ 与 $\boldsymbol{n}_2$ 互相垂直. 因此，两平面互相垂直的充要条件为

$$A_1A_2 + B_1B_2 + C_1C_2 = 0$$

（2）两平面互相平行相当于 $\boldsymbol{n}_1$ 与 $\boldsymbol{n}_2$ 互相平行. 因此，两平面互相平行的充要条件为

$$\frac{A_1}{A_2} = \frac{B_1}{B_2} = \frac{C_1}{C_2}$$

特别地，当

$$\frac{A_1}{A_2} = \frac{B_1}{B_2} = \frac{C_1}{C_2} = \frac{D_1}{D_2}$$

时，两平面重合.

例 6 判定下列各组平面间的位置关系.

（1）$\Pi_1 : 2x + 3y + 6z - 7 = 0$ 与 $\Pi_2 : 3x - 6y + 2z - 7 = 0$；

（2）$\Pi_1 : 2x + 3y + 6z - 7 = 0$ 与 $\Pi_3 : 4x + 6y + 12z + 14 = 0$；

（3）$\Pi_2 : 3x - 6y + 2z = 7$ 与 $\Pi_4 : -\dfrac{3}{2}x + 3y - z = -\dfrac{7}{2}$.

解　（1）由 Π_1 的法向量 $\boldsymbol{n}_1 = \{2, 3, 6\}$ 与 Π_2 的法向量 $\boldsymbol{n}_2 = \{3, -6, 2\}$，有

$$2 \cdot 3 + 3 \cdot (-6) + 6 \cdot 2 = 0$$

故 $\boldsymbol{n}_1 \perp \boldsymbol{n}_2$，即 $\Pi_1 \perp \Pi_2$.

（2）由 Π_1 的法向量 $\boldsymbol{n}_1 = \{2, 3, 6\}$ 与 Π_3 的法向量 $\boldsymbol{n}_3 = \{4, 6, 12\}$，有

$$\frac{2}{4} = \frac{3}{6} = \frac{6}{12} \neq \frac{-7}{14}$$

故 $\boldsymbol{n}_1 /\!/ \boldsymbol{n}_3$，即 $\Pi_1 /\!/ \Pi_3$，但两平面不重合.

(3) 由 Π_2 的法向量 $\boldsymbol{n}_2 = \{3, -6, 2\}$ 与 Π_4 的法向量 $\boldsymbol{n}_4 = \left\{-\dfrac{3}{2}, 3, -1\right\}$，有

$$\frac{3}{-\dfrac{3}{2}} = \frac{-6}{3} = \frac{2}{-1} = \frac{-7}{\dfrac{7}{2}}$$

故 Π_2 与 Π_4 重合.

例 7 设平面通过点 $(1, -2, 1)$，且同时垂直于两平面 Π_1：$x - 2y + z - 3 = 0$ 和 Π_2：$x + y - z + 2 = 0$，求它的方程.

解 依题意，所求平面的法向量 $\boldsymbol{n}$ 同时垂直于两已知平面的法向量 $\boldsymbol{n}_1 = \{1, -2, 1\}$ 和 $\boldsymbol{n}_2 = \{1, 1, -1\}$. 因此，可以取

$$\boldsymbol{n} = \boldsymbol{n}_1 \times \boldsymbol{n}_2 = \begin{vmatrix} \boldsymbol{i} & \boldsymbol{j} & \boldsymbol{k} \\ 1 & -2 & 1 \\ 1 & 1 & -1 \end{vmatrix} = \boldsymbol{i} + 2\boldsymbol{j} + 3\boldsymbol{k}$$

故所求的平面方程为

$$(x - 1) + 2(y + 2) + 3(z - 1) = 0$$

即

$$x + 2y + 3z = 0$$

三、直线方程

1. 直线的一般式方程

空间直线可以看做是空间两个互不平行平面的相交线. 因为平面方程为三元一次方程，故两个系数不成比例的三元一次方程联立的方程组

$$\begin{cases} A_1 x + B_1 y + C_1 z + D_1 = 0 \\ A_2 x + B_2 y + C_2 z + D_2 = 0 \end{cases} \qquad ⑦$$

表示空间一直线，常称方程组⑦为空间直线的**一般式**方程.

应该指出的是，通过空间同一直线的平面有无数多个，只要在这无数多个平面中任意选取两个，把它们的方程联立起来，所得的方程组都表示同一条直线. 例如对于 x 轴这条直线，它的一般式方程可表示为

$$\begin{cases} y = 0 \\ z = 0 \end{cases} \quad 或 \quad \begin{cases} y + z = 0 \\ y - z = 0 \end{cases}$$

等等.

2. 直线的点向式方程

过空间一点 $M_0(x_0, y_0, z_0)$ 可以作无数条直线. 但若过点 M_0 且沿指定的方向，譬如与非零向量 $\boldsymbol{s} = \{m, n, p\}$ 平行，则可以作且只能作一条直线 L. 现建立此直线

的方程.

设 $M(x, y, z)$ 是直线 L 上的任一点,那么向量
$$\overrightarrow{M_0M} = \{x - x_0, y - y_0, z - z_0\}$$
必与向量 s 平行(图 7-22).根据向量平行的充要条件有

$$\frac{x - x_0}{m} = \frac{y - y_0}{n} = \frac{z - z_0}{p} \qquad ⑧$$

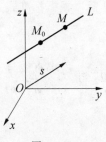

图 7-22

显然,若 $M(x, y, z)$ 不在直线 L 上,则 $\overrightarrow{M_0M}$ 不与 s 平行,这两向量对应的坐标不成比例,即点 M 的坐标不满足式⑧.因此,式⑧便是直线 L 的方程.这方程是由一个定点和一已知方向向量确定的,故称为直线的**点向式**方程(有时也称为标准式方程或对称式方程).非零向量 $s = \{m, n, p\}$ 叫做直线 L 的**方向向量**;m, n, p 叫做直线 L 的一组方向数.

由于 s 是非零向量,故 m, n, p 不能同时为零.若其中某一个或两个为零时,例如 $m = 0$,式⑧成为

$$\frac{x - x_0}{0} = \frac{y - y_0}{n} = \frac{z - z_0}{p}$$

应理解为

$$\begin{cases} x - x_0 = 0 \\ \dfrac{y - y_0}{n} = \dfrac{z - z_0}{p} \end{cases}$$

即出现分母为零(这是不允许的)时,应理解为是其分子为零.

3. 直线的参数式方程

在点向式方程⑧中,若令各比式等于某一个参变量 t,即

$$\frac{x - x_0}{m} = \frac{y - y_0}{n} = \frac{z - z_0}{p} = t$$

那么,可以得到

$$\begin{cases} x = x_0 + mt \\ y = y_0 + nt \qquad (-\infty < t < +\infty) \\ z = z_0 + pt \end{cases} \qquad ⑨$$

方程组⑨叫做直线的**参数式**方程.

例 8 求过两点 $A(-1, 0, 2)$,$B(1, 1, 0)$ 的直线方程.

解 两点确定一条直线.不妨选 $A(-1, 0, 2)$ 为直线上一已知点,可取向量 $\overrightarrow{AB} = \{2, 1, -2\}$ 为所求直线的方向向量.由点向式方程⑧可得所求直线方程为

$$\frac{x + 1}{2} = \frac{y}{1} = \frac{z - 2}{-2}$$

例9 求过点$(1, 2, 0)$，且平行于z轴的直线方程.

解 根据标准式方程⑧，过点$(1, 2, 0)$的直线方程可设为

$$\frac{x-1}{m} = \frac{y-2}{n} = \frac{z}{p}$$

依题意，所求直线与z轴平行，故可取z轴的单位向量$\boldsymbol{k} = \{0, 0, 1\}$为直线的方向向量$\boldsymbol{s}$，即$\{m, n, p\} = \{0, 0, 1\}$. 代入所设方程，得

$$\frac{x-1}{0} = \frac{y-2}{0} = \frac{z}{1}$$

应理解为

$$\begin{cases} x - 1 = 0 \\ y - 2 = 0 \end{cases}$$

***例10** 将直线的一般式方程

$$\begin{cases} 3x + 2y + 4z - 11 = 0 \\ 2x + y - 3z - 1 = 0 \end{cases}$$

化为点向式方程.

解 先在直线上找一点. 令$z = 0$，原方程组成为

$$\begin{cases} 3x + 2y - 11 = 0 \\ 2x + y - 1 = 0 \end{cases}$$

解得$x = -9$，$y = 19$. 即$(-9, 19, 0)$是直线上的一点.

再求出直线的方向向量$\boldsymbol{s}$. 由于两平面的交线与这两个平面的法向量$\boldsymbol{n}_1 = \{3, 2, 4\}$和$\boldsymbol{n}_2 = \{2, 1, -3\}$都垂直，所以可取

$$\boldsymbol{s} = \boldsymbol{n}_1 \times \boldsymbol{n}_2 = \begin{vmatrix} \boldsymbol{i} & \boldsymbol{j} & \boldsymbol{k} \\ 3 & 2 & 4 \\ 2 & 1 & -3 \end{vmatrix} = -10\boldsymbol{i} + 17\boldsymbol{j} - \boldsymbol{k}$$

因此，所给直线的点向式方程为

$$\frac{x+9}{-10} = \frac{y-19}{17} = \frac{z}{-1}$$

四、两直线间的位置关系

设有两直线L_1与L_2，其方程分别为

$$\frac{x-x_1}{m_1} = \frac{y-y_1}{n_1} = \frac{z-z_1}{p_1} \quad \text{和} \quad \frac{x-x_2}{m_2} = \frac{y-y_2}{n_2} = \frac{z-z_2}{p_2}$$

定义这两条直线的方向向量$\boldsymbol{s}_1 = \{m_1, n_1, p_1\}$与$\boldsymbol{s}_2 = \{m_2, n_2, p_2\}$之间的夹角$\theta$为两直线的夹角（一般指锐角）. 于是，$\theta$可由公式

$$\cos\theta = \frac{|m_1 m_2 + n_1 n_2 + p_1 p_2|}{\sqrt{m_1^2 + n_1^2 + p_1^2} \sqrt{m_2^2 + n_2^2 + p_2^2}}$$

确定.

由此可推出：

(1) 两直线互相垂直的充要条件是

$$m_1 m_2 + n_1 n_2 + p_1 p_2 = 0$$

(2) 两直线互相平行的充要条件是

$$\frac{m_1}{m_2} = \frac{n_1}{n_2} = \frac{p_1}{p_2}$$

例 11　已知直线 L_1：$\dfrac{x+2}{1} = \dfrac{y-1}{-4} = \dfrac{z+1}{1}$ 和 L_2：$\dfrac{x-2}{3} = \dfrac{y+1}{1} = \dfrac{z-1}{1}$，试判别 L_1 与 L_2 的关系.

解　L_1 的方向向量 $s_1 = \{1,\ -4,\ 1\}$，L_2 的方向向量 $s_2 = \{3,\ 1,\ 1\}$. 因为

$$s_1 \cdot s_2 = 1 \cdot 3 + (-4) \cdot 1 + 1 \cdot 1 = 0$$

所以 L_1 与 L_2 互相垂直.

例 12　求过点 $(2,\ -8,\ 3)$ 且与平面 $x + 2y - 3z - 2 = 0$ 垂直的直线方程.

解　根据点向式方程，过点 $(2,\ -8,\ 3)$ 的直线方程可设为

$$\frac{x-2}{m} = \frac{y+8}{n} = \frac{z-3}{p}$$

依题意，所求直线与平面 $x + 2y - 3z - 2 = 0$ 垂直，也就是直线的方向向量 $s = \{m,\ n,\ p\}$ 与平面的法向量 $n = \{1,\ 2,\ -3\}$ 平行，因此可取 $\{m,\ n,\ p\} = \{1,\ 2,\ -3\}$. 代入所设方程，得

$$\frac{x-2}{1} = \frac{y+8}{2} = \frac{z-3}{-3}$$

例 13　设有空间直线 L：$\dfrac{x-1}{4} = \dfrac{x-2}{-7} = \dfrac{z+3}{4}$ 及

平面 Π_1：$8x - 14y + 8z = 0$，　　　平面 Π_2：$3x - 2y + z = 0$，

平面 Π_3：$8x + 4y - z = 19$，　　　平面 Π_4：$-x + 4y + 8z = 33$.

试判定 L 与 Π_1，Π_2，Π_3，Π_4 的位置关系.

解　(1) L 的方向向量 $s = \{4,\ -7,\ 4\}$ 与 Π_1 的法向量 $n_1 = \{8,\ -14, 8\}$ 满足

$$\frac{4}{8} = \frac{-7}{-14} = \frac{4}{8}$$

可知 $s /\!/ n_1$，故 $L \perp \Pi_1$.

(2) $s = \{4,\ -7, 4\}$ 与 Π_2 的法向量 $n_2 = \{3,\ -2, 1\}$ 因

$$\frac{4}{3} \neq \frac{-7}{-2} \quad （不平行）$$

且

$$4 \cdot 3 + (-7) \cdot (-2) + 4 \cdot 1 \neq 0 \quad （不垂直）$$

故 L 与 Π_2 既不垂直也不平行（斜交）.

(3) $s = \{4,\ -7, 4\}$ 与 Π_3 的法向量 $n_3 = \{8, 4,\ -1\}$ 满足

$$4 \cdot 8 + (-7) \cdot 4 + 4 \cdot (-1) = 0$$

故 $s \perp n_3$，$L /\!/ \Pi_3$. 把 L 上的点 $(1, 2, -3)$ 代入 Π_3 的方程，有

$$8 \cdot 1 + 4 \cdot 2 - (-3) = 19$$

成立，说明点 $(1, 2, -3)$ 落在平面 Π_3 上，故直线 L 在平面 Π_3 上(重合).

(4) $s = \{4, -7, 4\}$ 与 Π_4 的法向量 $n_4 = \{-1, 4, 8\}$ 满足

$$4 \cdot (-1) + (-7) \cdot 4 + 4 \cdot 8 = 0$$

故 $s \perp n_4$，$L /\!/ \Pi_4$. 将 L 上的点 $(1, 2, -3)$ 代入 Π_4 的方程，得

$$-1 + 4 \cdot 2 + 8 \cdot (-3) = -17 \neq 33$$

说明点 $(1, 2, -3)$ 不在平面上，故 L 只与 Π_4 平行.

*例 14 求过点 $(-3, 2, 5)$ 且与两平面 $x - 4z = 3$ 和 $2x - y - 5z = 1$ 的交线平行的直线方程.

解 过点 $(-3, 2, 5)$ 的直线方程可设为

$$\frac{x+3}{m} = \frac{y-2}{n} = \frac{z-5}{p}$$

依题意，所求直线与两平面的交线平行，也就是直线的方向向量 $s = \{m, n, p\}$ 同时垂直于两平面的法向量，所以有

$$\begin{cases} m - 4p = 0 \\ 2m - n - 5p = 0 \end{cases}$$

解此方程组，得 $m = 4p$，$n = 3p$，即 $\dfrac{m}{4} = \dfrac{n}{3} = \dfrac{p}{1}$，从而可取 $s = \{4, 3, 1\}$. 于是，所求直线方程为

$$\frac{x+3}{4} = \frac{y-2}{3} = \frac{z-5}{1}$$

*例 15 求过点 $(3, 2, -4)$ 且同时与两直线

$$\frac{x-1}{5} = \frac{y-2}{3} = \frac{z}{-2} \quad \text{和} \quad \frac{x+3}{4} = \frac{y}{2} = \frac{z-1}{3}$$

平行的平面方程.

解 设所求的平面方程为

$$A(x-3) + B(y-2) + C(z+4) = 0$$

显然这平面的法向量 $n = \{A, B, C\}$ 与已知两直线都垂直，所以可取

$$n = \begin{vmatrix} i & j & k \\ 5 & 3 & -2 \\ 4 & 2 & 3 \end{vmatrix} = \{13, -23, -2\}$$

于是得所求的平面方程为

$$13(x-3) - 23(y-2) - 2(z+4) = 0$$

即

$$13x - 23y - 2z - 1 = 0$$

第三节　常见的空间曲面与曲线

一、球面

设 Σ 是以点 $M_0(x_0，y_0，z_0)$ 为中心、R 为半径的球面，则 Σ 上的任一点 $M(x，y，z)$ 与 M_0 的距离

$$\left| M_0 M \right| = R$$

即

$$\sqrt{(x - x_0)^2 + (y - y_0)^2 + (z - z_0)^2} = R$$

两边平方，得

$$(x - x_0)^2 + (y - y_0)^2 + (z - z_0)^2 = R^2 \qquad ①$$

这就是球面上点的坐标应满足的方程．显然，不在球面上的点的坐标不满足方程①．所以，方程①表示以点 $M_0(x_0，y_0，z_0)$ 为球心、以 R 为半径的**球面**．

将方程①展开写成

$$x^2 + y^2 + z^2 - 2x_0 x - 2y_0 y - 2z_0 z + x_0^2 + y_0^2 + z_0^2 - R^2 = 0$$

可以发现其特点是：关于 x^2，y^2，z^2 的系数相等；不含混合项 xy，yz，zx．由此可知，凡具有上述特征的三元二次方程所表示的曲面必为球面．

特别地，以原点 $O(0，0，0)$ 为球心、以 R 为半径的球面方程是

$$x^2 + y^2 + z^2 = R^2$$

而

$z = \sqrt{R^2 - x^2 - y^2}$ 表示上半球面（图 7-23），

$z = -\sqrt{R^2 - x^2 - y^2}$ 表示下半球面．

（它们在 xOy 面上的投影区域为闭圆域 $x^2 + y^2 \leqslant R^2$）

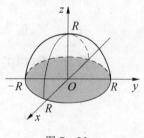

图 7-23

例 1　方程 $x^2 + y^2 + z^2 + 2x - 4z = 0$ 表示怎样的曲面？

解　通过配方，原方程化为

$$(x + 1)^2 + (y - 0)^2 + (z - 2)^2 = 5$$

可知所给方程表示以点 $M_0(-1，0，2)$ 为球心、半径为 $\sqrt{5}$ 的球面．

二、柱面

直线 L 沿着一条给定的曲线 C 移动，且移动时 L 恒平行于一条指定的直线（即 L 保持固定的方向），则由 L 移动所形成的曲面称为**柱面**，定曲线 C 称为柱面的**准线**，动

直线 L 称为柱面的**母线**.

作为例子，下面推导母线平行于 z 轴，并以 xOy 平面上的曲线 $F(x, y)=0$ 为准线的柱面方程（图 7-24）.

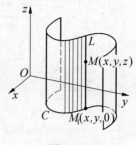

设 $M(x, y, z)$ 是柱面上任一点. 因为母线平行于 z 轴，所以过点 M 的母线与 xOy 平面内的曲线 $F(x, y)=0$ 的交点 M_1 的坐标为 $(x, y, 0)$.

由于 M_1 在准线上，其坐标 $(x, y, 0)$ 一定满足方程 $F(x, y)=0$. 因准线方程中不含竖坐标 z，因此点 M 的坐标也满足方程 $F(x, y)=0$.

图 7-24

反之，如果点 $M(x, y, z)$ 不在这柱面上，显然它的坐标不可能满足方程 $F(x, y)=0$. 故所求柱面方程为

$$F(x, y) = 0$$

而该柱面在 xOy 平面上的准线 C 就是此柱面与 xOy 坐标面（$z=0$）的交线，因此其方程为

$$\begin{cases} F(x, y) = 0 \\ z = 0 \end{cases}$$

常见的母线平行于 z 轴的柱面有：

(1) 圆柱面（图 7-25a），方程 $x^2 + y^2 = a^2$；

(2) 椭圆柱面（图 7-25b），方程 $\dfrac{x^2}{a^2} + \dfrac{y^2}{b^2} = 1$；

(3) 双曲柱面（图 7-25c），方程 $\dfrac{x^2}{a^2} - \dfrac{y^2}{b^2} = 1$；

(4) 抛物柱面（图 7-25d），方程 $y^2 = 2px$（$p>0$）.

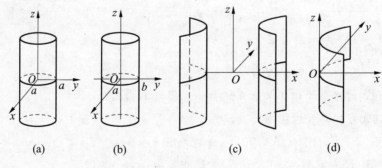

(a)　　　　(b)　　　　(c)　　　　(d)

图 7-25

由此可见，母线平行于 z 轴的柱面方程的特征是方程中不含竖坐标 z.

同理，在空间直角坐标系中，缺 y 的方程

$$G(x, z) = 0$$

表示母线平行于 y 轴的柱面；而缺 x 的方程

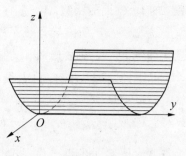

图 7-26

$$H(y, z) = 0$$

则表示母线平行于 x 轴的柱面.

例 2 试画出曲面 $x^2 = 2pz$（$p > 0$），并写出准线方程.

解 方程 $x^2 = 2px$ 表示母线平行于 y 轴的抛物柱面（图 7-26），它的准线不是唯一的，但在 xOz 平面上的抛物线，方程为

$$\begin{cases} x^2 = 2pz \\ y = 0 \end{cases}$$

是该柱面的一条准线.

例 3 求圆柱面 $x^2 + y^2 = 1$ 的准线.

解 圆柱面 $x^2 + y^2 = 1$ 与坐标面 xOy（方程 $z = 0$）相交，它们的交线方程为

$$\begin{cases} x^2 + y^2 = 1 \\ z = 0 \end{cases}$$

是 xOy 坐标面上的圆周曲线，可作为圆柱面 $x^2 + y^2 = 1$ 的准线.

在平面解析几何中，常引入参数方程 $x = \cos t$，$y = \sin t$ 来表示圆周曲线 $x^2 + y^2 = 1$. 所以，上述准线方程可表示为

$$x = \cos t, \quad y = \sin t, \quad z = 0$$

一般地，空间曲线 Γ 的方程也可以用参数方程

$$\begin{cases} x = x(t) \\ y = y(t) \quad (\alpha \leqslant t \leqslant \beta) \\ z = z(t) \end{cases} \qquad ②$$

表示. 当 t 取某一定值 $t_1 \in [\alpha, \beta]$，由参数方程 ② 就得到曲线 Γ 上的一个定点 (x_1, y_1, z_1)，随着 t 在可取值范围内的变动，便可得到 Γ 上的全部点.

三、旋转曲面

一条平面曲线绕该平面上的一条指定直线旋转一周所形成的曲面叫做**旋转曲面**，定直线叫做**旋转轴**.

作为例子，下面求出 yOz 平面上一已知曲线

$$C: \begin{cases} f(y, z) = 0 \\ x = 0 \end{cases}$$

绕 z 轴旋转一周所形成的旋转曲面的方程，如图 7-27 所示.

设 $M(x, y, z)$ 为旋转曲面上任意一点，旋转前原始

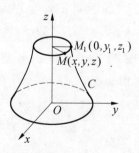

图 7-27

位置在曲线 C 上的点 $M_1(0,\ y_1,\ z_1)$ 处，那么有

$$f(y_1,z_1)=0 \qquad\qquad ③$$

当曲线 C 绕 z 轴旋转时，点 M_1 也随之转到 M 处．点 M_1 绕 z 轴旋转的轨迹是平面 $z=z_1$ 上的圆周，半径为 $|y_1|$．所以，该圆周上的点 $M(x,\ y,\ z)$ 的坐标应满足

$$\begin{cases} z=z_1 \\ \sqrt{x^2+y^2}=|y_1| \end{cases} \quad 或 \quad \begin{cases} z=z_1 \\ x^2+y^2=y_1^2 \end{cases}$$

因为点 M_1 是 C 上的点，代入式③，得

$$f\left(\pm\sqrt{x^2+y^2},z\right)=0 \qquad\qquad ④$$

这就是说，旋转曲面上任一点 $M(x,\ y,\ z)$ 的坐标应满足方程④；反之，如果点 M 不在旋转曲面上，它的坐标显然不可能满足方程④．因此，方程④为所求的旋转曲面的方程．

由此可见，求 yOz 平面上的曲线 C 绕 z 轴旋转所形成的旋转曲面的方程，只要将曲线 C 的方程 $f(y,z)=0$ 中的 y 改为 $\pm\sqrt{x^2+y^2}$ 即可．

同理，若把曲线

$$C:\begin{cases} f(y,z)=0 \\ x=0 \end{cases}$$

绕 y 轴旋转，则所形成的旋转曲面的方程为

$$f\left(y,\pm\sqrt{x^2+z^2}\right)=0$$

例 4 求 yOz 平面上的直线 $z=y$ 绕 z 轴旋转一周所得的圆锥面的方程．

解 在方程 $z=y$ 中，z 保留（因绕 z 轴旋转），只把 y 换成 $\pm\sqrt{x^2+y^2}$，便得直线 $z=y$ 绕 z 轴旋转所形成的圆锥面的方程

$$z=\pm\sqrt{x^2+y^2} \quad 或 \quad z^2=x^2+y^2$$

而 $z=\sqrt{x^2+y^2}$ 为顶点在原点、开口向上的上半圆锥面（图 7-28 所示 xOy 坐标面上方部分）；

$z=-\sqrt{x^2+y^2}$ 为顶点在原点、开口向下的下半圆锥面（图 7-28 所示 xOy 坐标面下方部分）．

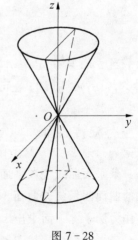

图 7-28

例 5 求 xOy 平面上的抛物线 $x=y^2$ 绕 x 轴旋转一周所得的旋转抛物面（也称圆抛物面，如图 7-29 所示）的方程．

解 在方程 $x=y^2$ 中，x 保留（因绕 x 轴旋转），应把 y 换成 $\pm\sqrt{y^2+z^2}$，便得抛物线 $x=y^2$ 绕 x 轴旋转所形成的圆抛物面的方程

$$x=\left(\pm\sqrt{y^2+z^2}\right)^2 \quad 即 \quad x=y^2+z^2$$

图 7-29 所示的旋转抛物面也可以由 xOz 平面上的抛物线 $x = z^2$ 绕 x 轴旋转一周形成.

同理，xOz 面上的抛物线 $z = x^2$（或 yOz 面上的抛物线 $z = y^2$）绕 z 轴旋转一周得旋转抛物面的方程为

$$z = x^2 + y^2$$

如图 7-30 所示.

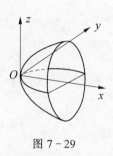

图 7-29

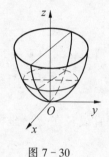

图 7-30

四、空间曲线在坐标面上的投影

通过空间曲线 Γ 作母线平行于 z 轴的柱面，那么这个柱面与 xOy 平面的交线 C（图 7-31）就叫做曲线 Γ 在 xOy 坐标面上的**投影曲线**.

现在求投影曲线 C 的方程. 设空间曲线 Γ 的方程为

$$\begin{cases} F_1(x,y,z) = 0 \\ F_2(x,y,z) = 0 \end{cases} \qquad ⑤$$

按定义只要能得到上述柱面（常称投影柱面）的方程，就可以写出 C 的方程.

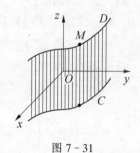

图 7-31

从方程组⑤消去变量 z，得方程

$$F(x,y) = 0 \qquad\qquad ⑥$$

它正是通过曲线 Γ 且母线平行于 z 轴的柱面的方程. 因为 Γ 上任一点 $M(x,\ y,\ z)$，其坐标必满足方程组⑤，而方程⑥是从方程组⑤中消去 z 得到的，可知点 M 的横坐标 x、纵坐标 y 必定满足方程⑥. 于是，投影曲线 C 的方程为

$$\begin{cases} F(x,y) = 0 \\ z = 0 \end{cases}$$

类似地，可定义曲线 Γ 在 yOz 坐标面或 xOz 坐标面上的投影曲线，并求出它们的方程.

例 6 求空间直线

$$\Gamma: \begin{cases} 6x - 6y - z + 16 = 0 \\ 2x + 5y + 2z + 3 = 0 \end{cases}$$

在三个坐标面上的投影直线的方程.

解 由两个方程消去 z，先改写 Γ 的方程为

$$\begin{cases} 12x - 12y - 2z + 32 = 0 & (\text{I}) \\ 2x + 5y + 2z + 3 = 0 & (\text{II}) \end{cases}$$

（I）＋（II）得 $14x - 7y + 35 = 0$，即 $2x - y + 5 = 0$．于是，直线 Γ 在 xOy 坐标面上的投影直线的方程为

$$\begin{cases} 2x - y + 5 = 0 \\ z = 0 \end{cases}$$

同理，消去 x 可得直线 Γ 在 yOz 坐标面上的投影方程

$$\begin{cases} 3y + z - 1 = 0 \\ x = 0 \end{cases}$$

消去 y 可得直线 Γ 在 xOz 坐标面上的投影方程

$$\begin{cases} 6x + z + 14 = 0 \\ y = 0 \end{cases}$$

例7 指出方程组

$$\begin{cases} x^2 + y^2 + z^2 = 25 \\ z = 3 \end{cases}$$

所表示的曲线，并求其在 xOy 平面上的投影曲线的方程.

解 方程组中的第一个方程 $x^2 + y^2 + z^2 = 25$ 表示以原点 $O(0, 0, 0)$ 为球心、半径 $R = 5$ 的球面．该球面被平行于 xOy 坐标面的平面 $z = 3$ 截割的截痕（即交线）为落在平面 $z = 3$ 上，以点 $(0, 0, 3)$ 为圆心、半径等于 4 的圆曲线.

由方程组

$$\begin{cases} x^2 + y^2 + z^2 = 25 \\ z = 3 \end{cases}$$

消去 z 得 $x^2 + y^2 = 16$．于是，在 xOy 平面上的投影曲线的方程为

$$\begin{cases} x^2 + y^2 = 16 \\ z = 0 \end{cases}$$

五、用截痕法了解曲面

空间曲面除了球面、柱面以及旋转曲面之外，还有另一些常见的曲面．实践中是通过所谓"截痕法"来了解并讨论它们的形状的．截痕法就是用平行于坐标面的一系列平面去截割曲面，从所截得的痕迹（即交线）的形状来了解、推知曲面形状的方法.

1. 椭圆抛物面

方程

$$\frac{x^2}{a^2} + \frac{y^2}{b^2} = z \qquad\qquad ⑦$$

所表示的曲面叫做**椭圆抛物面**.

先用平行于 xOy 坐标面的平面 $z = z_1$ 去截曲面, 所得交线(截痕)的方程为

$$\begin{cases} \dfrac{x^2}{a^2} + \dfrac{y^2}{b^2} = z_1 \\ z = z_1 \end{cases}$$

当 $z_1 > 0$ 时, 交线为中心在 z 轴、两个半轴分别为 $a\sqrt{z_1}$ 及 $b\sqrt{z_1}$ 的椭圆曲线, z_1 越大, 椭圆越大.

当 $z_1 = 0$ 时, 交线缩为一点, 这个点叫做椭圆抛物面的顶点.

当 $z_1 < 0$ 时, 没有图形. 说明整个曲面在 xOy 坐标面上方.

现在再用坐标面 yOz ($x = 0$) 和 xOz ($y = 0$) 截这曲面, 得交线方程分别为

$$\begin{cases} y^2 = b^2 z \\ x = 0 \end{cases} \quad \text{和} \quad \begin{cases} x^2 = a^2 z \\ y = 0 \end{cases}$$

它们都是开口向上的抛物线.

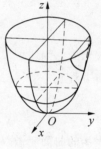

同理可知, 用一系列平行于 yOz 或 xOz 坐标面的平面去截曲面, 所得的截痕(交线)都是抛物线.

综上所述, 可知椭圆抛物面的形状如图 7-32 所示.

图 7-32

如果 $a = b$, 方程⑦成为

$$x^2 + y^2 = a^2 z$$

这是前面已介绍的旋转抛物面方程, 它表示一个由 yOz 平面上的抛物线 $y^2 = a^2 z$ 绕 z 轴旋转一周所形成的旋转抛物面.

2. 椭球面

方程

$$\frac{x^2}{a^2} + \frac{y^2}{b^2} + \frac{z^2}{c^2} = 1 \qquad\qquad ⑧$$

所表示的曲面叫做**椭球面**.

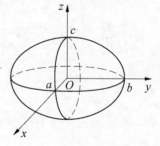

同样用截痕法可知其图形如图 7-33 所示. a, b, c 分别是椭球面在 x 轴、y 轴和 z 轴上的半轴.

图 7-33

如果 $a = b = c$, 方程⑧成为

$$x^2 + y^2 + z^2 = a^2$$

这是我们已熟悉的以原点为球心、a 为半径的球面方程.

如果 a, b, c 三个数中有两个相等, 例如 $a = c \neq b$, 这时方程⑧成为

$$\frac{x^2 + z^2}{a^2} + \frac{y^2}{b^2} = 1$$

由旋转曲面知，这方程表示一个由 xOy 平面上的椭圆 $\frac{x^2}{a^2} + \frac{y^2}{b^2} = 1$ 绕 y 轴旋转一周所形成的旋转椭球面.

*3. 双曲面

方程

$$\frac{x^2}{a^2} + \frac{y^2}{b^2} - \frac{z^2}{c^2} = 1$$

所表示的曲面叫做**单叶双曲面**.

方程

$$\frac{x^2}{a^2} - \frac{y^2}{b^2} - \frac{z^2}{c^2} = 1$$

所表示的曲面叫做**双叶双曲面**.

方程

$$\frac{x^2}{2p} - \frac{y^2}{2q} = z \quad (p > 0, q > 0)$$

所表示的曲面叫做**双曲抛物面**(也称马鞍面).

同样用截痕法对它们进行讨论，可知上述三个曲面的形状分别如图 7-34 的 a，b，c 所示.

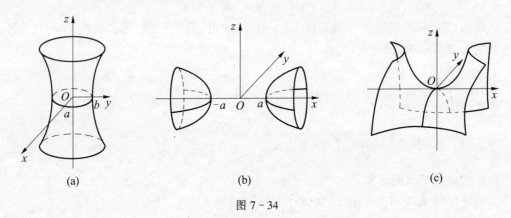

(a)　　　　　　　　(b)　　　　　　　　(c)

图 7-34

测试题（七）

一、单项选择题（20 分）

1. 点 $M(2，-1，0)$ 的位置在　　　　　　　　　　　　　（　　）

   A. xOy 平面上　　B. yOz 平面上　　C. xOz 平面上　　D. z 轴上

2. 空间两点 $P_1(2，1，3)$ 和 $P_2(1，2，3)$ 之间的距离是　　　　（　　）

   A. 1　　　　　B. $\sqrt{2}$　　　　　C. $\sqrt{3}$　　　　　D. 2

3. 平面 $2x - y + 1 = 0$ 在空间直角坐标系中的位置是　　　　（　　）

   A. 平行于 xOy 坐标面　　　　　　B. 平行于 x 轴

   C. 平行于 yOz 坐标面　　　　　　D. 平行于 z 轴

4. 方程 $x^2 + y^2 + z^2 + 2x - 4z = 0$ 所表示的曲面是　　　　（　　）

   A. 球面　　　　　B. 椭球面　　　　　C. 柱面　　　　　D. 旋转曲面

5. 方程组 $\begin{cases} x^2 + y^2 = 16 \\ z = 0 \end{cases}$ 表示　　　　　　　　（　　）

   A. yOz 坐标面上的圆曲线　　　　B. xOy 坐标面上的圆曲线

   C. yOz 坐标面上的椭圆曲线　　　D. xOy 坐标面上的抛物线

二、填空题（20 分）

6. 已知 $\boldsymbol{a} = \sqrt{2}\,\boldsymbol{i} - 3\boldsymbol{j} + 5\boldsymbol{k}$，则与 $\boldsymbol{a}$ 同方向的单位向量 $\boldsymbol{a}^\circ = $ _____.

7. 设平面 $2x + \lambda y + 3z = 5$ 与平面 $-\dfrac{2}{3}x - 6y - z + 3 = 0$ 平行，则 $\lambda = $

_____.

8. 设直线 $\dfrac{x+2}{1} = \dfrac{y-1}{n} = \dfrac{z+1}{1}$ 与直线 $\dfrac{x-2}{3} = \dfrac{y+1}{1} = \dfrac{z-1}{1}$ 垂直，则 $n = $

_____.

9. 空间点 $P_0(1，2，1)$ 到平面 $x + 2y + 2z + 2 = 0$ 的距离 $d = $ _____.

10. 在空间直角坐标系，方程 $z = 3 - y^2$ 表示母线平行于 x 轴的

_____面.

三、计算题（40 分）

11. 已知 $\boldsymbol{a} = \boldsymbol{i} + 2\boldsymbol{j} - \boldsymbol{k}$，$\boldsymbol{b} = -\boldsymbol{i} + \boldsymbol{j}$，求 $2\boldsymbol{a} - \boldsymbol{b}$，$\boldsymbol{a} \cdot \boldsymbol{b}$ 及 $\boldsymbol{a} \times \boldsymbol{b}$.

12. 求过点 $M(3,0,-5)$ 且平行于平面 $2x-8y+z-2=0$ 的平面方程.

13. 求平行于 xOz 平面且通过点 $P(3,2,-7)$ 的平面方程.

14. 求过点 $M(-1,2,5)$ 且与直线 $\dfrac{x}{1}=\dfrac{y-1}{2}=\dfrac{z+1}{-1}$ 平行的直线方程.

15. 求过两点 $P_1(2,6,8)$ 和 $P_2(-1,6,3)$ 的直线方程.

四、综合题（20 分）

16. 求过点 $(0,2,4)$ 且与两平面 $x+2z-1=0$ 和 $y-3z-2=0$ 都平行的直线方程.

17. 求过两条相交直线

$$\frac{x-1}{1}=\frac{y+1}{-1}=\frac{z-1}{2} \quad \text{和} \quad \frac{x-1}{-1}=\frac{y+1}{2}=\frac{z-1}{1}$$

的平面方程.

18. 求球面 $x^2+y^2+z^2=5$ 与平面 $z=1$ 的交线在 xOy 平面上的投影曲线的方程.

测试题（七）答案

1. A

2. B

3. D

4. A

5. B

6. $a^\circ = \left\{ \dfrac{\sqrt{2}}{6}, \ -\dfrac{1}{2}, \ \dfrac{5}{6} \right\}$

7. $\lambda = 18$

8. $n = -4$

9. $d = 3$

10. 抛物柱面

11. $2a - b = 3i + 3j - 2k$，$a \cdot b = 1$，$a \times b = i + j + 3k$

12. $2x - 8y + z - 1 = 0$

13. $y - 2 = 0$

14. $\dfrac{x+1}{1} = \dfrac{y-2}{2} = \dfrac{z-5}{-1}$

15. $\dfrac{x+1}{3} = \dfrac{y-6}{0} = \dfrac{z-3}{5}$ 即 $\begin{cases} y = 6 \\ \dfrac{x+1}{3} = \dfrac{z-3}{5} \end{cases}$

16. $\dfrac{x}{-2} = \dfrac{y-2}{3} = \dfrac{z-4}{1}$

17. $5x + 3y - z - 1 = 0$

18. $\begin{cases} x^2 + y^2 = 4 \\ z = 0 \end{cases}$

第八章　多元函数微分学

多元函数微分学是一元函数微分学的推广，两者有密切的联系，但在概念理论及计算方法上还是有些实质性的差异. 本章着重讨论二元函数微分学，因为从二元推广到更多元时并没有本质的差别. 在学习时，要注意将二元函数与一元函数的相关理论和方法进行对照，寻找它们之间的异同点，这样有助于学好多元函数微分学.

第一节　多元函数的概念

一、引例

在研究问题的过程中，常常遇到一个变量依赖于多个自变量的函数关系.

例 1　长方形的面积 A 依赖于长 x 和宽 y，它们之间的关系是

$$A = xy \quad (x > 0, y > 0)$$

其中，x 和 y 是两个独立的变量，在它们的变化范围内每取一对数值 x_0，y_0 时，依据给定的规则，长方形面积 A 就有一个确定的值 $A_0 = x_0 y_0$ 与之对应，则称 A 为 x，y 的二元函数.

例 2　长方体的体积 V 与它的长 x、宽 y 及高 z 之间有关系式

$$V = xyz \quad (x > 0, y > 0, z > 0)$$

这里，变量 V 依赖于三个独立自变量 x，y 和 z，称为三元函数.

撇开例子的具体意义，仅从变量关系考虑其共性，就可得出多元函数的定义.

二、二元函数的定义

定义　设在某变化过程中有三个变量 x，y 和 z，如果对于变量 x，y 在某一变化范围 D 中所取的每一对值，变量 z 就依某一确定的规则 f 有一个确定的数值与之对应，则称变量 z 是变量 x，y 的**二元函数**，记作

$$z = f(x, y) \quad 或 \quad z = z(x, y)$$

其中 x，y 叫做**自变量**，z 叫做**因变量**，称 D 为函数的定义域.

一元函数依赖于一个自变量 x，它的变化范围是关于数轴（一维）上的点集，通常用区间表示一元函数的定义域.

二元函数依赖于两个自变量 x 和 y，有序数组 $(x，y)$ 与平面点 P 一一对应. 因此，它们的变化范围 D 是关于平面(二维)上的点集，一般可用一条或几条曲线所围成的部分平面(通常称为平面区域)来表示. 围成区域的曲线称为区域的边界，不包括边界的区域称为**开区域**，连同边界在内的区域称为**闭区域**.

在对应规则 f 下，与点 $(x_0，y_0) \in D$ 对应的函数值 z_0 记作

$$z_0 = f(x_0, y_0) \quad 或 \quad z_0 = z\Big|_{\substack{x=x_0 \\ y=y_0}}.$$

函数的定义域和对应规则是确定函数的两个要素，只要它们给定，函数就可完全确定.

1. 求二元函数的定义域

具有实际意义的函数，它们的定义域由实际问题的具体要求确定. 如例 1，长方形的长 x、宽 y 都应取正值；在纯数学的研究中，对于由数学表达式给出的函数，其定义域就是使该表达式有意义的所有实数值. 与求一元函数的定义域相似，也需依据如下基本规定：

(1) 分式的分母不能为 0；

(2) 偶次根式下不能小于 0；

(3) 对数式的真数应大于 0；

(4) 正弦、余弦值的绝对值不能大于 1；

(5) 表达式由几项组成时，应取各项的定义域的公共部分.

例 3　求函数 $z = \sqrt{R^2 - x^2 - y^2}$ 的定义域.

解　依据上述规定(2)，应有

$$R^2 - x^2 - y^2 \geqslant 0$$

因此，所给函数的定义域为

$$x^2 + y^2 \leqslant R^2$$

如图 8-1 所示(闭圆域).

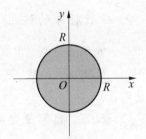

图 8-1

例 4　求函数 $z = \dfrac{1}{\sqrt{R^2 - x^2 - y^2}}$ 的定义域.

解　依据规定 (1) 与 (2)，应有

$$R^2 - x^2 - y^2 > 0$$

所以函数的定义域为

$$x^2 + y^2 < R^2$$

如图 8-2 所示(开圆域).

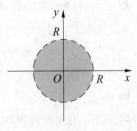

图 8-2

例 5　求函数 $z = \arcsin \dfrac{x}{a} + \arccos \dfrac{y}{b}$ 的定义域，其中

$a > 0，b > 0$.

解 依据规定（4），应有

$$\begin{cases} \left| \dfrac{x}{a} \right| \leqslant 1 \\ \left| \dfrac{y}{b} \right| \leqslant 1 \end{cases}, \quad \begin{cases} |x| \leqslant a \\ |y| \leqslant b \end{cases}$$

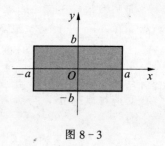

即由 $-a \leqslant x \leqslant a$，$-b \leqslant y \leqslant b$ 所确定的区域（图 8-3 的闭矩形域）就是所给函数的定义域.

图 8-3

例 6 求函数 $z = \dfrac{1}{\sqrt{x}} \ln(x+y)$ 的定义域.

解 所给函数可看成两个函数的乘积. 第一个函数 $\dfrac{1}{\sqrt{x}}$，依据规定（1）与（2），应有 $x > 0$.

第二个为二元对数函数 $\ln(x+y)$，依据规定（3），它的真数必须大于 0，即 $x+y > 0$. 因此，所给函数的定义域是由

$$\begin{cases} x > 0 \\ x+y > 0 \end{cases}$$

所确定的区域，如图 8-4 所示.

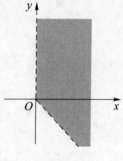

如果一个区域可以被包围在某一个以原点为圆心的大圆内，则称此区域为**有界区域**；否则称为**无界区域**.

例 3、例 5 的定义域是有界闭区域，例 4 的定义域是有界开区域，例 6 的定义域为无界区域.

图 8-4

2．函数符号的运用

与一元函数类似，也有如下两种运算：

（1）已知二元函数 $f(x, y)$ 的表达式，求二元复合函数 $f(u(x, y), v(x, y))$ 的表达式；

（2）反之，已知复合函数 $f(u(x, y), v(x, y))$ 的表达式，求 $f(x, y)$ 的表达式.

例 7 已知 $f(x, y) = x^2 + 4y$，求 $f(x-y, xy)$.

解 由所给函数的表达式求 $f(x-y, xy)$，实质就是用 $u = x-y$ 替换 $f(x, y) = x^2 + 4y$ 中的 x，用 $v = xy$ 替换 $f(x, y) = x^2 + 4y$ 中的 y，即

$$f(x-y, xy) = (x-y)^2 + 4xy$$
$$= x^2 + y^2 - 2xy + 4xy = (x+y)^2$$

例 8 已知 $f(x-y, x+y) = x^2 + 3y^2$，求 $f(x, y)$ 及函数值 $f(-1, 2)$.

解法 1 用变量替换法，令 $x-y = u$，$x+y = v$. 由方程组

$$\begin{cases} x - y = u \\ x + y = v \end{cases} \quad \text{解出} \quad \begin{cases} x = \dfrac{u + v}{2} \\ y = \dfrac{v - u}{2} \end{cases}$$

再代入所给函数表达式，得

$$f(u,v) = \left(\frac{u + v}{2}\right)^2 + 3\left(\frac{v - u}{2}\right)^2 = u^2 - uv + v^2$$

将上式中的 u 与 v 分别换成 x 与 y，则得所求函数为

$$f(x,y) = x^2 - xy + y^2$$

而函数值

$$f(-1,2) = (-1)^2 - (-1) \cdot 2 + 2^2 = 7$$

*解法 2　用"凑"的方法，将复合函数 $f(x - y, \ x + y)$ 的表达式 $x^2 + 3y^2$ 凑成以 $x - y$ 和 $x + y$ 为运算元素的表达式."凑"的过程常用分组分解、配方、插项等恒等变形.

$$\begin{aligned} x^2 + 3y^2 &= (x^2 + 2xy + y^2) - 2xy + 2y^2 = (x + y)^2 - 2y(x - y) \\ &= (x + y)^2 - [(x + y) - (x - y)](x - y) \\ &= (x + y)^2 - (x + y)(x - y) + (x - y)^2 \end{aligned}$$

即

$$f(x - y, x + y) = (x + y)^2 - (x + y)(x - y) + (x - y)^2$$

将上式中的 $x - y$ 换成 x，$x + y$ 置换为 y，得

$$f(x,y) = x^2 - xy + y^2$$

必须指出，一般只有已知复合函数的表达式比较简单，才能凑得出来.

三、二元函数的几何表示

我们知道，一元函数 $y = f(x)$ 的图形在 xOy 平面上一般表示为一条曲线. 对于二元函数 $z = f(x, y)$，设其定义域为 D，$P_0(x_0, \ y_0)$ 为定义域 D 中的一点，与点 P_0 对应的函数值为 $z_0 = f(x_0, \ y_0)$. 于是，可在空间直角坐标系 $Oxyz$ 中作出一点 $M_0(x_0, \ y_0, \ z_0)$ 与之对应（见图 8-5）. 这样当点 $P(x, \ y)$ 在定义域 D 内变动时，对应点 $M(x, \ y, \ z)$ 的轨迹通常是一张曲面，它就是 $z = f(x, \ y)$ 的几何图形，如图 8-5 所示. 该曲面在 xOy 平面上的投影域正是所给二元函数的定义域 D.

例 9　作二元函数 $z = \sqrt{1 - x^2 - y^2}$ 的图形.

解　函数的定义域为 $x^2 + y^2 \leqslant 1$，在 xOy 平

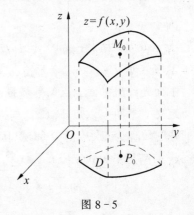

图 8-5

面上是以原点为圆心的单位圆内部及其边界.

函数的图形是球心在原点、半径为 1 的上半球面，如图 8 - 6 所示.

例 10 作二元函数 $z = \sqrt{x^2 + y^2}$ 的图形.

解 由空间解析几何可知，它的图形是开口向上的上半圆锥面，如图 8 - 7 所示. 它在 xOy 坐标面上的投影域是全平面，即函数的定义域为

$$D: \begin{cases} -\infty < x < +\infty \\ -\infty < y < +\infty \end{cases}$$

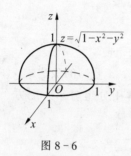

图 8 - 6

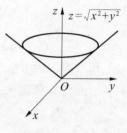

图 8 - 7

第二节 二元函数的极限与连续性

一、二元函数的极限

把一元函数 $f(x)$ 在 $x \to x_0$ (有限值)时的极限概念推广到二元函数，会有些本质上的变化. 在一元函数中，动点 x 是在数轴上只能从 x_0 的左、右两侧趋近于 x_0，而二元函数的自变量有两个，动点 $P(x, y)$ 是在平面点集 D（$f(x, y)$ 的定义域）中趋近于 $P_0(x_0, y_0)$，方向可以任意，路径也可以是各种各样的. 因此，自变量的变化过程比一元函数自变量的变化过程要复杂得多. 但不管是哪种方式，总可以用点 P 与 P_0 的距离

$$r = |PP_0| = \sqrt{(x - x_0)^2 + (y - y_0)^2}$$

趋于零来表示 $P(x, y) \to P_0(x_0, y_0)$ 的变化过程. 为此，下面先给出平面上点的邻域概念.

定义 平面上以点 $P_0(x_0, y_0)$ 为中心，$\delta > 0$ 为半径的开圆域称为点 P_0 的 δ **邻域**(图 8 - 8). 该邻域内的 $P(x, y)$ 满足不等式

$$\sqrt{(x - x_0)^2 + (y - y_0)^2} < \delta$$

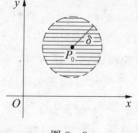

图 8 - 8

如图 $8-8$，P_0 的邻域去掉中心点 P_0 则称为点 P_0 的**去心 δ 邻域**. 用不等式可表示为

$$0 < \sqrt{(x - x_0)^2 + (y - y_0)^2} < \delta$$

仿照一元函数的极限定义，下面给出二元函数极限的描述性定义.

定义 设函数 $z = f(x, y)$ 在点 $P_0(x_0, y_0)$ 的某一去心邻域内有定义，如果动点 $P(x, y)$ 在该邻域内以任意方式趋近于定点 $P_0(x_0, y_0)$ 时，其对应的函数值 $f(x, y)$ 无限接近于一个定数 A，就说数 A 是二元函数 $f(x, y)$ 当 $x \to x_0$，$y \to y_0$ 时的**极限**，记作

$$\lim_{\substack{x \to x_0 \\ y \to y_0}} f(x, y) = A \quad \text{或} \quad \lim_{(x, y) \to (x_0, y_0)} f(x, y) = A$$

为了区别于一元函数的极限，我们把二元函数的极限叫做**二重极限**.

从二元函数极限定义可以看到，二重极限存在是指 $P(x, y)$ 以任意方式趋近于 $P_0(x_0, y_0)$ 时，其对应的函数值都无限接近于同一个定数 A. 因此，如果 $P(x, y)$ 仅以某些特殊方式，例如沿着一条(或几条)给定的直线或给定的曲线路径趋于 $P_0(x_0, y_0)$ 时，即使函数值 $f(x, y)$ 能无限接近同一个常数，也还不能断定该函数在 $P \to P_0$ 时的极限存在. 但反过来，如果 P 以某一特殊方式趋于 P_0 时，函数 $f(x, y)$ 极限不存在；或者 P 以不同方式趋于 P_0 时，函数 $f(x, y)$ 趋于不同的值，这时，都可以断定 $P \to P_0$ 时函数 $f(x, y)$ 的极限不存在.

例 1 讨论极限 $\lim\limits_{\substack{x \to 0 \\ y \to 0}} \dfrac{x^2 y}{x^4 + y^2}$.

解 当点 $P(x, y)$ 沿直线 $y = kx$ ($k \neq 0$，常数)趋于点 $(0, 0)$ 时，有

$$\lim_{\substack{x \to 0 \\ y = kx \to 0}} \frac{x^2 y}{x^4 + y^2} = \lim_{x \to 0} \frac{kx^3}{x^4 + k^2 x^2} = \lim_{x \to 0} \frac{kx}{x^2 + k^2} = 0$$

而当点 $P(x, y)$ 沿抛物线 $y = x^2$ 趋于点 $(0, 0)$ 时，有

$$\lim_{\substack{x \to 0 \\ y = x^2 \to 0}} \frac{x^2 y}{x^4 + y^2} = \lim_{x \to 0} \frac{x^4}{x^4 + x^4} = \frac{1}{2}$$

所以极限 $\lim\limits_{\substack{x \to 0 \\ y \to 0}} \dfrac{x^2 y}{x^4 + y^2}$ 不存在.

对于求二重极限，在一元函数中极限的四则运算法则、两个重要极限、利用无穷小的性质等方法仍然适用.

*例 2 求 $\lim\limits_{\substack{x \to 0 \\ y \to 0}} \dfrac{xy}{\sqrt{xy + 1} - 1}$.

解 对异于 $P_0(0, 0)$ 且使 $f(x, y) = \dfrac{xy}{\sqrt{xy + 1} - 1}$ 有定义的点 $P(x, y)$ 有

$$\lim_{\substack{x \to 0 \\ y \to 0}} \frac{xy}{\sqrt{xy + 1} - 1} = \lim_{\substack{x \to 0 \\ y \to 0}} \frac{xy\left(\sqrt{xy + 1} + 1\right)}{\left(\sqrt{xy + 1} - 1\right)\left(\sqrt{xy + 1} + 1\right)}$$

$$= \lim_{\substack{x \to 0 \\ y \to 0}} \left(\sqrt{xy + 1} + 1 \right) = 2$$

*例 3　求 $\lim\limits_{\substack{x \to 0 \\ y \to a}} \dfrac{\sin xy}{x}$.

解　对异于 $P_0(0,a)$ 且使 $f(x,y) = \dfrac{\sin xy}{x}$ 有定义的点 $P(x,y)$，有

$$\lim_{\substack{x \to 0 \\ y \to a}} \frac{\sin xy}{x} = \lim_{\substack{x \to 0 \\ y \to a}} \frac{\sin xy}{xy} \cdot y = 1 \cdot a = a$$

*例 4　求 $\lim\limits_{\substack{x \to 0 \\ y \to 0}} (x^2 + y^2) \sin \dfrac{1}{x^2 + y^2}$.

解　因为 $\lim\limits_{\substack{x \to 0 \\ y \to 0}} (x^2 + y^2) = 0$（无穷小），而 $\left| \sin \dfrac{1}{x^2 + y^2} \right| \leqslant 1$（有界），所以

$$\lim_{\substack{x \to 0 \\ y \to 0}} (x^2 + y^2) \sin \frac{1}{x^2 + y^2} = 0$$

二、二元函数的连续性

二元函数 $z = f(x,y)$ 在点 $P_0(x_0,y_0)$ 处的连续性也是通过极限来表述的.

定义　设函数 $z = f(x,y)$ 在点 $P_0(x_0,y_0)$ 的某一邻域内有定义，如果该邻域内的点 $P(x,y)$ 趋于点 $P_0(x_0,y_0)$ 时，函数 $f(x,y)$ 的极限存在，且此极限值等于该函数在点 $P_0(x_0,y_0)$ 处的函数值 $f(x_0,y_0)$，即

$$\lim_{\substack{x \to x_0 \\ y \to y_0}} f(x,y) = f(x_0,y_0)$$

则称函数 $f(x,y)$ 在点 $P_0(x_0,y_0)$ 处**连续**. 否则，称函数 $f(x,y)$ 在点 $P_0(x_0,y_0)$ 处**间断**.

例 5　讨论函数 $f(x,y) = \begin{cases} \dfrac{2xy}{x^2 + y^2} & (x^2 + y^2 \neq 0) \\ 0 & (x^2 + y^2 = 0) \end{cases}$ 的连续性.

解　在原点 $(0,0)$ 处函数有定义，即 $f(0,0) = 0$. 但

$$\lim_{\substack{x \to 0 \\ y \to 0}} f(x,y) = \lim_{\substack{x \to 0 \\ y = kx \to 0}} \frac{2xy}{x^2 + y^2} = \lim_{x \to 0} \frac{2kx^2}{x^2 + k^2 x^2} = \frac{2k}{1 + k^2}$$

显然，随着 k 的取值不同，$\dfrac{2k}{1 + k^2}$ 的值也不同. 所以，$\lim\limits_{\substack{x \to 0 \\ y \to 0}} f(x,y)$ 不存在，点 $(0,0)$ 是间断点.

除原点 $(0,0)$ 以外，函数 $f(x,y)$ 在 xOy 平面的其他点处连续.

例 6　讨论函数 $f(x,y) = \dfrac{1}{\sqrt{x^2 + y^2 - 1}}$ 的连续性.

解　所给函数在圆周 $x^2 + y^2 = 1$ 上的每一点都是间断点，因为在这圆周上的点，

函数无定义，圆周 $x^2 + y^2 = 1$ 是该函数的一条间断线.

如果函数 $z = f(x, y)$ 在开区域 D 内的每一点都连续，就称函数在 D 内连续；如果函数 $f(x, y)$ 在闭区域上的每一点（D 内且包括边界点）都连续，则称函数在闭区域 D 上连续.

与闭区间上一元连续函数的性质类似，在有界闭区域上的二元连续函数也有如下性质.

性质 1（最大值和最小值定理）　在有界闭区域 D 上的二元连续函数，在 D 上一定存在最大值和最小值.

性质 2（介值定理）　在有界闭区域 D 上的二元连续函数，必取得介于它在 D 上最小值与最大值之间的任何值.

一元连续函数的运算法则完全可以相应地推广到二元连续函数. 简单地说，二元连续函数的和、差、积、商（除去分母为零的点）和复合仍是连续函数. 因此，由变量 x，y 的基本初等函数及常数经过有限次四则运算与复合步骤而构成，且用一个数学式子表示的二元初等函数在其定义区域内是连续的.

如函数 $z = \sin \sqrt{x^2 + y^2}$，$z = \ln \dfrac{1}{\sqrt{x^2 + y^2}}$，$z = \dfrac{3y - 2x + 5}{x^2 + y^2}$ 等都是二元初等函数，在它们有定义的区域内都是连续的.

设 (x_0, y_0) 是初等函数 $f(x, y)$ 定义区域内的一点，则有

$$\lim_{\substack{x \to x_0 \\ y \to y_0}} f(x, y) = f(x_0, y_0)$$

例如

$$\lim_{\substack{x \to 0 \\ y \to \frac{1}{2}}} \arcsin \sqrt{x^2 + y^2} = \arcsin \sqrt{\frac{1}{4}} = \frac{\pi}{6}$$

第三节　偏　导　数

一、二元函数偏导数定义

在一元函数微分学中，导数定义为函数 y 对于自变量 x 的变化率

$$\left. \frac{\mathrm{d}y}{\mathrm{d}x} \right|_{x = x_0} = \lim_{\Delta x \to 0} \frac{f(x_0 + \Delta x) - f(x_0)}{\Delta x}$$

它反映了函数在一点处变化的快慢程度. 对于二元函数，同样需要研究它在定点 $P_0(x_0, y_0)$ 处的变化率. 然而，由于自变量多了一个，情况就复杂得多. 在 xOy 平面内，当变点由 (x_0, y_0) 沿不同方向变化时，函数 $f(x, y)$ 的变化快慢一般是不一样的.

因此，要考察当自变量沿不同指定方向变动时，相应的函数 $f(x, y)$ 的变化率，也就是所谓方向导数问题. 本章只限于讨论 (x, y) 沿平行于 x 轴（y 固定）和平行于 y 轴（x 固定）两个特殊方向变动时 $f(x, y)$ 的变化率. 当变点沿平行于 x 轴方向变动时，y 保持不变（看做常量），这时 z 可视为 x 的一元函数，这函数对 x 求导，就称为二元函数 z 对 x 的偏导数. 下面给出偏导数的定义.

定义 设函数 $z = f(x, y)$ 在点 (x_0, y_0) 的某一邻域内有定义，当 y 固定在 y_0，而 x 在 x_0 有增量 Δx 时，相应函数有增量

$$\Delta_x z = f(x_0 + \Delta x, y_0) - f(x_0, y_0) \quad （称为对 x 的偏增量）$$

如果极限

$$\lim_{\Delta x \to 0} \frac{\Delta_x z}{\Delta x} = \lim_{\Delta x \to 0} \frac{f(x_0 + \Delta x, y_0) - f(x_0, y_0)}{\Delta x}$$

存在，则称此极限值为函数 $z = f(x, y)$ 在点 (x_0, y_0) 处对 x 的偏导数，记作

$$\left.\frac{\partial z}{\partial x}\right|_{(x_0, y_0)}, \quad \left.\frac{\partial f}{\partial x}\right|_{(x_0, y_0)}, \quad f_x(x_0, y_0), \quad z'_x(x_0, y_0)$$

类似地，函数 $z = f(x, y)$ 在点 (x_0, y_0) 处对 y 的偏导数

$$\left.\frac{\partial z}{\partial y}\right|_{(x_0, y_0)} = \lim_{\Delta y \to 0} \frac{\Delta_y z}{\Delta y} = \lim_{\Delta y \to 0} \frac{f(x_0, y_0 + \Delta y) - f(x_0, y_0)}{\Delta y}$$

存在，或记作 $\left.\dfrac{\partial f}{\partial y}\right|_{(x_0, y_0)}$, $f_y(x_0, y_0)$, $z'_y(x_0, y_0)$. 其中，$\Delta_y z = f(x_0, y_0 + \Delta y) - f(x_0, y_0)$ 称为对 y 的偏增量.

若将 (x_0, y_0) 换为 (x, y)，称

$$\frac{\partial z}{\partial x} = \lim_{\Delta x \to 0} \frac{f(x + \Delta x, y) - f(x, y)}{\Delta x}, \quad (x, y) \in D$$

为 z 对 x 的**偏导函数**（简称对 x 的**偏导数**），或记作 $\dfrac{\partial f}{\partial x}$, $f_x(x, y)$, z'_x.

而 z 对 y 的偏导数为

$$\frac{\partial z}{\partial y} = \lim_{\Delta y \to 0} \frac{f(x, y + \Delta y) - f(x, y)}{\Delta y}$$

或记作 $\dfrac{\partial f}{\partial y}$, $f_y(x, y)$, z'_y.

可见，函数 $z = f(x, y)$ 在点 (x_0, y_0) 对 x 的偏导数 $f_x(x_0, y_0)$，就是偏导函数 $f_x(x, y)$ 在点 (x_0, y_0) 处的函数值；而 $f_y(x_0, y_0)$ 就是偏导函数 $f_y(x, y)$ 在点 (x_0, y_0) 处的函数值.

二元以上的多元函数的偏导数可类似地定义. 例如，三元函数 $u = f(x, y, z)$ 在点 (x, y, z) 处对 x 的偏导数定义为

$$\frac{\partial u}{\partial x} = \lim_{\Delta x \to 0} \frac{f(x + \Delta x, y, z) - f(x, y, z)}{\Delta x} \quad （y, z 固定）$$

同样地，可以分别定义偏导数 $\dfrac{\partial u}{\partial y}$，$\dfrac{\partial u}{\partial z}$.

二、偏导数的求法

依据多元函数偏导数的定义，只有一个自变量是变化的，而其他自变量都固定（看做常数），这实际上是将多元函数看成一元函数. 因此，求多元函数对于某一个自变量的偏导数就相当于求一元函数的导数. 所以，一元函数的求导公式与法则对求多元函数的偏导数仍然适用.

例如，给定一个二元函数 $z = f(x，y)$，求 $\dfrac{\partial z}{\partial x}$时，应将函数 $z = f(x，y)$中的变量 y 看成常量，而对自变量 x 求导.

若求 $f_x(x_0，y_0)$，因它是偏导函数 $f_x(x，y)$在点$(x_0，y_0)$处的函数值，所以只需用 $x = x_0$，$y = y_0$ 代入偏导函数，即

$$f_x(x_0,y_0) = f_x(x,y)\bigg|_{\substack{x=x_0\\y=y_0}}$$

同理，求$\dfrac{\partial z}{\partial y}$时，应将函数 $z = f(x，y)$中的变量 x 看成常量，而对自变量 y 求导. 而 $f_y(x_0，y_0)$是 $f_y(x，y)$在点$(x_0，y_0)$处的函数值.

例 1 设 $z = x^{2y}$ $(x > 0)$，求$\dfrac{\partial z}{\partial x}$，$\dfrac{\partial z}{\partial y}$.

解 求$\dfrac{\partial z}{\partial x}$时，将函数表达式 x^{2y}中的 y 看成常量，应用公式$(x^\alpha)' = \alpha x^{\alpha-1}$，得

$$\frac{\partial z}{\partial x} = (x^{2y})'_x = 2yx^{2y-1}$$

求$\dfrac{\partial z}{\partial y}$时，将表达式 x^{2y}中的 x 看成常量，应用公式$(a^x)' = a^x \ln a$ 及复合函数求导法则，得

$$\frac{\partial z}{\partial y} = (x^{2y})'_y = x^{2y}\ln x \cdot (2y)'_y = 2x^{2y}\ln x$$

例 2 求函数 $z = \arctan \dfrac{y}{x}$的偏导数.

解 将 y 看做常数，对 x 求导，得

$$\frac{\partial z}{\partial x} = \left(\arctan \frac{y}{x}\right)'_x = \frac{1}{1 + \left(\dfrac{y}{x}\right)^2}\left(\frac{y}{x}\right)'_x = \frac{x^2}{x^2 + y^2}\left(-\frac{y}{x^2}\right) = -\frac{y}{x^2 + y^2}$$

把 x 看做常数，对 y 求导，得

$$\frac{\partial z}{\partial y} = \left(\arctan \frac{y}{x}\right)'_y = \frac{1}{1 + \left(\dfrac{y}{x}\right)^2}\left(\frac{y}{x}\right)'_y = \frac{x^2}{x^2 + y^2} \cdot \frac{1}{x} = \frac{x}{x^2 + y^2}$$

例3 求函数 $f(x, y) = x^2 + 2xy - y^2$ 在点 $(1, 3)$ 处的偏导数.

解 先求两个偏导函数，然后将点 $(1, 3)$ 代入.

$$f_x(x,y) = (x^2 + 2xy - y^2)'_x = 2x + 2y$$

$$f_y(x,y) = (x^2 + 2xy - y^2)'_y = 2x - 2y$$

将点 $(1, 3)$ 代入上面两式，得

$$f_x(1,3) = (2x + 2y)\Big|_{\substack{x=1 \\ y=3}} = 8, \quad f_y(1,3) = (2x - 2y)\Big|_{\substack{x=1 \\ y=3}} = -4$$

例4 设 $f(x, y) = x + y - \sqrt{x^2 + y^2}$，求 $f_x(3, 4)$，$f_y(3, 4)$.

解法1 先求两个偏导数

$$\frac{\partial f}{\partial x} = (x + y - \sqrt{x^2 + y^2})'_x = 1 - \frac{x}{\sqrt{x^2 + y^2}}$$

$$\frac{\partial f}{\partial y} = (x + y - \sqrt{x^2 + y^2})'_y = 1 - \frac{y}{\sqrt{x^2 + y^2}}$$

再将点 $(3, 4)$ 分别代入上面两个偏导数，便可求出该点的偏导数特定值

$$f_x(3,4) = \left(1 - \frac{x}{\sqrt{x^2 + y^2}}\right)\Big|_{\substack{x=3 \\ y=4}} = 1 - \frac{3}{\sqrt{9 + 16}} = \frac{2}{5}$$

$$f_y(3,4) = \left(1 - \frac{y}{\sqrt{x^2 + y^2}}\right)\Big|_{\substack{x=3 \\ y=4}} = 1 - \frac{4}{\sqrt{9 + 16}} = \frac{1}{5}$$

说明 函数 $f(x, y) = x + y - \sqrt{x^2 + y^2}$ 的变量 x 与 y 具有对称性，即

$$f(x,y) = f(y,x)$$

则它的两个偏导数同样具有对称性，即把 $\dfrac{\partial f}{\partial x}$ 表达式中的 x 换成 y、y 换成 x 就得到 $\dfrac{\partial f}{\partial y}$ 的表示式.

解法2 求 $f_x(3, 4)$ 时，先用 $y = 4$ 代入函数，得

$$f(x,4) = x + 4 - \sqrt{x^2 + 16} \quad （变量 x 的一元函数）$$

对 x 求导，得

$$f_x(x,4) = (x + 4 - \sqrt{x^2 + 16})' = 1 - \frac{x}{\sqrt{x^2 + 16}}$$

于是

$$f_x(3,4) = \left(1 - \frac{x}{\sqrt{x^2 + 16}}\right)\Big|_{x=3} = \frac{2}{5}$$

同理，求 $f_y(3, 4)$ 时，先用 $x = 3$ 代入函数，得

$$f(3,y) = 3 + y - \sqrt{9 + y^2} \quad （变量 y 的一元函数）$$

对 y 求导，得

$$f_y(3,y) = (3 + y - \sqrt{9 + y^2})' = 1 - \frac{y}{\sqrt{9 + y^2}}$$

于是

$$f_y(3,4) = \left(1 - \frac{y}{\sqrt{9 + y^2}}\right)\bigg|_{y=4} = \frac{1}{5}$$

例5　设 $f(x, y) = e^{xy} + \sin(x^2 + y^2)$，求偏导数 $\dfrac{\partial f}{\partial x}$ 与 $\dfrac{\partial f}{\partial y}$．

解　$\dfrac{\partial f}{\partial x} = e^{xy} \cdot (xy)'_x + \cos(x^2 + y^2) \cdot (x^2 + y^2)'_x = ye^{xy} + 2x\cos(x^2 + y^2)$

因

$$f(x,y) = e^{xy} + \sin(x^2 + y^2) = f(y,x)$$

应用对称性，有

$$\frac{\partial f}{\partial y} = xe^{xy} + 2y\cos(x^2 + y^2)$$

例6　求 $r = \sqrt{x^2 + y^2 + z^2}$ 的偏导数．

解　将 y 和 z 都看做常数，对 x 求导，得

$$\frac{\partial r}{\partial x} = \frac{1}{2\sqrt{x^2 + y^2 + z^2}}(x^2 + y^2 + z^2)'_x = \frac{x}{\sqrt{x^2 + y^2 + z^2}} = \frac{x}{r}$$

类似地，得

$$\frac{\partial r}{\partial y} = \frac{y}{\sqrt{x^2 + y^2 + z^2}} = \frac{y}{r}, \quad \frac{\partial r}{\partial z} = \frac{z}{\sqrt{x^2 + y^2 + z^2}} = \frac{z}{r}$$

例7　已知理想气体的状态方程 $pV = kT$（$k > 0$，为常数），试证明：

$$\frac{\partial p}{\partial V} \cdot \frac{\partial V}{\partial T} \cdot \frac{\partial T}{\partial p} = -1$$

证　因 $p = \dfrac{kT}{V}$，故可求得 $\dfrac{\partial p}{\partial V} = -\dfrac{kT}{V^2}$．

类似地，由 $V = \dfrac{kT}{p}$ 可以求得 $\dfrac{\partial V}{\partial T} = \dfrac{k}{p}$，由 $T = \dfrac{pV}{k}$ 可以求得 $\dfrac{\partial T}{\partial p} = \dfrac{V}{k}$．则

$$\frac{\partial p}{\partial V} \cdot \frac{\partial V}{\partial T} \cdot \frac{\partial T}{\partial p} = -\frac{kT}{V^2} \cdot \frac{k}{p} \cdot \frac{V}{k} = -\frac{kT}{pV} = -1$$

　　这个结果表明，偏导数的记号是一个整体记号，不能看做是分子与分母之商，否则上式左端三个偏导的乘积将是 1．这一点与一元函数的导数记号 $\dfrac{dy}{dx}$ 可以看做函数的微分 dy 与自变量微分 dx 之商有着根本区别．

*三、二元函数偏导数的几何意义

　　我们知道，二元函数 $z = f(x, y)$ 在点 (x_0, y_0) 处对 x 的偏导数 $f_x(x_0, y_0)$，就

是一元函数 $z = f(x, y_0)$ 在 $x = x_0$ 的导数 $f_x(x_0, y_0)$. 而二元函数 $z = f(x, y)$ 的图形通常是空间的一张曲面, 当 $y = y_0$ 时, 即表示曲面 $z = f(x, y)$ 与平面 $y = y_0$ 的交线

$$\begin{cases} z = f(x, y) \\ y = y_0 \end{cases}$$

它是在平面 $y = y_0$ 上的一条曲线(见图 8-9).
由导数的几何意义可知, $f_x(x_0, y_0)$ 就是这一曲线在点 $M_0(x_0, y_0, f(x_0, y_0))$ 处的切线 T_x 关于 x 轴的斜率.

同样, $f_y(x_0, y_0)$ 是曲面 $z = f(x, y)$ 与平面 $x = x_0$ 的交线

$$\begin{cases} z = f(x, y) \\ x = x_0 \end{cases}$$

在点 M_0 处的切线 T_y 关于 y 轴的斜率.

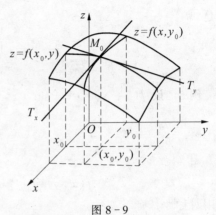

图 8-9

*四、多元函数连续与可偏导没有必然联系

对一元函数而言, 可导必连续(不连续一定不可导), 连续时未必可导.

对多元函数, 这一关系不再保持. 多元函数各偏导数存在, 也称为可导. 但可导与连续之间没有必然的联系. 也就是说, 连续未必可导, 可导也未必连续.

*例8　试证 $f(x, y) = \begin{cases} \dfrac{2xy}{x^2 + y^2} & ((x, y) \neq (0, 0)) \\ 0 & ((x, y) = (0, 0)) \end{cases}$ 在点 $(0, 0)$ 处不连续, 但

$\dfrac{\partial f}{\partial x}, \dfrac{\partial f}{\partial y}$ 在该点均存在.

证　在本章第二节例5中, 已知该函数在点 $(0, 0)$ 处极限不存在, 因而 $f(x, y)$ 在点 $(0, 0)$ 处不连续. 但依据偏导数定义, 有

$$f_x(0, 0) = \lim_{\Delta x \to 0} \frac{f(0 + \Delta x, 0) - f(0, 0)}{\Delta x} = \lim_{\Delta x \to 0} \frac{\dfrac{2 \cdot \Delta x \cdot 0}{(\Delta x)^2 + 0} - 0}{\Delta x} = \lim_{\Delta x \to 0} 0 = 0 \quad (存在)$$

$$f_y(0, 0) = \lim_{\Delta y \to 0} \frac{f(0, 0 + \Delta y) - f(0, 0)}{\Delta y} = \lim_{\Delta y \to 0} \frac{\dfrac{2 \cdot 0 \cdot \Delta y}{0 + (\Delta y)^2} - 0}{\Delta y} = \lim_{\Delta y \to 0} 0 = 0 \quad (存在)$$

所给函数在点 $(0, 0)$ 处的两个偏导数存在, 却不能保证函数在该点处连续. 这是因为偏导数存在, 只能保证当点 (x, y) 沿着坐标轴方向趋近于点 $(0, 0)$ 时, 函数值 $f(x, y)$ 趋近于 $f(0, 0) = 0$, 但不能保证当点 (x, y) 从任意方向以任意方式趋近于点 $(0, 0)$ 时, 函数 $f(x, y)$ 都趋近于 $f(0, 0) = 0$.

五、高阶偏导数

如果二元函数 $z = f(x, y)$ 在区域 D 内的偏导数

$$\frac{\partial z}{\partial x} = f_x(x, y), \quad \frac{\partial z}{\partial y} = f_y(x, y)$$

仍然可导，则它们的偏导数称为函数 $z = f(x, y)$ 的二阶偏导数．按对变量求导次序的不同，二元函数有下列四个二阶偏导数：

（1）对 x 的二阶偏导：$\dfrac{\partial^2 z}{\partial x^2} = \dfrac{\partial}{\partial x}\left(\dfrac{\partial z}{\partial x}\right) = f_{xx}(x, y)$；

（2）先对 x 后对 y 的二阶混合偏导：$\dfrac{\partial^2 z}{\partial x \partial y} = \dfrac{\partial}{\partial y}\left(\dfrac{\partial z}{\partial x}\right) = f_{xy}(x, y)$；

（3）先对 y 后对 x 的二阶混合偏导：$\dfrac{\partial^2 z}{\partial y \partial x} = \dfrac{\partial}{\partial x}\left(\dfrac{\partial z}{\partial y}\right) = f_{yx}(x, y)$；

（4）对 y 的二阶偏导：$\dfrac{\partial^2 z}{\partial y^2} = \dfrac{\partial}{\partial y}\left(\dfrac{\partial z}{\partial y}\right) = f_{yy}(x, y)$．

类似地，可定义三阶、四阶乃至更高阶的偏导数．二阶及二阶以上的偏导数统称为**高阶偏导数**．

例 9　求函数 $z = x^3 y - 3x^2 y^3$ 的二阶偏导数．

解　先求两个一阶偏导数

$$\frac{\partial z}{\partial x} = 3x^2 y - 6xy^3, \quad \frac{\partial z}{\partial y} = x^3 - 9x^2 y^2$$

然后分别再求偏导数，可得

$$\frac{\partial^2 z}{\partial x^2} = (3x^2 y - 6xy^3)'_x = 6xy - 6y^3$$

$$\frac{\partial^2 z}{\partial x \partial y} = (3x^2 y - 6xy^3)'_y = 3x^2 - 18xy^2$$

$$\frac{\partial^2 z}{\partial y \partial x} = (x^3 - 9x^2 y^2)'_x = 3x^2 - 18xy^2$$

$$\frac{\partial^2 z}{\partial y^2} = (x^3 - 9x^2 y^2)'_y = -18x^2 y$$

该题两个混合偏导数 $\dfrac{\partial^2 z}{\partial x \partial y}$，$\dfrac{\partial^2 z}{\partial y \partial x}$ 相等，即与对变量求导的次序无关．但这不是对任何函数的混合偏导数都成立的，只有当混合偏导数 $\dfrac{\partial^2 z}{\partial x \partial y}$ 和 $\dfrac{\partial^2 z}{\partial y \partial x}$ 都连续时，它们才相等．有如下定理．

定理　如果函数 $z = f(x, y)$ 的两个二阶混合偏导数 $\dfrac{\partial^2 z}{\partial x \partial y}$ 和 $\dfrac{\partial^2 z}{\partial y \partial x}$ 都在区域 D 内连续，则在 D 内

$$\frac{\partial^2 z}{\partial x \partial y} = \frac{\partial^2 z}{\partial y \partial x}$$

证明从略.

这个定理说明，在二阶混合偏导数连续的条件下，它们与对变量求导的次序无关，对更高阶的混合偏导数也有同样的结论. 在具体计算中，由于初等函数的各阶偏导数在其定义域内通常都是连续的，所以初等函数的混合偏导数总是与求导次序无关.

例 10 设 $z = x\mathrm{e}^x \sin y$，求 $\dfrac{\partial^2 z}{\partial x \partial y}$，$\dfrac{\partial^2 z}{\partial y \partial x}$.

解
$$\frac{\partial z}{\partial x} = \mathrm{e}^x \sin y + x\mathrm{e}^x \sin y = (1 + x)\mathrm{e}^x \sin y$$

$$\frac{\partial z}{\partial y} = x\mathrm{e}^x \cos y$$

$$\frac{\partial^2 z}{\partial x \partial y} = \left[(1 + x)\mathrm{e}^x \sin y\right]'_y = (1 + x)\mathrm{e}^x \cos y$$

$$\frac{\partial^2 z}{\partial y \partial x} = (x\mathrm{e}^x \cos y)'_x = (\mathrm{e}^x + x\mathrm{e}^x)\cos y = (1 + x)\mathrm{e}^x \cos y$$

得到的两个混合偏导数是连续函数，故两者相等.

例 11 设 $z = x^y$，求 $\dfrac{\partial^2 z}{\partial x \partial y}\bigg|_{\substack{x=2 \\ y=3}}$.

解 由 $\dfrac{\partial z}{\partial x} = yx^{y-1}$，得

$$\frac{\partial^2 z}{\partial x \partial y} = (yx^{y-1})'_y = x^{y-1} + y \cdot x^{y-1}\ln x = x^{y-1}(1 + y\ln x)$$

故

$$\frac{\partial^2 z}{\partial x \partial y}\bigg|_{\substack{x=2 \\ y=3}} = 2^{3-1} \cdot (1 + 3\ln 2) = 4(1 + 3\ln 2)$$

例 12 证明函数 $z = \ln \sqrt{x^2 + y^2}$ 满足方程 $\dfrac{\partial^2 z}{\partial x^2} + \dfrac{\partial^2 z}{\partial y^2} = 0$.

证
$$z = \frac{1}{2}\ln(x^2 + y^2)$$

$$\frac{\partial z}{\partial x} = \frac{1}{2} \cdot \frac{2x}{x^2 + y^2} = \frac{x}{x^2 + y^2}$$

$$\frac{\partial^2 z}{\partial x^2} = \left(\frac{x}{x^2 + y^2}\right)'_x = \frac{x^2 + y^2 - 2x^2}{(x^2 + y^2)^2} = \frac{y^2 - x^2}{(x^2 + y^2)^2}$$

利用所给函数的变量 x 与 y 对称，可直接写出

$$\frac{\partial^2 z}{\partial y^2} = \frac{x^2 - y^2}{(x^2 + y^2)^2}$$

则有

$$\frac{\partial^2 z}{\partial x^2} + \frac{\partial^2 z}{\partial y^2} = \frac{y^2 - x^2 + x^2 - y^2}{(x^2 + y^2)^2} = 0$$

第四节 全 微 分

一、二元函数全微分概念

一元函数 $y = f(x)$ 在点 x_0 处的微分 $dy = f'(x_0)\Delta x$ 是函数增量

$$\Delta y = f(x_0 + \Delta x) - f(x_0)$$

关于 Δx 的线性主部，两者之差 $\Delta y - dy = o(\Delta x)$ 是当 $\Delta x \to 0$ 时比 Δx 高阶的无穷小，从而

$$\Delta y \approx dy = f'(x_0)\Delta x$$

即用微分 $f'(x_0)\Delta x$ 作为计算增量 Δy 的近似值，所差的是比 Δx 高阶的无穷小.

应用于二元函数 $z = f(x, y)$ 的两个偏增量，得

$$\Delta_x z = f(x_0 + \Delta x, y_0) - f(x_0, y_0) \approx f_x(x_0, y_0)\Delta x$$

$$\Delta_y z = f(x_0, , y_0 + \Delta y) - f(x_0, y_0) \approx f_y(x_0, y_0)\Delta y$$

表达式 $f_x(x_0, y_0)\Delta x$ 实际是一元函数 $z = f(x, y_0)$ 在点 x_0 处的微分，称它为二元函数 $f(x, y)$ 在点 $P_0(x_0, y_0)$ 处**对 x 的偏微分**；而把一元函数 $z = f(x_0, y)$ 在点 y_0 处的微分 $f_y(x_0, y_0)\Delta y$ 称为二元函数 $f(x, y)$ 在点 $P_0(x_0, y_0)$ 处**对 y 的偏微分**. 可以说，偏微分是偏增量的近似值.

对于二元函数 $z = f(x, y)$，常常还需要考虑它在点 $P_0(x_0, y_0)$ 处的**全增量**

$$\Delta z = f(x_0 + \Delta x, y_0 + \Delta y) - f(x_0, y_0)$$

一般直接计算它是比较繁琐的，我们希望能用关于 Δx 与 Δy 的线性齐次式近似地表示全增量. 下面先看一个简单例子.

例 1 设长方形金属薄板的长为 x，宽为 y，则面积

$$S = xy$$

当薄板受热膨胀时，长自 x_0 增加 Δx，宽自 y_0 增加 Δy，则面积相应增加

$$\begin{aligned}
\Delta S &= S(x_0 + \Delta x, y_0 + \Delta y) - S(x_0, y_0) \\
&= (x_0 + \Delta x)(y_0 + \Delta y) - x_0 y_0 \\
&= y_0\Delta x + x_0\Delta y + \Delta x \cdot \Delta y
\end{aligned}$$

从图 8-10 可以看出，其中 $\Delta x \cdot \Delta y$ 这项比其余两项 $y_0\Delta x$，$x_0\Delta y$ 小得多. 当两点 $P_0(x_0, y_0)$ 与 $P(x_0 + \Delta x, y_0 + \Delta y)$ 的距离 $\rho = \sqrt{(\Delta x)^2 + (\Delta y)^2} \to 0$ 时，$\Delta x \cdot \Delta y$ 是比 ρ 高阶的无穷小，即 $\Delta x \cdot \Delta y = o(\rho)$. 从而

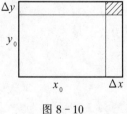

图 8-10

$$\Delta S = y_0\Delta x + x_0\Delta y + o(\rho) \approx y_0\Delta x + x_0\Delta y$$

注意 x_0，y_0 是常数，即用关于 Δx 和 Δy 的线性部分 $y_0 \Delta x + x_0 \Delta y$ 作为计算 ΔS 的近似值，所差的是比 ρ 高阶的无穷小．

这种近似计算 ΔS 的方法具有普遍意义，为此引入二元函数全微分定义．

定义　设二元函数 $z = f(x, y)$ 在点 $P_0(x_0, y_0)$ 的某邻域内有定义，如果 $z = f(x, y)$ 在点 $P_0(x_0, y_0)$ 处的全增量

$$\Delta z = f(P) - f(P_0) = f(x_0 + \Delta x, y_0 + \Delta y) - f(x_0, y_0)$$

可表示为

$$\Delta z = A\Delta x + B\Delta y + o(\rho)$$

其中，A，B 与 Δx，Δy 无关，$o(\rho)$ 是当 $\rho = \sqrt{(\Delta x)^2 + (\Delta y)^2} \to 0$ 时比 ρ 高阶的无穷小，则称

$$A\Delta x + B\Delta y \xrightarrow{\text{记作}} \mathrm{d}z \Big|_{P_0}$$

为函数 $z = f(x, y)$ 在点 $P_0(x_0, y_0)$ 处的**全微分**，并称函数 $z = f(x, y)$ 在点 $P_0(x_0, y_0)$ 处**可微**．

与一元函数相仿，全微分 $\mathrm{d}z$ 是关于 Δx，Δy 的线性表达式，$\Delta z - \mathrm{d}z = o(\rho)$ 是当 $\rho \to 0$ 时比 ρ 高阶的无穷小．因此，在 $|\Delta x|$，$|\Delta y|$ 充分小时，可用全微分 $\mathrm{d}z$ 作为函数全增量 Δz 的近似值．

二、全微分存在的必要条件

有了全微分概念，我们还要进一步研究具有什么特性的函数才是可微的？全微分表达式中 Δx 与 Δy 的系数 A，B 如何确定？函数 $f(x, y)$ 在点 P_0 可微与函数在点 P_0 连续、可偏导之间又有何关系？

定理 1（全微分存在的必要条件）　如果函数 $z = f(x, y)$ 在点 $P_0(x_0, y_0)$ 处可微，则它在点 $P_0(x_0, y_0)$ 处连续．

证　根据函数可微定义，有

$$\Delta z = A\Delta x + B\Delta y + o(\rho)$$

当 $P(x_0 + \Delta x, y_0 + \Delta y) \to P_0(x_0, y_0)$，即 $\rho = \sqrt{(\Delta x)^2 + (\Delta y)^2} \to 0$ 时，有 $\Delta x \to 0$，$\Delta y \to 0$．于是

$$\lim_{P \to P_0} [f(P) - f(P_0)] = \lim_{\rho \to 0} \Delta z$$

$$= \lim_{\substack{\Delta x \to 0 \\ \Delta y \to 0}} (A\Delta x + B\Delta y) + \lim_{\rho \to 0} o(\rho) = 0$$

故

$$\lim_{P \to P_0} f(P) = f(P_0)$$

根据函数连续定义，$z = f(x, y)$ 在 $P_0(x_0, y_0)$ 处是连续的．

定理 2（全微分存在的必要条件）　如果函数 $z = f(x, y)$ 在点 $P_0(x_0, y_0)$ 处可微，则在该点 $f(x, y)$ 的两个偏导数存在，且

$$A = f_x(x_0, y_0), \quad B = f_y(x_0, y_0)$$

证　因为 $z = f(x, y)$ 在点 $P_0(x_0, y_0)$ 处可微，有

$$\Delta z = A\Delta x + B\Delta y + o(\rho)$$

上式对任意的 Δx，Δy 都是成立的. 当 $\Delta y = 0$，此时 $\rho = |\Delta x|$，则

$$\Delta_x z = f(x_0 + \Delta x, y_0 + 0) - f(x_0, y_0) = A\Delta x + 0(|\Delta x|)$$

两边同除以 Δx，再令 $\Delta x \to 0$，取极限，得

$$f_x(x_0, y_0) = \lim_{\Delta x \to 0} \frac{\Delta_x z}{\Delta x} = \lim_{\Delta x \to 0} \frac{A\Delta x + 0(|\Delta x|)}{\Delta x} = A$$

同理可证，$f_y(x_0, y_0) = B$.

由定理 2 可知，如果函数 $z = f(x, y)$ 在点 $P_0(x_0, y_0)$ 处可微，则在该点的全微分为

$$dz\Big|_{P_0} = f_x(x_0, y_0)\Delta x + f_y(x_0, y_0)\Delta y$$

这就是函数在一点可微时全微分的计算公式.

由于 x 与 y 分别是自变量，则有 $\Delta x = dx$，$\Delta y = dy$. 所以，全微分又可写成

$$dz\Big|_{P_0} = f_x(x_0, y_0)dx + f_y(x_0, y_0)dy \qquad ①$$

如果函数 $z = f(x, y)$ 在区域 D 内每一点处都可微，则称 $f(x, y)$ 在 D 内是可微的. 这样，区域 D 内任一点 (x, y) 处的全微分为

$$dz = f_x(x, y)dx + f_y(x, y)dy$$

或写成

$$dz = \frac{\partial z}{\partial x}dx + \frac{\partial z}{\partial y}dy \qquad ②$$

三、全微分存在的充分条件

在一元函数中，可导与可微是等价的，即函数可导与可微互为充分必要条件. 但对多元函数情形就不同了，函数的各个偏导数存在，不能保证函数可微. 事实上，由定理 1 可知，不连续一定不可微，而偏导数存在并不能保证函数连续（在第三节中例 8 就说明了这一点）. 因此，也就不能保证可微了. 那么，具体什么条件才能保证函数可微呢？下面给出函数 $z = f(x, y)$ 可微的充分性定理.

定理 3（全微分存在的充分条件）　如果函数 $z = f(x, y)$ 的偏导数 $f_x(x, y)$，$f_y(x, y)$ 存在且在点 (x, y) 处连续，则函数 $z = f(x, y)$ 在点 (x, y) 处可微.

证明从略.

上面三个定理说明，偏导数连续，函数一定可微；函数可微，偏导数一定存在；函数可微，函数一定连续.

综上所述，可见会求偏导数就会求全微分：设 $z = f(x, y)$，只需求出 $\dfrac{\partial z}{\partial x}$ 和 $\dfrac{\partial z}{\partial y}$，当它们是初等函数时，则在其定义区域内连续，从而有

$$\mathrm{d}z = \frac{\partial z}{\partial x}\mathrm{d}x + \frac{\partial z}{\partial y}\mathrm{d}y \quad \text{（两个偏微分之和）}$$

二元函数全微分的定义，以及上面的三个定理均可以推广到三元及三元以上的多元函数. 如三元函数 $u = f(x, y, z)$ 的全微分存在，则有

$$\mathrm{d}u = \frac{\partial u}{\partial x}\mathrm{d}x + \frac{\partial u}{\partial y}\mathrm{d}y + \frac{\partial u}{\partial z}\mathrm{d}z \quad \text{（三个偏微分之和）}$$

例 2 求 $z = xy$ 在点 $(2, 3)$ 处，当 $\Delta x = 0.1$，$\Delta y = 0.2$ 时的全增量和全微分.

解 全增量 $\Delta z = f(2+0.1, 3+0.2) - f(2, 3) = 2.1 \times 3.2 - 2 \times 3 = 0.72$

而

$$\mathrm{d}z = \frac{\partial z}{\partial x}\Delta x + \frac{\partial z}{\partial y}\Delta y = y\Delta x + x\Delta y$$

将 $x = 2$，$y = 3$，$\Delta x = 0.1$，$\Delta y = 0.2$ 代入上式，得全微分

$$\mathrm{d}z = 3 \times 0.1 + 2 \times 0.2 = 0.7$$

例 3 设 $z = \mathrm{e}^{xy}$，求 $\mathrm{d}z \big|_{(2,1)}$.

解 因为

$$\frac{\partial z}{\partial x} = y\mathrm{e}^{xy}, \qquad \frac{\partial z}{\partial y} = x\mathrm{e}^{xy}$$

将 $x = 2$，$y = 1$ 代入，得

$$\frac{\partial z}{\partial x}\bigg|_{(2,1)} = \mathrm{e}^2, \qquad \frac{\partial z}{\partial y}\bigg|_{(2,1)} = 2\mathrm{e}^2$$

所以

$$\mathrm{d}z\bigg|_{(2,1)} = \mathrm{e}^2\mathrm{d}x + 2\mathrm{e}^2\mathrm{d}y$$

例 4 求 $z = x^2 y + \mathrm{e}^x \sin y$ 的全微分.

解 因为两个偏导数

$$\frac{\partial z}{\partial x} = 2xy + \mathrm{e}^x\sin y, \qquad \frac{\partial z}{\partial y} = x^2 + \mathrm{e}^x\cos y$$

在 xOy 平面上处处连续，所以在点 (x, y) 处的全微分为

$$\mathrm{d}z = \frac{\partial z}{\partial x}\mathrm{d}x + \frac{\partial z}{\partial y}\mathrm{d}y = (2xy + \mathrm{e}^x\sin y)\mathrm{d}x + (x^2 + \mathrm{e}^x\cos y)\mathrm{d}y$$

例 5 设 $z = \arctan\dfrac{x}{y}$，求 $\mathrm{d}z$.

解

$$\frac{\partial z}{\partial x} = \frac{1}{1 + \dfrac{x^2}{y^2}}\left(\frac{x}{y}\right)'_x = \frac{y^2}{x^2 + y^2} \cdot \frac{1}{y} = \frac{y}{x^2 + y^2}$$

$$\frac{\partial z}{\partial y} = \frac{1}{1 + \dfrac{x^2}{y^2}} \left(\frac{x}{y}\right)'_y = \frac{y^2}{x^2 + y^2}\left(-\frac{x}{y^2}\right) = -\frac{x}{x^2 + y^2}$$

当 $y \neq 0$ 时，即除去 x 轴外，两个偏导数连续，所以

$$\mathrm{d}z = \frac{y}{x^2 + y^2}\mathrm{d}x - \frac{x}{x^2 + y^2}\mathrm{d}y = \frac{1}{x^2 + y^2}(y\mathrm{d}x - x\mathrm{d}y)$$

例 6　求 $u = x + \sin\dfrac{y}{2} + \mathrm{e}^{yz}$ 的全微分.

解　　　　$\dfrac{\partial u}{\partial x} = 1$，　　$\dfrac{\partial u}{\partial y} = \dfrac{1}{2}\cos\dfrac{y}{2} + z\mathrm{e}^{yz}$，　　$\dfrac{\partial u}{\partial z} = y\mathrm{e}^{yz}$

全微分

$$\mathrm{d}u = \mathrm{d}x + \left(\frac{1}{2}\cos\frac{y}{2} + z\mathrm{e}^{yz}\right)\mathrm{d}y + y\mathrm{e}^{yz}\mathrm{d}z$$

第五节　多元复合函数求导法则

在一元函数中，复合函数的求导法则在求导时起着重要的作用，对于多元函数情况也是如此. 下面就二元复合函数进行讨论.

设 $z = f(u, v)$ 是变量 u，v 的函数，而 u 与 v 又分别是 x，y 的函数，即 $u = \varphi(x, y)$，$v = \psi(x, y)$，且能构成二元复合函数

$$z = f(\varphi(x,y), \psi(x,y))$$

那么，在什么条件下存在 $\dfrac{\partial z}{\partial x}$ 与 $\dfrac{\partial z}{\partial y}$，又如何去求出 $\dfrac{\partial z}{\partial x}$ 与 $\dfrac{\partial z}{\partial y}$ 呢? 下面的定理对问题作出了圆满的回答.

定理　设函数 $u = \varphi(x, y)$，$v = \psi(x, y)$ 在点 (x, y) 处有偏导数，而函数 $z = f(u, v)$ 在对应点 (u, v) 处有连续偏导数，则复合函数 $z = f(\varphi(x, y), \psi(x, y))$ 在点 (x, y) 处有偏导数，且

$$\begin{cases} \dfrac{\partial z}{\partial x} = \dfrac{\partial f}{\partial u} \cdot \dfrac{\partial u}{\partial x} + \dfrac{\partial f}{\partial v} \cdot \dfrac{\partial v}{\partial x} \\[3mm] \dfrac{\partial z}{\partial y} = \dfrac{\partial f}{\partial u} \cdot \dfrac{\partial u}{\partial y} + \dfrac{\partial f}{\partial v} \cdot \dfrac{\partial v}{\partial y} \end{cases} \qquad ①$$

证明从略.

公式①给出的是关于两个中间变量、最终两个自变量的标准法则. 变量的关系图如下:

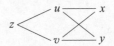

图上直观地显示出函数 z 经过中间变量 u，v 通向最终自变量 x，y 的各条路径，帮助我们去理解、掌握这一公式的组成结构．它具有如下特征：

(1) 函数 z 具有两个独立的自变量 x 与 y，所以存在两个偏导数 $\dfrac{\partial z}{\partial x}$ 和 $\dfrac{\partial z}{\partial y}$．

(2) 每一个偏导数都是两项之和，这是因为函数在复合过程中，都要通过两个中间变量（即两条路径）抵达该自变量．

对于中间变量的个数与最终自变量的个数增、减时，可借助变量关系图写出给定的复合函数偏导数公式，常见的有：

情况 1 设 $z = f(u)$ 可导，$u = \varphi(x，y)$ 可偏导，则由变量关系图

（最终是两个自变量 x 和 y，z 到每一个自变量都只有一条路径），得其偏导数公式是

$$\begin{cases} \dfrac{\partial z}{\partial x} = f'(u) \cdot \dfrac{\partial u}{\partial x} \\[2mm] \dfrac{\partial z}{\partial y} = f'(u) \cdot \dfrac{\partial u}{\partial y} \end{cases} \qquad ②$$

情况 2 设 $z = f(u，v)$ 有连续偏导数，$u = \varphi(x)$，$v = \psi(x)$ 均可导，则由变量关系图

$$z \diamondsuit \begin{matrix} u \\ v \end{matrix} \diamondsuit x$$

（最终是一个自变量 x，z 到 x 有两条路径），得其导数公式是

$$\frac{\mathrm{d}z}{\mathrm{d}x} = \frac{\partial f}{\partial u} \cdot \frac{\mathrm{d}u}{\mathrm{d}x} + \frac{\partial f}{\partial v} \cdot \frac{\mathrm{d}v}{\mathrm{d}x} \qquad ③$$

这里称 $\dfrac{\mathrm{d}z}{\mathrm{d}x}$ 为 z 对 x 的**全导数**．

分析上面三个公式，可归结出如下规则：

(1) 函数 z 具有几个最终（独立的）自变量，则有几个偏导数．特别地，最终是一个自变量时，称为全导数．

(2) 每一个偏导数（或全导数）由几项连加，应等于 z 需通过几个中间变量（即几条路径）到达该变量的路径数目．

(3) 一个变量时，应使用一元求导符号 "$\dfrac{\mathrm{d}}{\mathrm{d}x}$" 或 "$'$"；两个或两个以上变量时，应使用多元求偏导符号 "$\dfrac{\partial}{\partial x}$"，"$\dfrac{\partial}{\partial y}$"．

例 1 设 $z = \mathrm{e}^u \sin v$，$u = xy$，$v = x + y$，求 $\dfrac{\partial z}{\partial x}$，$\dfrac{\partial z}{\partial y}$．

解法1　变量关系图为

$$z \begin{matrix} u \\ v \end{matrix} \begin{matrix} x \\ y \end{matrix}$$

这是标准型的. 依据公式①, 有

$$\frac{\partial z}{\partial x} = \frac{\partial f}{\partial u} \cdot \frac{\partial u}{\partial x} + \frac{\partial f}{\partial v} \cdot \frac{\partial v}{\partial x}$$

$$= (\mathrm{e}^u \sin v)_u' \cdot (xy)_x' + (\mathrm{e}^u \sin v)_v' \cdot (x+y)_x' = \mathrm{e}^u \sin v \cdot y + \mathrm{e}^u \cos v \cdot 1$$

$$= \mathrm{e}^u (y \sin v + \cos v) = \mathrm{e}^{xy} [\, y \sin (x+y) + \cos (x+y) \,]$$

$$\frac{\partial z}{\partial y} = \frac{\partial f}{\partial u} \cdot \frac{\partial u}{\partial y} + \frac{\partial f}{\partial v} \cdot \frac{\partial v}{\partial y}$$

$$= (\mathrm{e}^u \sin v)_u' \cdot (xy)_y' + (\mathrm{e}^u \sin v)_v' \cdot (x+y)_y' = \mathrm{e}^u \sin v \cdot x + \mathrm{e}^u \cos v \cdot 1$$

$$= \mathrm{e}^{xy} [\, x \sin (x+y) + \cos (x+y) \,]$$

解法2　如果把 $u = xy$, $v = x + y$ 代入函数的表达式, 便得

$$z = \mathrm{e}^{xy} \sin (x+y)$$

这是一个二元函数求两个偏导数的问题.

$$\frac{\partial z}{\partial x} = y \mathrm{e}^{xy} \sin (x+y) + \mathrm{e}^{xy} \cos (x+y) = \mathrm{e}^{xy} [\, y \sin (x+y) + \cos (x+y) \,]$$

$$\frac{\partial z}{\partial y} = x \mathrm{e}^{xy} \sin (x+y) + \mathrm{e}^{xy} \cos (x+y) = \mathrm{e}^{xy} [\, x \sin (x+y) + \cos (x+y) \,]$$

从以上两种解法可以看出, 当函数具体给出且不太复杂时, 解法 2 要简单些.

例 2　设 $z = (3x^2 + y^2)^{4x+2y}$, 求 $\dfrac{\partial z}{\partial x}$, $\dfrac{\partial z}{\partial y}$.

解　设 $z = u^v$, $u = 3x^2 + y^2$, $v = 4x + 2y$. 变量关系图为

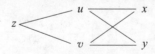

依据公式①, 有

$$\frac{\partial z}{\partial x} = \frac{\partial f}{\partial u} \cdot \frac{\partial u}{\partial x} + \frac{\partial f}{\partial v} \cdot \frac{\partial v}{\partial x} = v u^{v-1} \cdot 6x + u^v \ln u \cdot 4$$

$$= 6x(4x+2y)(3x^2+y^2)^{4x+2y-1} + 4(3x^2+y^2)^{4x+2y} \cdot \ln(3x^2+y^2)$$

$$\frac{\partial z}{\partial y} = \frac{\partial f}{\partial u} \cdot \frac{\partial u}{\partial y} + \frac{\partial f}{\partial v} \cdot \frac{\partial v}{\partial y} = v u^{v-1} \cdot 2y + u^v \ln u \cdot 2$$

$$= 2y(4x+2y)(3x^2+y^2)^{4x+2y-1} + 2(3x^2+y^2)^{4x+2y} \cdot \ln(3x^2+y^2)$$

例 3　设 $z = f(x^2 + y^2)$, 其中 $f(u)$ 为可导函数, 求证:

$$y \frac{\partial z}{\partial x} - x \frac{\partial z}{\partial y} = 0$$

证 记 $z = f(u)$，$u = x^2 + y^2$．变量关系图为

$$z \text{———} u \big\langle {}^{x}_{y}$$

依据函数结构的特征，应用公式②，有

$$\frac{\partial z}{\partial x} = f'(u) \cdot \frac{\partial u}{\partial x} = 2xf'(u), \qquad \frac{\partial z}{\partial y} = f'(u) \cdot \frac{\partial u}{\partial y} = 2yf'(u)$$

代入得

$$y\frac{\partial z}{\partial x} - x\frac{\partial z}{\partial y} = 2xyf'(u) - 2xyf'(u) = 0$$

成立．

例 4 设 $z = \sin\dfrac{u}{v}$，$u = e^x$，$v = x^2$，求全导数$\dfrac{\mathrm{d}z}{\mathrm{d}x}$．

解法 1 变量关系图为

依据函数结构特征，应用公式③，有

$$\frac{\mathrm{d}z}{\mathrm{d}x} = \frac{\partial f}{\partial u} \cdot \frac{\mathrm{d}u}{\mathrm{d}x} + \frac{\partial f}{\partial v} \cdot \frac{\mathrm{d}v}{\mathrm{d}x}$$

$$= \cos\frac{u}{v} \cdot \frac{1}{v} \cdot e^x + \cos\frac{u}{v} \cdot \left(-\frac{u}{v^2}\right) \cdot 2x = \frac{(x-2)e^x}{x^3} \cdot \cos\frac{e^x}{x^2}$$

解法 2 如果把 $u = e^x$，$v = x^2$ 代入函数 $z = \sin\dfrac{u}{v}$，便得

$$z = \sin\frac{e^x}{x^2}$$

这是一个一元函数的求导问题，有

$$\frac{\mathrm{d}z}{\mathrm{d}x} = \cos\frac{e^x}{x^2} \cdot \left(\frac{e^x}{x^2}\right)' = \frac{(x-2)e^x}{x^3} \cdot \cos\frac{e^x}{x^2}$$

*****例 5** 设 $z = f\left(xy, \dfrac{x}{y}\right)$，其中 f 具有二阶连续偏导数，求$\dfrac{\partial^2 z}{\partial x \partial y}$．

解 记 $z = f(u, v)$，$u = xy$，$v = \dfrac{x}{y}$．先求一阶偏导数

$$\frac{\partial z}{\partial x} = \frac{\partial f}{\partial u} \cdot \frac{\partial u}{\partial x} + \frac{\partial f}{\partial v} \cdot \frac{\partial v}{\partial x} = f_u \cdot y + f_v \cdot \frac{1}{y}$$

注意到两个一阶偏导数 f_u 与 f_v 仍是以 u 和 v 为中间变量、x 和 y 为自变量的复合函数，所以上式再对 y 求偏导，得

$$\frac{\partial^2 z}{\partial x \partial y} = (f_u \cdot y)'_y + \left(f_v \cdot \frac{1}{y}\right)'_y = f_u + y\frac{\partial f_u}{\partial y} - \frac{1}{y^2}f_v + \frac{1}{y} \cdot \frac{\partial f_v}{\partial y}$$

$$= f_u + y\left(f_{uu} \cdot x - \frac{x}{y^2}f_{uv}\right) - \frac{1}{y^2}f_v + \frac{1}{y}\left(f_{vu} \cdot x - \frac{x}{y^2}f_{vv}\right)$$

第六节　隐函数求导法

一、由方程 $F(x，y)=0$ 所确定的隐函数 $y=y(x)$ 的求导公式

假设二元方程

$$F(x,y) = 0$$

确定了一个可导的隐函数 $y=y(x)$，那么如何求 $\dfrac{\mathrm{d}y}{\mathrm{d}x}$？我们在第二章第三节中已经给出了求这个隐函数的导数方法．现利用二元复合函数的求导法则，可以导出隐函数的求导公式．

当函数 $F(x，y)$ 可微，且 $F_y\neq 0$ 时，将方程确定的函数 $y=y(x)$ 代入方程 $F(x，y)=0$,得恒等式

$$F(x,y(x)) \equiv 0$$

由恒等式两端对 x 求导，左端看成是有两个中间变量，而最终是一个自变量 x 的二元复合函数．应用全导数公式，可得

$$\frac{\mathrm{d}F}{\mathrm{d}x} = F_x \cdot 1 + F_y \cdot \frac{\mathrm{d}y}{\mathrm{d}x} \equiv 0$$

因 $F_y\neq 0$，于是有

$$\frac{\mathrm{d}y}{\mathrm{d}x} = -\frac{F_x}{F_y} \tag{①}$$

这就是一元隐函数的求导公式．其中，F_x，F_y 是二元函数 $F(x，y)$ 的两个偏导数，此时的 x 与 y 是两个独立的变量，而不能再把 y 看成 x 的函数．

例 1 设 $x=y-\dfrac{1}{2}\sin y$，求 $\dfrac{\mathrm{d}y}{\mathrm{d}x}$.

解法 1 用第二章介绍的方法，将方程两端对 x 求导（y 是 x 的函数），得

$$1 = \frac{\mathrm{d}y}{\mathrm{d}x} - \frac{1}{2}\cos y \cdot \frac{\mathrm{d}y}{\mathrm{d}x}$$

由于 $2-\cos y\neq 0$，解得

$$\frac{\mathrm{d}y}{\mathrm{d}x} = \frac{2}{2-\cos y}$$

解法 2 用公式法，记二元函数 $F(x，y)=x-y+\dfrac{1}{2}\sin y$，求出两个偏导数

$$F_x = 1, \quad F_y = -1 + \frac{1}{2}\cos y$$

代入公式①，得

$$\frac{\mathrm{d}y}{\mathrm{d}x} = -\frac{F_x}{F_y} = -\frac{1}{-1 + \frac{1}{2}\cos y} = \frac{2}{2 - \cos y}$$

例 2 设 $x\cos y + y\mathrm{e}^x = 0$，求 $\dfrac{\mathrm{d}y}{\mathrm{d}x}$.

解 用公式法，记 $F(x, y) = x\cos y + y\mathrm{e}^x$，则

$$F_x = \cos y + y\mathrm{e}^x, \quad F_y = -x\sin y + \mathrm{e}^x$$

代入公式，有

$$\frac{\mathrm{d}y}{\mathrm{d}x} = -\frac{F_x}{F_y} = \frac{\cos y + y\mathrm{e}^x}{x\sin y - \mathrm{e}^x}$$

例 3 设 $\sin y + \mathrm{e}^x - xy^2 = 1$，求 $\mathrm{d}y\Big|_{\substack{x=0 \\ y=0}}$.

解 记 $F(x, y) = \sin y + \mathrm{e}^x - xy^2 - 1$，求出两个偏导数

$$F_x = \mathrm{e}^x - y^2, \quad F_y = \cos y - 2xy$$

代入公式①，得

$$\frac{\mathrm{d}y}{\mathrm{d}x} = -\frac{F_x}{F_y} = -\frac{\mathrm{e}^x - y^2}{\cos y - 2xy} = \frac{\mathrm{e}^x - y^2}{2xy - \cos y}$$

这时

$$y'(0) = \frac{\mathrm{e}^x - y^2}{2xy - \cos y}\Big|_{\substack{x=0 \\ y=0}} = \frac{\mathrm{e}^0 - 0}{0 - \cos 0} = -1$$

于是

$$\mathrm{d}y\Big|_{\substack{x=0 \\ y=0}} = y'(0)\mathrm{d}x = -\mathrm{d}x$$

二、由方程 $F(x, y, z) = 0$ 所确定的隐函数 $z = z(x, y)$ 的偏导数公式

类似于一元隐函数的情形，如果三元方程 $F(x, y, z) = 0$ 确定了一个可导的二元隐函数 $z = z(x, y)$，当 $F(x, y, z)$ 可微，且 $F_z \neq 0$ 时，应用同样的方法可以导出这个隐函数的两个偏导数公式.

将方程确定的函数 $z = z(x, y)$ 代入 $F(x, y, z) = 0$，得恒等式

$$F(x, y, z(x, y)) \equiv 0$$

把上式两端对 x 求偏导数，根据多元复合函数求导法则，有

$$F_x \cdot 1 + F_y \cdot 0 + F_z \cdot \frac{\partial z}{\partial x} \equiv 0$$

因 $F_z \neq 0$，由上式解得

$$\frac{\partial z}{\partial x} = -\frac{F_x}{F_z} \qquad \text{②}$$

类似地，可把恒等式的两端对 y 求偏导数，根据多元复合函数求导法则，有

$$F_x \cdot 0 + F_y \cdot 1 + F_z \cdot \frac{\partial z}{\partial y} \equiv 0$$

解得

$$\frac{\partial z}{\partial y} = -\frac{F_y}{F_z} \qquad\qquad ③$$

例 4 设 $x^2 + y^2 + z^2 = 2Rx$（R 为常数），求 $\dfrac{\partial z}{\partial x}$，$\dfrac{\partial z}{\partial y}$.

解 将方程写成 $x^2 + y^2 + z^2 - 2Rx = 0$，记 $F(x, y, z) = x^2 + y^2 + z^2 - 2Rx$. 求出三个偏导数

$$F_x = 2x - 2R, \quad F_y = 2y, \quad F_z = 2z$$

代入偏导数公式②、③得

$$\frac{\partial z}{\partial x} = -\frac{F_x}{F_z} = -\frac{2x - 2R}{2z} = \frac{R - x}{z}$$

$$\frac{\partial z}{\partial y} = -\frac{F_y}{F_z} = -\frac{2y}{2z} = -\frac{y}{z}$$

例 5 设函数 $z = z(x, y)$ 由方程 $\dfrac{x}{z} = \ln\dfrac{z}{y}$ 所确定，求 $\dfrac{\partial z}{\partial x}$，$\dfrac{\partial z}{\partial y}$ 及 $\mathrm{d}z\Big|_{(0,1,1)}$.

解 将方程写成 $\dfrac{x}{z} - \ln z + \ln y = 0$，记 $F(x, y, z) = \dfrac{x}{z} - \ln z + \ln y$. 求出三个偏导数

$$F_x = \frac{1}{z}, \quad F_y = \frac{1}{y}, \quad F_z = -\frac{x}{z^2} - \frac{1}{z} = -\frac{x + z}{z^2}$$

由偏导数公式②、③，得

$$\frac{\partial z}{\partial x} = -\frac{F_x}{F_z} = -\frac{\dfrac{1}{z}}{-\dfrac{x + z}{z^2}} = \frac{z}{x + z}$$

$$\frac{\partial z}{\partial y} = -\frac{F_y}{F_z} = -\frac{\dfrac{1}{y}}{-\dfrac{x + z}{z^2}} = \frac{z^2}{(x + z)y}$$

则

$$\mathrm{d}z = \frac{\partial z}{\partial x}\mathrm{d}x + \frac{\partial z}{\partial y}\mathrm{d}y = \frac{z}{x + z}\left(\mathrm{d}x + \frac{z}{y}\mathrm{d}y\right)$$

而

$$\mathrm{d}z\Big|_{(0,1,1)} = \frac{1}{0 + 1}\left(\mathrm{d}x + \frac{1}{1} \cdot \mathrm{d}y\right) = \mathrm{d}x + \mathrm{d}y$$

*例 6 设函数 $z = z(x, y)$ 由方程 $F(x - z, y - z) = 0$ 确定，F 具有连续偏导数，且 $F_u + F_v \neq 0$，其中 $u = x - z$，$v = y - z$. 验证：

$$\frac{\partial z}{\partial x} + \frac{\partial z}{\partial y} = 1$$

证 记 $G(x, y, z) = F(u, v)$，其中 $u = x - z$，$v = y - z$. 求出三个偏导数

$$G_x = F_u \cdot \frac{\partial u}{\partial x} = F_u,$$

$$G_y = F_v \cdot \frac{\partial v}{\partial y} = F_v,$$

$$G_z = F_u \cdot \frac{\partial u}{\partial z} + F_v \cdot \frac{\partial v}{\partial z} = -F_u - F_v$$

故

$$\frac{\partial z}{\partial x} = -\frac{G_x}{G_z} = \frac{F_u}{F_u + F_v}, \quad \frac{\partial z}{\partial y} = -\frac{G_y}{G_z} = \frac{F_v}{F_u + F_v}$$

于是有

$$\frac{\partial z}{\partial x} + \frac{\partial z}{\partial y} = \frac{F_u}{F_u + F_v} + \frac{F_v}{F_u + F_v} = 1$$

第七节　多元函数的极值与最值

一、二元函数的极值

多元函数的极值在许多实际问题中都有广泛的应用. 现以二元函数为主，介绍多元函数的极值概念以及求极值的方法.

定义 设函数 $z = f(x, y)$ 在点 (x_0, y_0) 的某一邻域内有定义，如果在该邻域内异于 (x_0, y_0) 的任何点 (x, y) 的函数值恒有

$$f(x,y) < f(x_0, y_0) \quad (或 f(x,y) > f(x_0, y_0))$$

则称点 (x_0, y_0) 为函数的极大值点（或极小值点），而称函数值 $f(x_0, y_0)$ 为**极大值**（或**极小值**）.

极大值、极小值统称极值，使函数取得极值的点称为极值点.

例如，函数 $f(x, y) = 1 + x^2 + 2y^2$ 在原点 $(0, 0)$ 取得极小值 $f(0, 0) = 1$. 因为对任何点 $(x, y) \neq (0, 0)$，都有

$$f(x,y) > f(0,0) = 1$$

这个极小值也是最小值. 如图 8 - 11 所示，该函数图形是开口向上的椭圆抛物面，点 $(0, 0, 1)$ 是曲面上的最低点，它的 z 坐标（即函数值）小于曲面上其他点的 z 坐标.

又例如，函数 $f(x, y) = 1 - x^2 - 2y^2$ 在原点 $(0, 0)$ 取得极大值 $f(0, 0) = 1$. 因为对任何 $(x, y) \neq (0, 0)$ 的点，都有

$$f(x,y) < f(0,0) = 1$$

这函数的图形是开口向下的椭圆抛物面（图 8 - 12），曲面的顶点 $(0, 0, 1)$ 的 z 坐标大

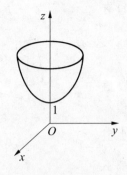

图 8 - 11

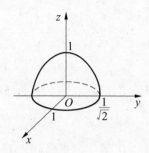

图 8 - 12

于曲面上其他点的 z 坐标.

如何求二元函数的极值呢？对于一元函数，可以用导数知识求极值. 对二元函数的极值，一般也可以利用偏导数来解决. 下面两个定理就是关于这个问题的结论.

定理 1（极值存在的必要条件）　设函数 $z = f(x, y)$ 在点 (x_0, y_0) 处取得极值，且在该点的偏导数存在，则它在该点的偏导数必定为零，即
$$f_x(x_0, y_0) = 0, \quad f_y(x_0, y_0) = 0$$

证　由于 $z = f(x, y)$ 在点 (x_0, y_0) 处有极值，所以当 y 保持常量 y_0 时，对一元函数 $z = f(x, y_0)$ 而言，在点 x_0 处也必有极值. 根据一元函数极值存在的必要条件，有
$$z_x' \bigg|_{x = x_0} = f_x(x_0, y_0) = 0$$

同理可得
$$f_y(x_0, y_0) = 0$$

证毕.

我们称使 $f_x(x, y) = 0$ 和 $f_y(x, y) = 0$ 同时成立的点 (x_0, y_0) 为二元函数 $f(x, y)$ 的**驻点**.

由定理 1 可知，对于偏导数存在的函数，如果有极值点，则极值点一定是驻点. 但应该注意，驻点还不一定是极值点. 另外，极值也有可能在偏导数不存在的点取得.

例 1　试说明函数 $z = x^2 - y^2$ 的驻点不是极值点.

解　偏导数 $\dfrac{\partial z}{\partial x} = 2x$，$\dfrac{\partial z}{\partial y} = -2y$. 解方程组
$$\begin{cases} \dfrac{\partial z}{\partial x} = 2x = 0 \\[2mm] \dfrac{\partial z}{\partial y} = -2y = 0 \end{cases}$$

得驻点 $(0, 0)$，函数值 $f(0, 0) = 0$ 不是极值. 因为在点 $(0, 0)$ 的邻域内，无论邻域取多么小，总有使函数值为正或为负的点存在，所以驻点 $(0, 0)$ 并不是极值点. 事实上，这函数的图形是马鞍形的（图 8 - 13），在点 $(0, 0)$ 的某一邻域内，显然沿 x 轴方向

$(x \neq 0)$ 有 $f(x, 0) = x^2 > 0$，而沿 y 轴方向 $(y \neq 0)$ 有 $f(0, y) = -y^2 < 0$.

例 2 求函数 $z = \sqrt{x^2 + y^2}$ 的极值.

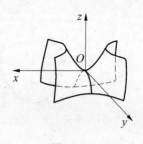

图 8–13

解 函数 $z = \sqrt{x^2 + y^2}$ 在点 $(0, 0)$ 处有函数值 $f(0, 0) = 0$，而在点 $(0, 0)$ 的任一去心邻域内的函数值都大于 0. 因此，$z = \sqrt{x^2 + y^2}$ 在点 $(0, 0)$ 处取得极小值 $f(0, 0) = 0$. 显然，在点 $(0, 0)$ 处的偏导数 $\dfrac{\partial z}{\partial x}$ 及 $\dfrac{\partial z}{\partial y}$ 都不存在. 事实上，点 $(0, 0)$ 就是位于 xOy 坐标面上方的圆锥面的顶（尖）点.

综上所述，极值的必要条件并不能完全确定函数的极值点，但它把寻找极值点的范围缩小了. 对于偏导数存在的函数而言，求极值点只需在函数的驻点中寻找. 至于如何判断这些驻点，哪一点是极值点，哪一点不是极值点？如果是极值点，是极大点还是极小点？有下面的判定定理.

定理 2（极值存在的充分条件） 设函数 $z = f(x, y)$ 在驻点 (x_0, y_0) 的某一邻域内有连续的一阶与二阶偏导数. 记

$$A = f_{xx}(x_0, y_0), \quad B = f_{xy}(x_0, y_0), \quad C = f_{yy}(x_0, y_0)$$

则

(1) 当 $B^2 - AC < 0$ $\begin{cases} \text{且 } A < 0 \text{ 时,} f(x_0, y_0) \text{ 是极大值;} \\ \text{且 } A > 0 \text{ 时,} f(x_0, y_0) \text{ 是极小值.} \end{cases}$

(2) 当 $B^2 - AC > 0$ 时，$f(x_0, y_0)$ 不是极值.

(3) 当 $B^2 - AC = 0$ 时，这里无法判定 $f(x_0, y_0)$ 是否为极值，还需另作研究.

证明从略.

综合定理 1 和定理 2，可以把具有二阶连续偏导数的函数 $z = f(x, y)$ 求极值的步骤概括如下.

第一步：解方程组

$$\begin{cases} f_x(x, y) = 0 \\ f_y(x, y) = 0 \end{cases}$$

得一切实数解，即得到所有驻点.

第二步：求出二阶偏导数 $f_{xx}(x, y)$，$f_{xy}(x, y)$，$f_{yy}(x, y)$.

第三步：对每一驻点算出二阶偏导数的值 A，B，C 及判别式 $B^2 - AC$ 的符号. 当 $B^2 - AC \neq 0$ 时，可按定理 2 的结论判定 $f(x_0, y_0)$ 是否为极值，是极大值还是极小值；当 $B^2 - AC = 0$ 时，则需另作研究.

例 3 求函数 $z = x^2 - xy + y^2 - 2x + y$ 的极值.

解 所给函数的定义域为全平面. 解方程组

$$\begin{cases} \dfrac{\partial z}{\partial x} = 2x - y - 2 = 0 \\[2mm] \dfrac{\partial z}{\partial y} = -x + 2y + 1 = 0 \end{cases}$$

得驻点 $(1, 0)$.

求函数的二阶偏导数

$$\frac{\partial^2 z}{\partial x^2} = 2, \quad \frac{\partial^2 z}{\partial x \partial y} = -1, \quad \frac{\partial^2 z}{\partial y^2} = 2$$

即 $A = 2$，$B = -1$，$C = 2$. 因为

$$B^2 - AC = 1 - 4 = -3 < 0, \quad A = 2 > 0$$

由极值存在的充分条件，判定点 $(1, 0)$ 为极小值点，函数值 $f(1, 0) = -1$ 是极小值.

例 4　求函数 $f(x, y) = x^3 + y^3 - 3xy$ 的极值.

解　函数的定义域为全平面. 解方程组

$$\begin{cases} f_x(x, y) = 3x^2 - 3y = 0 \\ f_y(x, y) = 3y^2 - 3x = 0 \end{cases}$$

得 $x_1 = 0$，$x_2 = 1$. 分别代入上述方程组，得 $y_1 = 0$，$y_2 = 1$. 即得两个驻点 $(0, 0)$ 与 $(1, 1)$.

又函数的二阶偏导数

$$f_{xx}(x, y) = 6x, \quad f_{xy}(x, y) = -3, \quad f_{yy}(x, y) = 6y$$

在点 $(0, 0)$ 处，$A = f_{xx}(0, 0) = 0$，$B = f_{xy}(0, 0) = -3$，$C = f_{yy}(0, 0) = 0$. 因为 $B^2 - AC = (-3)^2 - 0 \cdot 0 = 9 > 0$，所以点 $(0, 0)$ 不是极值点.

在点 $(1, 1)$ 处，$A = f_{xx}(1, 1) = 6$，$B = f_{xy}(1, 1) = -3$，$C = f_{yy}(1, 1) = 6$. 因为 $B^2 - AC = (-3)^2 - 6 \cdot 6 = -27 < 0$，又 $A = 6 > 0$，所以点 $(1, 1)$ 是极小值点，极小值为 $f(1, 1) = -1$.

例 5　求函数 $f(x, y) = x^4 + y^2$ 的极值.

解　函数的定义域为全平面. 解方程组

$$\begin{cases} f_x(x, y) = 4x^3 = 0 \\ f_y(x, y) = 2y = 0 \end{cases}$$

得驻点 $(0, 0)$.

函数的二阶偏导数为

$$f_{xx}(x, y) = 12x^2, \quad f_{xy}(x, y) = 0, \quad f_{yy}(x, y) = 2$$

在驻点 $(0, 0)$ 处，有 $A = f_{xx}(0, 0) = 0$，$B = f_{xy}(0, 0) = 0$，$C = f_{yy}(0, 0) = 2$. 因为 $B^2 - AC = 0^2 - 0 \cdot 2 = 0$，依据定理 2，无法判定 $f(0, 0) = 0$ 是否为极值. 但易见在点 $(0, 0)$ 的任一去心邻域内，都有

$$f(x, y) = x^4 + y^2 > f(0, 0) = 0 \quad ((x, y) \neq (0, 0))$$

根据极值定义，可见 $f(0, 0) = 0$ 是所给函数的极小值.

二、二元函数的最大值与最小值

求一元连续函数 $y = f(x)$ 在闭区间 $[a, b]$ 上的最大、最小值，可先求出 $f(x)$ 在 (a, b) 内所有可疑极值点处的函数值与区间端点的函数值 $f(a)$ 及 $f(b)$，然后进行比较，其中最大（小）的就是函数 $f(x)$ 在 $[a, b]$ 上的最大（小）值．对于求二元连续函数 $z = f(x, y)$ 在有界闭区域 D 上的最大、最小值，也有类似的方法．首先求出函数 $f(x, y)$ 在区域 D 内一切可疑极值点处的函数值，以及函数在区域边界上的最大值和最小值，然后将这些函数值进行比较，其中最大（小）的就是函数 $f(x, y)$ 在 D 上的最大（小）值．但是，要求出 $f(x, y)$ 在区域 D 的边界上的最大、最小值，过程比较冗长，对于没有实际背景的函数，这里不加以讨论．

在通常遇到的实际问题中，如果由问题本身性质可知目标函数 $f(x, y)$ 应有最大（小）值，且必在区域 D 的内部取得，而函数仅有唯一可疑极值点，则可以断定该点处的函数值就是 $f(x, y)$ 在 D 上的最大（小）值．

例 6 设周长为 $2p$ 的长方形，绕它的一边旋转成圆柱体，求长方形的边长各为多少时，圆柱体的体积最大．

解 设长方形的边长为 x 与 y，则绕边长为 y 的边旋转得到的圆柱体的体积（目标函数）是

$$V = \pi x^2 y \quad (x > 0, y > 0)$$

其中，长方形的边长 x 和 y 应满足约束条件

$$2x + 2y = 2p, \quad 即 \quad x + y = p$$

从约束条件解出 $y = p - x$ 代入目标函数 $V = \pi x^2 y$，得

$$V = \pi x^2 (p - x)$$

这样问题就转化为求一元函数 $V = \pi x^2 (p - x)$ $(x > 0)$ 在无任何附加条件下的极值（俗称无条件极值）．

令

$$\frac{\mathrm{d}V}{\mathrm{d}x} = 2\pi p x - 3\pi x^2 = 0$$

得 $x_1 = 0$（舍去），$x_2 = \dfrac{2}{3}p$（定义域内唯一驻点），代入约束条件，得 $y = \dfrac{1}{3}p$．

根据实际问题，最大值一定存在，即当长方形边长 $x = \dfrac{2}{3}p$，$y = \dfrac{1}{3}p$ 时，绕其短边旋转得到的圆柱体的体积最大．

从上面例子可以看到，实际问题中很多求最大（小）值都可归结为求函数 $z = f(x, y)$ 在约束条件 $\varphi(x, y) = 0$ 下的极值，称这类问题为条件极值问题．

若能从约束方程 $\varphi(x, y) = 0$ 解出关系 $y = y(x)$ 或 $x = x(y)$，代入目标函数 $z = f(x, y)$，则问题可化为一元函数的无条件极值来求解．这种方法对于更多元的函数，有时也是有效的．

例7 在平面 $3x + 4y - z = 26$ 上求一点，使它与坐标原点的距离最短.

解 设 $M(x, y, z)$ 为平面上任一点，它到原点的距离为

$$d = |OM| = \sqrt{x^2 + y^2 + z^2}$$

因为求 d 的最小值等价于求 d^2 的最小值，这样问题可归结为求目标函数

$$f(x, y, z) = x^2 + y^2 + z^2$$

在约束条件 $3x + 4y - z = 26$ 下的最小值.

从条件解出 $z = 3x + 4y - 16$，代入目标函数得

$$f(x, y, z(x, y)) = x^2 + y^2 + (3x + 4y - 26)^2$$

将问题转化为求这个二元函数的最小值. 令

$$\begin{cases} \dfrac{\partial f}{\partial x} = 2x + 6(3x + 4y - 26) = 0 \\[2mm] \dfrac{\partial f}{\partial y} = 2y + 8(3x + 4y - 26) = 0 \end{cases}$$

化简为

$$\begin{cases} 5x + 6y = 39 \\ 12x + 17y = 104 \end{cases}$$

解此方程组得唯一驻点 $x = 3$，$y = 4$. 代入约束条件得 $z = 3 \cdot 3 + 4 \cdot 4 - 26 = -1$.

由于原点与平面的最小距离是客观存在的，所以可以判定点 $(3, 4, -1)$ 为所求的点.

注意，对一般的条件极值问题，当从约束条件 $\varphi(x, y) = 0$ 中解出 $y = y(x)$ 或 $x = x(y)$ 很繁琐，甚至是不可能时，则需采用拉格朗日乘数法. 它不必将约束方程确定的隐函数显化，而直接求解条件极值.

*拉格朗日乘数法 求函数 $z = f(x, y)$ 在约束条件 $\varphi(x, y) = 0$ 下的可能极值点，应通过构造辅助函数

$$F(x, y, \lambda) = f(x, y) + \lambda \varphi(x, y)$$

分别求出它的三个偏导数 F_x，F_y 及 F_λ，并令其为零，得方程组

$$\begin{cases} F_x = f_x(x, y) + \lambda \varphi_x(x, y) = 0 \\ F_y = f_y(x, y) + \lambda \varphi_y(x, y) = 0 \\ F_\lambda = \varphi(x, y) = 0 \end{cases}$$

解此方程组求得 x_0，y_0 及 λ，则点 (x_0, y_0) 就是可能极值点.

至于如何判定所求得的可能极值点是否真为极值点，已超出本书的要求，这里不再详述. 但对实际问题，仍按问题本身的性质来判定.

例8 试用拉格朗日乘数法求解例6.

解 从例6已知问题归结为求目标函数 $V = \pi x^2 y$ 在约束条件 $x + y = p$ 下的最大值.

构造辅助函数

$$F(x,y,\lambda) = \pi x^2 y + \lambda(x + y - p)$$

求出它的三个偏导数，并令其为零，得方程组

$$\begin{cases} F_x = 2\pi xy + \lambda = 0 & ① \\ F_y = \pi x^2 + \lambda = 0 & ② \\ F_\lambda = x + y - p = 0 & ③ \end{cases}$$

由①－②得 $2y = x$. 把它代入③可解得 $x = \dfrac{2}{3}p$，$y = \dfrac{1}{3}p$.

由问题本身的实际意义最大值一定存在，所以当长方形边长 $x = \dfrac{2}{3}p$，$y = \dfrac{1}{3}p$ 时，绕其短边旋转得到的圆柱体的体积最大.

例 9 试用拉格朗日乘数法求解例7.

解 从例7已知问题归结为求目标函数 $f(x, y, z) = x^2 + y^2 + z^2$ 在约束条件 $3x + 4y - z = 26$ 下的最小值.

构造辅助函数

$$F(x,y,z,\lambda) = x^2 + y^2 + z^2 + \lambda(3x + 4y - z - 26)$$

解方程组

$$\begin{cases} F_x = 2x + 3\lambda = 0 & ① \\ F_y = 2y + 4\lambda = 0 & ② \\ F_z = 2z - \lambda = 0 & ③ \\ F_\lambda = 3x + 4y - z - 26 = 0 & ④ \end{cases}$$

①与③消去 λ，得 $x = -3z$；由②与③消去 λ，得 $y = -4z$. 代入④得

$$-9z - 16z - z - 26 = 0, \quad z = -1$$

于是 $x = 3$，$y = 4$，即求得唯一可能极值点 $(3, 4, -1)$.

由于原点与平面的最小距离是客观存在的，所以可以断言平面上点 $(3, 4, -1)$ 为所求的点.

测试题（八）

一、单项选择题（20 分）

1. 函数 $z = \ln(x^2 + y^2 - 1) + \sqrt{2 - x^2 - y^2}$ 的定义域是 （　　）

   A. 由 $1 \leqslant x^2 + y^2 \leqslant 2$ 所确定的平面区域

   B. 由 $1 < x^2 + y^2 \leqslant 2$ 所确定的平面区域

   C. 由 $1 \leqslant x^2 + y^2 < 2$ 所确定的平面区域

   D. 由 $1 < x^2 + y^2 < 2$ 所确定的平面区域

2. 二元函数 $z = \cos \dfrac{1}{xy}$ 的所有间断点是 （　　）

   A. $\{(x, y) \mid x = 0 \text{ 或 } y = 0\}$　　　　　B. $\{(x, y) \mid x = 0\}$

   C. 点 $(0, 0)$　　　　　　　　　　　　D. $\{(x, y) \mid y = 0\}$

3. 设 $z = e^x \sin(x + y)$，则 $\mathrm{d}z \big|_{(0, \pi)} =$ （　　）

   A. $-\mathrm{d}x + \mathrm{d}y$　　　　B. $\mathrm{d}x - \mathrm{d}y$　　　　C. $-\mathrm{d}x - \mathrm{d}y$　　　　D. $\mathrm{d}x + \mathrm{d}y$

4. 设 $z = \ln\sqrt{x^2 + y^2}$，则 $\dfrac{\partial^2 z}{\partial x \partial y} =$ （　　）

   A. $\dfrac{x^2 - y^2}{(x^2 + y^2)^2}$　　　　B. $\dfrac{y^2 - x^2}{(x^2 + y^2)^2}$　　　　C. $\dfrac{2xy}{(x^2 + y^2)^2}$　　　　D. $\dfrac{-2xy}{(x^2 + y^2)^2}$

5. 函数 $z = 2 - \sqrt{x^2 + y^2}$ 在点 $(0, 0)$ （　　）

   A. 取得最小值 2　　　　　　　　　　B. 取得最大值 2

   C. 不取得极值　　　　　　　　　　　D. 无法判断是否取得极值

二、填空题（20 分）

6. 设 $f(x, y) = x^2 - xy + y^2$，则 $f(x - y, x + y) = $ _____.

7. 函数 $f(x, y) = x^2 + y^2 + 2x - 4y$ 的驻点是 _____.

8. 设 $z = y^{-2x}$，则 $\dfrac{\partial z}{\partial x} = $ _____，$\dfrac{\partial z}{\partial y} = $ _____.

9. 设 $z = \sin xy$，则 $\left(\dfrac{\partial z}{\partial x}\right)^2 = $ _____，$\dfrac{\partial^2 z}{\partial x^2} = $ _____.

10. 设 $f(x, y) = e^{\arctan \frac{y}{x}} \ln(x^2 + y^2)$，则 $f_x(1, 0) = $ _____.

三、计算题（40 分）

11. 设 $z = \dfrac{x\cos y}{y\cos x}$，求 $\dfrac{\partial z}{\partial x}$，$\dfrac{\partial z}{\partial y}$.

12. 设 $z = \arctan xy$，$x = e^t$，$y = t^2 + 1$，求全导数 $\dfrac{dz}{dt}$.

13. 设 $z = f(x^2 + y^2)$，其中 $f(u)$ 二阶可导，求 $\dfrac{\partial^2 z}{\partial x \partial y}$.

14. 设方程 $x\cos y + ye^x = 1$ 确定隐函数 $y(x)$，求 $\dfrac{dy}{dx}$.

15. 求函数 $f(x, y) = \dfrac{x^2}{2} + xy + y^2 - x$ 的极值.

四、综合题（20 分）

16. 设函数 $z = z(x, y)$ 由方程 $\displaystyle\int_0^{x^2} e^t \, dt + \int_0^{y^3} t \, dt + \int_0^z \cos t \, dt = 0$ 所确定，求全微分 dz.

17. 已知容积为 $k\,\mathrm{m}^3$ 的无盖长方形水池（k 为正常数），问水池的长、宽、深各为多少时，表面积最小（用料最省）？

18. 设函数 $f(x+y, x-y) = x^2 - y^2$，证明
$$\frac{\partial f(x, y)}{\partial x} + \frac{\partial f(x, y)}{\partial y} = y + x$$

测试题（八）答案

1. B

2. A

3. C

4. D

5. B

6. $x^2 + 3y^2$

7. $(-1, 2)$

8. $\dfrac{\partial z}{\partial x} = -2y^{-2x}\ln y$, $\dfrac{\partial z}{\partial y} = -2xy^{-2x-1}$

9. $\left(\dfrac{\partial z}{\partial x}\right)^2 = y^2\cos^2(xy)$, $\dfrac{\partial^2 z}{\partial x^2} = -y^2\sin(xy)$

10. $f_x(1, 0) = 2$

11. $\dfrac{\partial z}{\partial x} = \dfrac{\cos y(\cos x + x\sin x)}{y\cos^2 x}$, $\dfrac{\partial z}{\partial y} = \dfrac{-x(y\sin y + \cos y)}{y^2\cos x}$

12. $\dfrac{\mathrm{d}z}{\mathrm{d}t} = \dfrac{(t+1)^2\mathrm{e}^t}{1 + [(t^2+1)\mathrm{e}^t]^2}$

13. $\dfrac{\partial^2 z}{\partial x\partial y} = 4xyf''(u)$，其中 $u = x^2 + y^2$

14. $\dfrac{\mathrm{d}y}{\mathrm{d}x} = \dfrac{\cos y + y\mathrm{e}^x}{x\sin y - \mathrm{e}^x}$

15. 极小值 $f(2, -1) = -1$

16. $\mathrm{d}z = -\dfrac{1}{\cos z}(2x\mathrm{e}^{x^2}\mathrm{d}x + 3y^5\mathrm{d}y)$

17. 长 $x = \sqrt[3]{2k}$ m，宽 $y = \sqrt[3]{2k}$ m，深 $z = \dfrac{\sqrt[3]{2k}}{2}$ m

18. 略

第九章　多元函数积分学

在第五章讨论过的定积分，被积函数是一元函数，积分范围也只是数轴上的一个区间，因此定积分被用来解决分布在某数轴区间上的量的求和问题．如果遇到的是非均匀分布在平面或空间某一形体上的量的求和问题，例如平面薄板、空间物体甚至物质曲线或一张曲面的质量等，这就需要把定积分推广，进而讨论多元函数在平面或空间某一形体上的积分，即多元函数的积分．多元函数积分包括二、三重积分和曲线积分、曲面积分等．本章重点介绍重积分和曲线积分，在学习时要注意与定积分相对照，寻找它们之间的异同点，这样有助于掌握本章的内容．

第一节　重积分的概念与性质

一、重积分概念的引入——物体的质量

在定积分中，要求一根线密度为 $\rho_l = \rho_l(x)$ 的非均匀分布的细棒 AB（图 9-1a）的质量，我们采用微元法，可归结为定积分

$$m = \int_a^b \rho_l(x)\mathrm{d}x$$

现在，设要求一质量非均匀分布的平面薄板 D 的质量，其各点的面密度为非负连续函数 $\rho_A = \rho_A(x, y)$.

与细棒的情形相类似，由于质量分布非均匀，不能直接用密度乘面积来计算薄板的质量．然而，质量具有可加性，将 D 任意分割成许多小块，其面积记为 $\Delta\sigma$，如图 9-1b 所示．

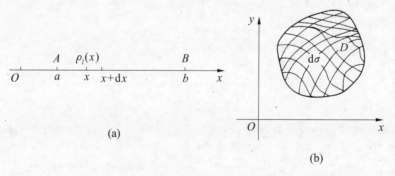

(a)

(b)

图 9-1

将 D 的分割继续进行下去，任取一面积微元 $d\sigma$，其相应的质量记为 Δm. 因为 $d\sigma$ 很微小，由 $\rho_A(x,y)$ 的连续性，其上各点处的密度 $\rho_A(x,y)$ 变化不大，可以近似看做常数，在局部以不变量代替变量得到 Δm 的近似值，即质量微元为

$$dm = \rho_A(x,y)d\sigma$$

在平面区域 D 上作积分，为显示积分范围是平面(二维)上一块有界闭区域，把积分符号记为" $\iint$ "，这样平面薄板 D 的质量表示为

$$m = \iint\limits_{D} \rho_A(x,y)d\sigma$$

数学上称它为函数 $\rho_A(x,y)$ 在平面区域 D 上的**二重积分**.

若进一步推广，设有一质量非均匀分布的空间形体 Ω，其各点的体密度为非负连续函数 $\rho_V = \rho_V(x,y,z)$，求物体 Ω 的质量.

分割空间体 Ω，在其上任取一体积微元 dV，相应部分的质量 Δm 可用 dV 内点 (x,y,z) 处的密度 $\rho_V(x,y,z)$ 乘体积微元 dV 近似代替，即质量微元为

$$dm = \rho_V(x,y,z)dV$$

以 $\rho_V(x,y,z)dV$ 为被积表达式，在空间区域 Ω 上作积分，得 Ω 的质量. 这里积分符号采用" $\iiint$ "，明确显示积分域是空间(三维)区域，即

$$m = \iiint\limits_{\Omega} \rho_V(x,y,z)dV$$

数学上称为函数 $\rho_V(x,y,z)$ 在 Ω 上的**三重积分**.

二、二重积分的几何意义

设有一立体，其底是 xOy 平面上的有界闭区域 D，它的侧面是以 D 的边界曲线为准线而母线平行于 z 轴的柱面，其顶是曲面 $z = f(x,y)$，这里设 $f(x,y) \geq 0$ 为 D 上的连续函数(图 9-2). 这种立体叫做曲顶柱体，求其体积 V.

我们知道，平顶柱体的体积等于底面积乘高. 对于曲顶柱体，由于顶部是个曲面，其高 $f(x,y)$ 是个变量，因此不能直接用上述方法计算它的体积. 然而，空间体的体积具有可加性，可应用微元法.

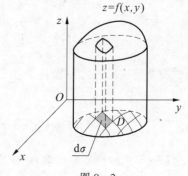

图 9-2

在区域 D 上任取一面积微元 $d\sigma$，以它为底所对应的小曲顶柱体的高 $z = f(x,y)$ 变化不大，可以近似看做常数. 于是，这一小曲顶柱体的体积 ΔV 近似地表示为

$$\Delta V \approx f(x,y)d\sigma$$

以 $f(x,y)d\sigma$ 为被积表达式，在平面区域 D 上作积分得

$$V = \iint\limits_{D} f(x,y)\mathrm{d}\sigma$$

这表明了二重积分的几何意义：当 $f(x,y) \geqslant 0$ 时，它表示以 D 为底、曲面 $z = f(x,y)$ 为顶的曲顶柱体的体积；而当 $f(x,y)$ 在 D 上有正也有负时，约定在 xOy 坐标面之上的部分曲顶柱体之体积冠以正号，在 xOy 坐标面下方的部分曲顶柱体之体积冠以负号，这时二重积分 $\iint\limits_{D} f(x,y)\mathrm{d}\sigma$ 的值等于各个部分曲顶柱体体积的代数和.

特别地，若在区域 D 上 $f(x,y) = 1$，且 D 的面积为 σ，则

$$\iint\limits_{D} \mathrm{d}\sigma = \sigma$$

三重积分 $\iiint\limits_{\Omega} f(x,y,z)\mathrm{d}V$ 没有明显的几何意义，如果 $f(x,y,z) = 1$，则它表示 Ω 的体积数值. 当 $f(x,y,z)$ 为空间体 Ω 的密度时，它的物理意义则是表示空间体 Ω 的质量.

三、重积分的存在定理与性质

定理　设函数 $f(x,y)$ 在区域 D 上连续，则二重积分 $\iint\limits_{D} f(x,y)\mathrm{d}\sigma$ 必定存在.

证明从略.

定积分的性质几乎都可以推广到重积分中. 下面以二重积分为例，阐述几个主要的性质.

设函数 $f(x,y)$，$g(x,y)$ 在区域 D 上连续.

性质 1（线性性质）

$$\iint\limits_{D} [Af(x,y) + Bg(x,y)]\mathrm{d}\sigma$$

$$= A\iint\limits_{D} f(x,y)\mathrm{d}\sigma + B\iint\limits_{D} g(x,y)\mathrm{d}\sigma \quad (A,B \text{ 为常数})$$

性质 2（对区域的可加性）　设 $D = D_1 \bigcup D_2$，且 D_1 与 D_2 除边界点外无公共部分，则

$$\iint\limits_{D} f(x,y)\mathrm{d}\sigma = \iint\limits_{D_1} f(x,y)\mathrm{d}\sigma + \iint\limits_{D_2} f(x,y)\mathrm{d}\sigma$$

性质 3（比较性质）　若在 D 上 $f(x,y) \leqslant g(x,y)$，则

$$\iint\limits_{D} f(x,y)\mathrm{d}\sigma \leqslant \iint\limits_{D} g(x,y)\mathrm{d}\sigma$$

推论

$$\left| \iint\limits_{D} f(x,y)\mathrm{d}\sigma \right| \leqslant \iint\limits_{D} |f(x,y)|\mathrm{d}\sigma$$

性质 4（估值定理） 设 M，m 分别是 $f(x，y)$ 在区域 D 上的最大值与最小值，σ 为 D 的面积，则

$$m\sigma \leqslant \iint\limits_{D} f(x,y)\mathrm{d}\sigma \leqslant M\sigma$$

性质 5（二重积分的中值定理） 设 $f(x，y)$ 在闭区域 D 上连续，则在 D 上至少存在一点 $(\xi，\eta)$，使得下式成立：

$$\iint\limits_{D} f(x,y)\mathrm{d}\sigma = f(\xi,\eta) \cdot \sigma$$

其中，σ 为区域 D 的面积.

例 1 设 D 是圆环域 $1 \leqslant x^2 + y^2 \leqslant 4$，试求 $\iint\limits_{D} k\mathrm{d}\sigma$（$k \neq 0$，常数）.

解 圆环域 D 的面积

$$\sigma = \pi \cdot 2^2 - \pi \cdot 1^2 = 3\pi$$

依据重积分的性质，得

$$\iint\limits_{D} k\mathrm{d}\sigma = k\iint\limits_{D}\mathrm{d}\sigma = k\sigma = 3k\pi$$

例 2 设 D 是由 x 轴、y 轴和直线 $y-x=1$ 所围成的区域，记 $\iint\limits_{D}(y-x)\mathrm{d}\sigma = I_1$，$\iint\limits_{D}(y-x)^2\mathrm{d}\sigma = I_2$，则 （　　）

A. $I_1 > I_2$　　　B. $I_1 = I_2$　　　C. $I_1 < I_2$　　　D. 无法比较大小

解 区域 D 如图 9-3 所示.

因 为 在 区 域 D 上，有 $0 \leqslant y-x \leqslant 1$，于 是 $(y-x)^2 \leqslant y-x$. 则由比较性质得

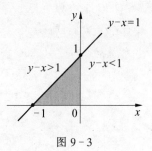

$$I_1 = \iint\limits_{D}(y-x)\mathrm{d}\sigma > \iint\limits_{D}(y-x)^2\mathrm{d}\sigma = I_2$$

应选 A.

图 9-3

*例 3** 估计二重积分 $\iint\limits_{D}(x^2 + 4y^2 + 9)\mathrm{d}\sigma$ 的值，

其中 D 是圆域 $x^2 + y^2 \leqslant 4$.

解 先求 $f(x，y) = x^2 + 4y^2 + 9$ 在 D 上的最大值与最小值. 解方程组

$$\begin{cases} \dfrac{\partial f}{\partial x} = 2x = 0 \\[2mm] \dfrac{\partial f}{\partial y} = 8y = 0 \end{cases}$$

得 D 内部的驻点 $(0，0)$，对应的函数值为 $f(0，0) = 9$.

再考虑函数在 D 的边界上的函数值. 因为在边界 $x^2 + y^2 = 4$ 上有

$$f(x,y) = x^2 + y^2 + 3y^2 + 9 = 13 + 3y^2$$

由于 $0 \leqslant y^2 \leqslant 4$，所以易知 $13 \leqslant f(x，y) \leqslant 25$.

比较得最大值 $M = 25$，最小值 $m = 9$. 而 D 的面积 $\sigma = 4\pi$. 由性质 4 可得

$$36\pi \leqslant \iint_D (x^2 + 4y^2 + 9)\mathrm{d}\sigma \leqslant 100\pi$$

第二节 二重积分的计算

按照二重积分的定义，通过求积分和式的极限来计算重积分是相当繁琐、甚至是不可能的. 本节借助二重积分的几何意义，来剖析一种化二重积分为两次定（单）积分的计算方法.

一、直角坐标下二重积分的计算

二重积分是二元函数 $f(x，y)$ 在一平面有界闭区域 D 上的积分问题. 任何一个连通的平面有界闭区域一般都可表示为如图 9-4a、9-4b 所示的两种类型区域或者是它们之并.

（1）当积分区域如图 9-4a 所示时，D 可以用不等式组表示为

$$\begin{cases} a \leqslant x \leqslant b \\ y_1(x) \leqslant y \leqslant y_2(x) \end{cases}$$

即区域 D 由四条边界线 $y = y_1(x)$，$y = y_2(x)$，$x = a$ 和 $x = b$ 围成，其中 $y_1(x)$，$y_2(x)$ 在 $[a，b]$ 上连续.

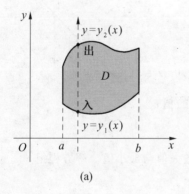
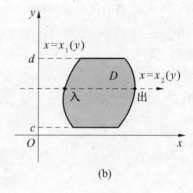

(a)　　　　　　　　　　　　　　(b)

图 9-4

定理　如果二重积分 $\iint_D f(x,y)\mathrm{d}\sigma$ 与定积分 $S(x) = \displaystyle\int_{y_1(x)}^{y_2(x)} f(x,y)\mathrm{d}y$（$x$ 固定，$x \in [a，b]$）存在，则二次定积分

$$\int_a^b \left[\int_{y_1(x)}^{y_2(x)} f(x,y)\mathrm{d}y \right]\mathrm{d}x$$

也存在，且等于 $f(x,y)$ 在 D 上的二重积分，即

$$\iint\limits_{D} f(x,y)\mathrm{d}\sigma = \int_a^b \left[\int_{y_1(x)}^{y_2(x)} f(x,y)\mathrm{d}y \right]\mathrm{d}x$$

或记作

$$\iint\limits_{D} f(x,y)\mathrm{d}\sigma = \int_a^b \mathrm{d}x \int_{y_1(x)}^{y_2(x)} f(x,y)\mathrm{d}y \qquad\qquad ①$$

对于定理，可从几何直观上导出其正确性.

设 $f(x,y)$ 在 D 上连续，当 $f(x,y)\geqslant 0$ 时，二重积分 $\iint\limits_{D} f(x,y)\mathrm{d}\sigma$ 表示以 D 为底、曲面 $z=f(x,y)$ 为顶的曲顶柱体的体积 V.

而 $S(x) = \int_{y_1(x)}^{y_2(x)} f(x,y)\mathrm{d}y$ 表示用平面 $(x=$ 常数$)$ 去截割曲顶柱体所得截面(曲边梯形)的面积(图 $9-5$). 显然，它是关于 x 的连续函数.

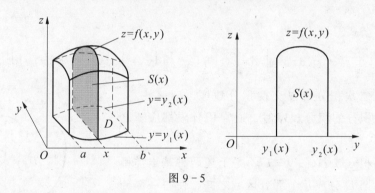

图 $9-5$

应用微元法，在 x 的变化区间 $[a,b]$ 上任取一小区间 $[x,x+\mathrm{d}x]$，与其相应的小薄片的体积记作 ΔV. 因为 $\mathrm{d}x$ 很微小，截面面积 $S(x)$ 在 $[x,x+\mathrm{d}x]$ 上变化也很微小，这样，以 $S(x)$ 为底、高为 $\mathrm{d}x$ 的扁柱体的体积 $S(x)\mathrm{d}x$ 就是体积微元，即

$$\mathrm{d}V = S(x)\mathrm{d}x$$

以 $S(x)\mathrm{d}x$ 为被积表达式，在区间 $[a,b]$ 上作定积分就是这个曲顶柱体的体积

$$V = \int_a^b S(x)\mathrm{d}x = \int_a^b \left[\int_{y_1(x)}^{y_2(x)} f(x,y)\mathrm{d}y \right]\mathrm{d}x$$

故公式①成立

定理给出了二重积分的计算方法——逐次积分法，即把二重积分化为接连两次进行定(单)积分计算. 先把 $f(x,y)$ 中的 x 固定(即视为常数)对 y 作定积分，得到一个 x 的函数 $S(x)$；然后在区间 $[a,b]$ 上再对 x 作定积分. 通常把公式①右端的积分称为先对 y 后对 x 的二次积分.

(2) 如果区域 D 如图 $9-4b$ 所示，用不等式组表示为

$$\begin{cases} x_1(y) \leqslant x \leqslant x_2(y) \\ c \leqslant y \leqslant d \end{cases}$$

且定积分 $S(y) = \int_{x_1(y)}^{x_2(y)} f(x,y)\mathrm{d}x$（积分时 y 固定，$y \in [c,\ d]$）存在，则

$$\iint\limits_{D} f(x,y)\mathrm{d}\sigma = \int_c^d \left[\int_{x_1(y)}^{x_2(y)} f(x,y)\mathrm{d}x \right]\mathrm{d}y \xrightarrow{\text{记}} \int_c^d \mathrm{d}y \int_{x_1(y)}^{x_2(y)} f(x,y)\mathrm{d}x \qquad ②$$

通常称之为先对 x 后对 y 的二次积分.

由公式①和②，常把直角坐标下面积元素 $\mathrm{d}\sigma$ 直接记为 $\mathrm{d}x\mathrm{d}y$ 或 $\mathrm{d}y\mathrm{d}x$.

（3）如果积分域 D（图 9-6）既可用不等式组

$$\begin{cases} a \leqslant x \leqslant b \\ y_1(x) \leqslant y \leqslant y_2(x) \end{cases}$$

表示，也可用不等式组

$$\begin{cases} x_1(y) \leqslant x \leqslant x_2(y) \\ c \leqslant y \leqslant d \end{cases}$$

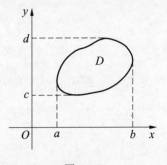

图 9-6

表示，则由公式①和②，得

$$\iint\limits_{D} f(x,y)\mathrm{d}\sigma = \int_a^b \mathrm{d}x \int_{y_1(x)}^{y_2(x)} f(x,y)\mathrm{d}y = \int_c^d \mathrm{d}y \int_{x_1(y)}^{x_2(y)} f(x,y)\mathrm{d}x$$

这就是说，二次积分可以交换积分顺序. 应该注意，在交换二次积分的积分顺序时，通常积分限都应随之改变.

（4）当积分域 D（图 9-7）不是上述两种基本类型域时，可以把 D 分成几个部分区域之并，使每一部分区域都属基本类型域之一，然后分别在各个部分区域上求积分，根据二重积分对区域具有可加性，它们的和就是区域 D 上的二重积分.

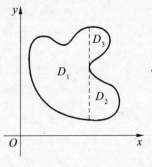

图 9-7

例 1 计算二重积分 $\iint\limits_{D}\left(1 - \dfrac{x}{3} - \dfrac{y}{4}\right)\mathrm{d}\sigma$，其中 D 为长方形域 $-1 \leqslant x \leqslant 1$，$-2 \leqslant y \leqslant 2$.

解法 1 先对 y 后对 x 积分，得

$$\iint\limits_{D}\left(1 - \frac{x}{3} - \frac{y}{4}\right)\mathrm{d}\sigma = \int_{-1}^1 \mathrm{d}x \int_{-2}^2 \left(1 - \frac{x}{3} - \frac{y}{4}\right)\mathrm{d}y = \int_{-1}^1 \left[y - \frac{xy}{3} - \frac{y^2}{8} \right]_{-2}^2 \mathrm{d}x$$

$$= \int_{-1}^1 \left(4 - \frac{4}{3}x\right)\mathrm{d}x = \left[4x - \frac{2}{3}x^2 \right]_{-1}^1 = 8$$

解法 2 先对 x 后对 y 积分，得

$$\iint\limits_{D}\left(1 - \frac{x}{3} - \frac{y}{4}\right)\mathrm{d}\sigma = \int_{-2}^2 \mathrm{d}y \int_{-1}^1 \left(1 - \frac{x}{3} - \frac{y}{4}\right)\mathrm{d}x = \int_{-2}^2 \left[x - \frac{x^2}{6} - \frac{xy}{4} \right]_{-1}^1 \mathrm{d}y$$

$$= \int_{-2}^{2}\left(2 - \frac{y}{2}\right)\mathrm{d}y = \left[2y - \frac{y^2}{4}\right]_{-2}^{2} = 8$$

例 2　计算 $\iint\limits_{D}\frac{y}{x^2}\mathrm{d}x\mathrm{d}y$，其中 D 为正方形区域 $1\leqslant x\leqslant 2$，$0\leqslant y\leqslant 1$.

解　$\iint\limits_{D}\frac{y}{x^2}\mathrm{d}x\mathrm{d}y = \int_{1}^{2}\mathrm{d}x\int_{0}^{1}\frac{y}{x^2}\mathrm{d}y = \int_{1}^{2}\frac{1}{x^2}\mathrm{d}x \cdot \int_{0}^{1}y\mathrm{d}y$

$$= \left[-\frac{1}{x}\right]_{1}^{2} \cdot \frac{y^2}{2}\bigg|_{0}^{1} = \left(-\frac{1}{2} + 1\right) \cdot \left(\frac{1}{2} - 0\right) = \frac{1}{4}$$

注　若积分区域 D 为长方形域 $a\leqslant x\leqslant b$，$c\leqslant y\leqslant d$，且被积函数 $f(x, y) = f_1(x) \cdot f_2(y)$，则当 $f_1(x)$ 与 $f_2(y)$ 为连续函数时，总有

$$\iint\limits_{D}f(x,y)\mathrm{d}\sigma = \int_{a}^{b}f_1(x)\mathrm{d}x \cdot \int_{c}^{d}f_2(y)\mathrm{d}y$$

即化为两个定积分之积.

例 3　计算 $\iint\limits_{D}(x + y^2)\mathrm{d}\sigma$，其中 D 是由 $y = x^2$，$x = 1$，$y = 0$ 所围成的区域.

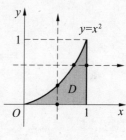

图 9-8

解法 1　画出积分域 D（图 9-8）. 如果选先对 y 后对 x 积分，应在 x 的变化区间 $[0，1]$ 上作一平行于 y 轴的直线段穿过 D 域，沿 y 轴的正方向看去，该线段进入 D 的边界曲线为 $y = 0$（下限），而出口的边界曲线为 $y = x^2$（上限），即

$$D:\begin{cases} 0\leqslant x\leqslant 1 \\ 0\leqslant y\leqslant x^2 \end{cases}$$

于是

$$\iint\limits_{D}(x + y^2)\mathrm{d}\sigma = \int_{0}^{1}\mathrm{d}x\int_{0}^{x^2}(x + y^2)\mathrm{d}y = \int_{0}^{1}\left[xy + \frac{y^3}{3}\right]_{0}^{x^2}\mathrm{d}x$$

$$= \int_{0}^{1}\left(x^3 + \frac{x^6}{3}\right)\mathrm{d}x = \left[\frac{x^4}{4} + \frac{x^7}{21}\right]_{0}^{1} = \frac{25}{84}$$

解法 2　选先对 x 后对 y 积分，y 的变化区间为 $[0，1]$，作平行于 x 轴的直线段穿过 D 域，沿 x 轴的正方向看去，进入 D 的边界曲线为 $x = \sqrt{y}$（下限），出口的边界线为 $x = 1$（上限），即

$$D:\begin{cases} \sqrt{y}\leqslant x\leqslant 1 \\ 0\leqslant y\leqslant 1 \end{cases}$$

得

$$\iint\limits_{D}(x + y^2)\mathrm{d}\sigma = \int_{0}^{1}\mathrm{d}y\int_{\sqrt{y}}^{1}(x + y^2)\mathrm{d}x = \int_{0}^{1}\left[\frac{x^2}{2} + y^2 x\right]_{\sqrt{y}}^{1}\mathrm{d}y$$

$$= \int_0^1 \left(\frac{1}{2} + y^2 - \frac{y}{2} - y^{\frac{5}{2}} \right) dy = \left[\frac{y}{2} + \frac{y^3}{3} - \frac{y^2}{4} - \frac{2}{7} y^{\frac{7}{2}} \right]_0^1 = \frac{25}{84}$$

在上述例子中，积分顺序的变更不影响计算结果．但是，有时一种顺序要远比另一种顺序的计算过程方便．

例 4　计算 $\iint\limits_{D} \frac{x^2}{y^2} d\sigma$，其中 D 是由 $y = x$，$xy = 1$ 及 $x = 2$ 所围成的区域．

解法 1　画出积分域 D 如图 $9 - 9a$ 所示．

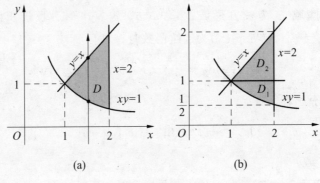

图 $9 - 9$

选先对 y 后对 x 积分，应在 x 的变化区间 $[1, 2]$ 上作一平行于 y 轴的直线段穿过 D 域，沿 y 轴的正方向看去，该线段进入 D 的边界曲线为 $y = \frac{1}{x}$（下限），而出口的边界曲线为 $y = x$（上限），即

$$D: \begin{cases} 1 \leqslant x \leqslant 2 \\ \dfrac{1}{x} \leqslant y \leqslant x \end{cases}$$

于是

$$\iint\limits_{D} \frac{x^2}{y^2} d\sigma = \int_1^2 dx \int_{\frac{1}{x}}^{x} \frac{x^2}{y^2} dy = \int_1^2 x^2 \cdot \left[-\frac{1}{y} \right]_{\frac{1}{x}}^{x} dx$$

$$= \int_1^2 x^2 \left(x - \frac{1}{x} \right) dx = \left[\frac{x^4}{4} - \frac{x^2}{2} \right]_1^2 = \frac{9}{4}$$

解法 2　先对 x 积分，则要用直线 $y = 1$ 把区域 D 分成两个部分区域 D_1 与 D_2，如图 $9 - 9b$ 所示．

对区域 D_1，y 的变化区间为 $\left[\dfrac{1}{2}, 1 \right]$，作平行于 x 轴的直线段穿过 D_1 域，沿 x 轴的正方向看去，进入 D_1 的边界曲线为 $x = \dfrac{1}{y}$（下限），出口的边界曲线为 $x = 2$（上限）．

对区域 D_2，y 的变化区间为 $[1, 2]$，作平行于 x 轴的直线段穿过 D_2 域，沿 x 轴的正方向看去，入口的边界曲线为 $x = y$（下限），出口的边界线为 $x = 2$（上限），故

$$\iint_D \frac{x^2}{y^2}\mathrm{d}\sigma = \int_{\frac{1}{2}}^1 \mathrm{d}y \int_{\frac{1}{y}}^2 \frac{x^2}{y^2}\mathrm{d}x + \int_1^2 \mathrm{d}y \int_y^2 \frac{x^2}{y^2}\mathrm{d}x = \int_{\frac{1}{2}}^1 \left[\frac{x^3}{3y^2}\right]_{\frac{1}{y}}^2 \mathrm{d}y + \int_1^2 \left[\frac{x^3}{3y^2}\right]_y^2 \mathrm{d}y$$

$$= \frac{1}{3}\int_{\frac{1}{2}}^1 \left(\frac{8}{y^2} - \frac{1}{y^5}\right)\mathrm{d}y + \frac{1}{3}\int_1^2 \left(\frac{8}{y^2} - y\right)\mathrm{d}y$$

$$= \frac{1}{3}\left[-\frac{8}{y} + \frac{1}{4y^4}\right]_{\frac{1}{2}}^1 + \frac{1}{3}\left[-\frac{8}{y} - \frac{y^2}{2}\right]_1^2 = \frac{17}{12} + \frac{5}{6} = \frac{9}{4}$$

比较上述两种积分顺序,可见解法 2 比解法 1 的计算量大很多,原因是解法 2 需将积分域 D 分成两块(对应两个积分式子),这是计算二重积分应尽量避免的做法. 至于要不要分块是通过 D 域的图形来分析的,所以计算二重积分时,一定要先画出 D 域图.

例 5 计算 $\displaystyle\iint_D 2\mathrm{e}^{-y^2}\mathrm{d}x\mathrm{d}y$,其中 D 是由 $x = 0$,$y = 1$ 和 $y = x$ 所围成的区域.

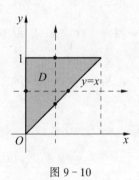

解 画出积分域(图 9-10). 由图可见,无论采用哪一种积分次序,都不必将区域 D 分块.

若先对 y 后对 x 积分,有

$$\iint_D 2\mathrm{e}^{-y^2}\mathrm{d}x\mathrm{d}y = 2\int_0^1 \mathrm{d}x \int_x^1 \mathrm{e}^{-y^2}\mathrm{d}y$$

图 9-10

但第一个积分 $\displaystyle\int_x^1 \mathrm{e}^{-y^2}\mathrm{d}y$ 的原函数不能用初等函数表示(所谓积不出),因此无法进行计算,应改换积分顺序(改为先对 x 后对 y 积分),而不能说二重积分不存在.

$$\iint_D 2\mathrm{e}^{-y^2}\mathrm{d}x\mathrm{d}y = \int_0^1 \mathrm{d}y \int_0^y 2\mathrm{e}^{-y^2}\mathrm{d}x = \int_0^1 2\mathrm{e}^{-y^2} \cdot x \Big|_0^y \mathrm{d}y$$

$$= \int_0^1 2y\mathrm{e}^{-y^2}\mathrm{d}y = -\int_0^1 \mathrm{e}^{-y^2}\mathrm{d}(-y^2) = -\mathrm{e}^{-y^2}\Big|_0^1 = 1 - \frac{1}{\mathrm{e}}$$

由上述两个例子可以看到,计算二重积分时,要根据被积函数 $f(x, y)$ 和积分域 D 的特点,选用适当的积分次序. 如果积分次序选取不当,不仅可能引起计算上的麻烦,甚至可能导致积分值无法算出.

例 6 计算 $\displaystyle\int_0^1 \mathrm{d}x \int_{x^2}^1 \frac{xy}{\sqrt{1 + y^3}}\mathrm{d}y$.

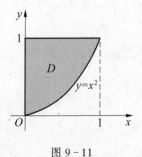

解 所给的是二次积分,但按原积分次序,先对 y 积分相当困难,所以考虑更换积分顺序.

由给定的积分限可知,积分区域 D 为

$$0 \leqslant x \leqslant 1,\quad x^2 \leqslant y \leqslant 1$$

如图 9-11 所示. 改为先对 x 积分,于是

图 9-11

$$\int_0^1 dx \int_{x^2}^1 \frac{xy}{\sqrt{1+y^3}} dy = \iint\limits_D \frac{xy}{\sqrt{1+y^3}} dx dy = \int_0^1 dy \int_0^{\sqrt{y}} \frac{xy}{\sqrt{1+y^3}} dx$$

$$= \frac{1}{2} \int_0^1 \frac{y^2}{\sqrt{1+y^3}} dy = \frac{1}{6} \int_0^1 (1+y^3)^{-\frac{1}{2}} d(1+y^3)$$

$$= \frac{1}{3} \sqrt{1+y^3} \Big|_0^1 = \frac{1}{3}(\sqrt{2}-1)$$

例7 设 $f(x)$ 为区间 $[a, b]$ 上的连续函数，试证

$$\int_a^b dx \int_a^x f(y) dy = \int_a^b (b-x) f(x) dx$$

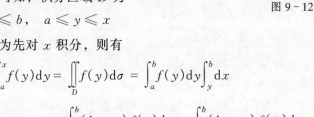

图 9-12

证 左端是一个先对 y 后对 x 的二次积分，但第一个积分 $\int f(y)dy$ 是积不出的，所以应先改换积分次序再进行计算．

由给定的积分限可知，积分区域 D 为

$$a \leqslant x \leqslant b, \quad a \leqslant y \leqslant x$$

如图 9-12 所示．改为先对 x 积分，则有

$$\int_a^b dx \int_a^x f(y) dy = \iint\limits_D f(y) d\sigma = \int_a^b f(y) dy \int_y^b dx$$

$$= \int_a^b (b-y) f(y) dy = \int_a^b (b-x) f(x) dx$$

二、极坐标下二重积分的计算

在定积分中，常可通过变量代换来简化定积分的计算，二重积分的计算也有类似的方法．当积分区域 D 的边界曲线与被积函数（主要是前者）用极坐标变量 r，θ 表达比较简单时，可以考虑用极坐标计算二重积分，即对二重积分 $\iint\limits_D f(x, y) d\sigma$ 作变量代换：

$$x = r\cos\theta, \quad y = r\sin\theta$$

这时被积函数变换为

$$f(x, y) = f(r\cos\theta, r\sin\theta)$$

而面积微元 $d\sigma$ 在极坐标下则应表示为

$$d\sigma = r dr d\theta$$

于是，得到二重积分在极坐标下的变换公式

$$\iint\limits_D f(x, y) d\sigma = \iint\limits_D f(r\cos\theta, r\sin\theta) r dr d\theta \qquad ③$$

公式③右端积分区域 D 的边界曲线方程相应地要用极坐标表示．

对 $\iint\limits_{D} f(r\cos\theta, r\sin\theta)r\mathrm{d}r\mathrm{d}\theta$ 的计算,同样将其化为两次单积分,且一般采用先对 r 后对 θ 的积分次序. 积分限的确定大致有下列三种不同情形.

1. 极点在区域 D 之外

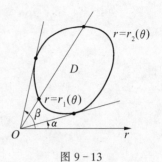

如图 9-13 所示,区域 D 被夹在两条射线 $\theta=\alpha$ 和 $\theta=\beta$ 之间,且 $\alpha<\beta$,可知 θ 的取值范围为
$$\alpha \leqslant \theta \leqslant \beta$$

再确定 r 的取值范围. 两射线 $\theta=\alpha$ 与 $\theta=\beta$ 将连续的边界线分为两段,用极坐标分别表示为方程 $r=r_1(\theta)$ 与 $r=r_2(\theta)$. 从极点出发在 θ 的变化区间 $[\alpha, \beta]$ 作一射线穿过 D 域,该射线进入 D 的边界曲线为 $r=r_1(\theta)$(下限),而出口的边界曲线为 $r=r_2(\theta)$(上限),因此 r 的取值范围为
$$r_1(\theta) \leqslant r \leqslant r_2(\theta)$$

图 9-13

故有
$$\iint\limits_{D} f(r\cos\theta, r\sin\theta)r\mathrm{d}r\mathrm{d}\theta = \int_{\alpha}^{\beta}\mathrm{d}\theta\int_{r_1(\theta)}^{r_2(\theta)} f(r\cos\theta, r\sin\theta)r\mathrm{d}r \qquad ④$$

2. 极点在区域 D 的边界上

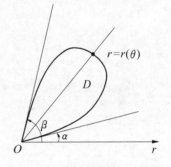

如图 9-14 所示,设 D 的边界线为 $r=r(\theta)$,这时可以把它看做是图 9-13 中当 $r_1(\theta)=0$, $r_2(\theta)=r(\theta)$ 时的特例. 即 D 可表示为
$$\begin{cases} \alpha \leqslant \theta \leqslant \beta \\ 0 \leqslant r \leqslant r(\theta) \end{cases}$$

于是,由公式④有

图 9-14

$$\iint\limits_{D} f(r\cos\theta, r\sin\theta)r\mathrm{d}r\mathrm{d}\theta = \int_{\alpha}^{\beta}\mathrm{d}\theta\int_{0}^{r(\theta)} f(r\cos\theta, r\sin\theta)r\mathrm{d}r \qquad ⑤$$

3. 极点在区域 D 的内部

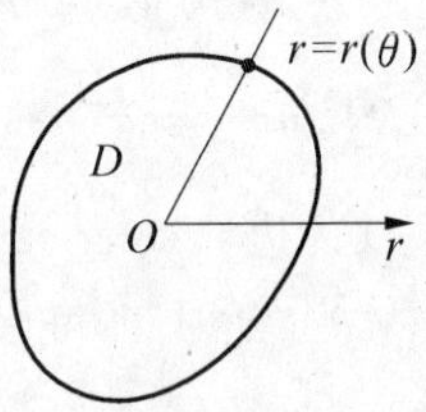

如图 9-15 所示,D 的边界曲线为 $r=r(\theta)$,这时区域 D 可表示为
$$\begin{cases} 0 \leqslant \theta \leqslant 2\pi \\ 0 \leqslant r \leqslant r(\theta) \end{cases}$$

图 9-15

则有
$$\iint\limits_{D} f(r\cos\theta, r\sin\theta)r\mathrm{d}r\mathrm{d}\theta = \int_{0}^{2\pi}\mathrm{d}\theta\int_{0}^{r(\theta)} f(r\cos\theta, r\sin\theta)r\mathrm{d}r \qquad ⑥$$

例 8 计算 $\displaystyle\iint_D (1 - x^2 - y^2)\mathrm{d}\sigma$，其中 D 是由 $y = x$，$y = 0$ 及 $x^2 + y^2 = 1$ 在第一象限内所围成的区域.

解 如图 9−16 所示，积分区域 D 为圆的一部分，在极坐标下可表示为

$$0 \leqslant \theta \leqslant \frac{\pi}{4}, \quad 0 \leqslant r \leqslant 1$$

因此

$$\iint_D (1 - x^2 - y^2)\mathrm{d}\sigma = \iint_D (1 - r^2) r \mathrm{d}r \mathrm{d}\theta$$

$$= \int_0^{\frac{\pi}{4}} \mathrm{d}\theta \int_0^1 (r - r^3)\mathrm{d}r$$

$$= \frac{\pi}{4} \cdot \left[\frac{r^2}{2} - \frac{r^4}{4}\right]_0^1 = \frac{\pi}{16}$$

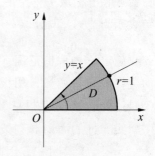

图 9−16

例 9 计算 $\displaystyle\iint_D x\mathrm{d}x\mathrm{d}y$，其中 D 是由 $x = \sqrt{4 - y^2}$ 及 y 轴所围成的区域.

解 区域 D 的图形如图 9−17 所示，在极坐标下可表示为

$$-\frac{\pi}{2} \leqslant \theta \leqslant \frac{\pi}{2}, \quad 0 \leqslant r \leqslant 2$$

于是

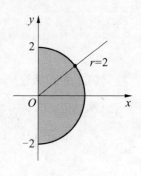

图 9−17

$$\iint_D x\mathrm{d}x\mathrm{d}y = \iint_D r\cos\theta \cdot r\mathrm{d}r\mathrm{d}\theta = \int_{-\frac{\pi}{2}}^{\frac{\pi}{2}} \cos\theta\mathrm{d}\theta \cdot \int_0^2 r^2\mathrm{d}r$$

$$= \sin\theta \Big|_{-\frac{\pi}{2}}^{\frac{\pi}{2}} \cdot \frac{r^3}{3} \Big|_0^2 = \frac{16}{3}$$

例 10 计算 $\displaystyle\iint_D \sqrt{x^2 + y^2}\mathrm{d}x\mathrm{d}y$，其中 D 为圆域 $x^2 + y^2 \leqslant y$.

解 画图时，将 $x^2 + y^2 - y \leqslant 0$ 配方写为 $(x - 0)^2 + \left(y - \frac{1}{2}\right)^2 \leqslant \frac{1}{4}$，如图 9−18 所示.

D 的边界线 $x^2 + y^2 = y$ 化为极坐标方程，即为 $r = \sin\theta$. 此时 D 可以表示为

$$0 \leqslant \theta \leqslant \pi, \quad 0 \leqslant r \leqslant \sin\theta$$

于是

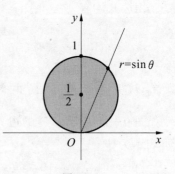

图 9−18

$$\iint_D \sqrt{x^2 + y^2}\mathrm{d}x\mathrm{d}y = \iint_D r \cdot r\mathrm{d}r\mathrm{d}\theta = \int_0^\pi \mathrm{d}\theta \int_0^{\sin\theta} r^2\mathrm{d}r = \int_0^\pi \frac{r^3}{3}\Big|_0^{\sin\theta}\mathrm{d}\theta$$

$$= \frac{1}{3}\int_0^\pi \sin^3\theta d\theta = -\frac{1}{3}\int_0^\pi (1-\cos^2\theta)d\cos\theta = \frac{1}{3}\left[\frac{1}{3}\cos^3\theta - \cos\theta\right]_0^\pi$$

$$= \frac{4}{9}$$

例 11　计算 $\iint\limits_D xy\mathrm{d}\sigma$，其中 D 为圆域 $x^2 + y^2 \leqslant 1$.

解　积分区域 D 的图形如图 9‒19 所示，在极坐标下可表示为

$$0 \leqslant \theta \leqslant 2\pi, \quad 0 \leqslant r \leqslant 1$$

于是

$$\iint\limits_D xy\mathrm{d}\sigma = \iint\limits_D r\cos\theta \cdot r\sin\theta \cdot r\mathrm{d}r\mathrm{d}\theta$$

$$= \int_0^{2\pi} \sin\theta\cos\theta\mathrm{d}\theta \cdot \int_0^1 r^3\mathrm{d}r$$

$$= \frac{\sin^2\theta}{2}\Big|_0^{2\pi} \cdot \frac{r^4}{4}\Big|_0^1 = 0$$

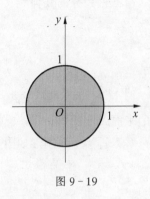

图 9‒19

例 12　计算 $\iint\limits_D \arctan\frac{y}{x}\mathrm{d}\sigma$，其中 D 由 $1 \leqslant x^2 + y^2 \leqslant 4$，$0 \leqslant y \leqslant x$ 所确定.

解　如图 9‒20 所示，积分区域 D 在极坐标下可表示为

$$0 \leqslant \theta \leqslant \frac{\pi}{4}, \quad 1 \leqslant r \leqslant 2$$

于是

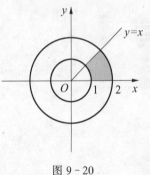

图 9‒20

$$\iint\limits_D \arctan\frac{y}{x}\mathrm{d}\sigma = \iint\limits_D \arctan(\tan\theta)r\mathrm{d}r\mathrm{d}\theta$$

$$= \iint\limits_D \theta r\mathrm{d}r\mathrm{d}\theta = \int_0^{\frac{\pi}{4}}\theta\mathrm{d}\theta \cdot \int_1^2 r\mathrm{d}r$$

$$= \frac{\theta^2}{2}\Big|_0^{\frac{\pi}{4}} \cdot \frac{r^2}{2}\Big|_1^2 = \frac{3}{64}\pi^2$$

第三节　二重积分的应用

正如定积分，二重积分同样有着广泛的应用，本节介绍其在几何和物理中的一些简单应用实例.

一、平面图形的面积

由二重积分的几何意义可知，若在区域 D 上 $f(x, y) = 1$，则平面区域 D 的面积值为

$$\sigma = \iint\limits_{D} \mathrm{d}\sigma$$

例 1 求由双曲线 $xy = 1$ 与直线 $x + y = \dfrac{5}{2}$ 所围成的平面图形的面积.

解 所给平面图形如图 9-21 所示. 解方程组

$$\begin{cases} xy = 1 \\ x + y = \dfrac{5}{2} \end{cases}$$

得交点 $A\left(2, \dfrac{1}{2}\right)$ 和 $B\left(\dfrac{1}{2}, 2\right)$. 积分区域 D 可以表示为

$$\frac{1}{2} \leqslant x \leqslant 2, \quad \frac{1}{x} \leqslant y \leqslant \frac{5}{2} - x$$

故

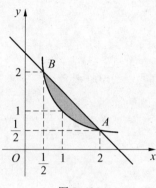

图 9-21

$$\sigma = \iint\limits_{D} \mathrm{d}\sigma = \int_{\frac{1}{2}}^{2} \mathrm{d}x \int_{\frac{1}{x}}^{\frac{5}{2}-x} \mathrm{d}y = \int_{\frac{1}{2}}^{2} \left(\frac{5}{2} - x - \frac{1}{x}\right) \mathrm{d}x$$

$$= \left[\frac{5}{2}x - \frac{x^2}{2} - \ln|x|\right]_{\frac{1}{2}}^{2} = \frac{15}{8} - 2\ln 2$$

例 2 求由抛物线 $x = y^2$ 和直线 $y = x - 2$ 所围成的平面图形的面积.

解 所给平面图形如图 9-22 所示. 解方程组

$$\begin{cases} y = x - 2 \\ y^2 = x \end{cases}$$

得交点 $A(1, -1)$ 和 $B(4, 2)$.

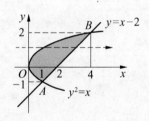

图 9-22

本题宜采用先对 x 后对 y 积分的次序. 在 y 的变化区间 $[-1, 2]$ 上，作一平行于 x 轴的直线段穿过 D 域，沿 x 轴正方向看去，入口的边界曲线为 $x = y^2$（下限），出口的边界线为 $x = y + 2$（上限），故

$$\sigma = \iint\limits_{D} \mathrm{d}x\mathrm{d}y = \int_{-1}^{2} \mathrm{d}y \int_{y^2}^{y+2} \mathrm{d}x = \int_{-1}^{2} (2 + y - y^2)\mathrm{d}y$$

$$= \left[2y + \frac{y^2}{2} - \frac{y^3}{3}\right]_{-1}^{2} = \frac{9}{2}$$

二、空间形体的体积

由二重积分的几何意义可知,当 $f(x,y) \geq 0$ 时,二重积分 $\iint\limits_D f(x,y)\mathrm{d}\sigma$ 的值等于以 D 为底,以曲面 $z=f(x,y)$ 为顶的曲顶柱体的体积,即

$$V = \iint\limits_D f(x,y)\mathrm{d}\sigma$$

例3 求由平面 $x+y+z=1$ 和三个坐标平面所围成的四面体的体积.

解 空间形体如图 9-23 所示. 该形体可以看做是以平面 $z=1-x-y$ 为顶,以 $\triangle ABO$ 为底的柱体. 故

$$V = \iint\limits_{\triangle ABO} (1-x-y)\mathrm{d}\sigma$$

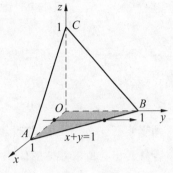

图 9-23

若先对 y 后对 x 积分,有

$$V = \int_0^1 \mathrm{d}x \int_0^{1-x} (1-x-y)\mathrm{d}y = \int_0^1 \left[(1-x)y - \frac{y^2}{2} \right]_0^{1-x} \mathrm{d}x$$

$$= \int_0^1 \left[(1-x)^2 - \frac{(1-x)^2}{2} \right] \mathrm{d}x = \frac{1}{2} \int_0^1 (1-x)^2 \mathrm{d}x = \frac{1}{6}$$

例4 用二重积分计算球体 $x^2+y^2+z^2 \leq 1$ 的体积.

解 所给球体 $x^2+y^2+z^2 \leq 1$ 如图 9-24 所示. 由对称性,该球体可以看做是上半球面 $z = \sqrt{1-x^2-y^2}$ 与平面 $z=0$ 所围成的半个球体的 2 倍. 所以

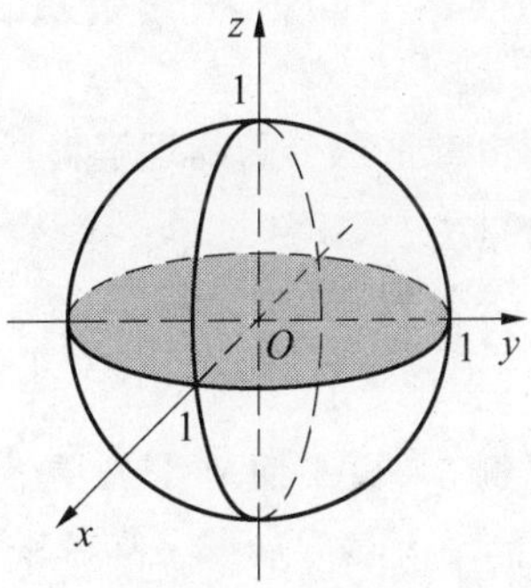

$$V = 2\iint\limits_D \sqrt{1-x^2-y^2}\mathrm{d}\sigma$$

其中,积分区域 D 为闭圆域 $x^2+y^2 \leq 1$. 在极坐标下可表示为

$$0 \leq \theta \leq 2\pi, \quad 0 \leq r \leq 1$$

于是

$$V = 2\iint\limits_D \sqrt{1-r^2}\, r\mathrm{d}r\mathrm{d}\theta = 2\int_0^{2\pi}\mathrm{d}\theta \int_0^1 \sqrt{1-r^2}\, r\mathrm{d}r$$

$$= 4\pi \left(-\frac{1}{2}\right) \int_0^1 (1-r^2)^{\frac{1}{2}} \mathrm{d}(1-r^2) = -2\pi \cdot \frac{2}{3}\sqrt{(1-r^2)^3}\,\Big|_0^1$$

$$= -\frac{4}{3}\pi(0-1) = \frac{4}{3}\pi$$

图 9-24

例5 求由旋转抛物面 $z = x^2 + y^2$ 与平面 $z = 4$ 所围成的立体的体积.

解 画出该立体的示意图(图 9 - 25).

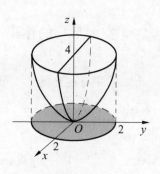

先求两曲面的交线在 xOy 平面上的投影曲线. 由

$$\begin{cases} z = x^2 + y^2 \\ z = 4 \end{cases}$$

消去 z，得 $x^2 + y^2 = 4$. 所以投影曲线为

$$\begin{cases} x^2 + y^2 = 4 \\ z = 0 \end{cases}$$

图 9 - 25

即得到立体在 xOy 平面上的投影区域 D 为闭圆域 $x^2 + y^2 \leqslant 4$.

容易看出，所求立体的体积等于以 D 为底、高 $h = 4$ 的正圆柱体的体积 V_1 减去以曲面 $z = x^2 + y^2$ 为顶、在同一底 D 上的曲顶柱体的体积 V_2 所得，即

$$V = V_1 - V_2 = \pi \cdot 2^2 \cdot 4 - \iint\limits_{D} (x^2 + y^2) \mathrm{d}\sigma$$

$$= 16\pi - \int_0^{2\pi} \mathrm{d}\theta \int_0^2 r^3 \mathrm{d}r = 16\pi - 2\pi \cdot \frac{r^4}{4} \Big|_0^2 = 8\pi$$

三、平面薄片的质量

由二重积分的物理解释可知，若平面薄片 D 的面密度为函数 $\rho_A = \rho_A(x, y)$，则 D 的质量为

$$m = \iint\limits_{D} \rho_A(x, y) \mathrm{d}\sigma$$

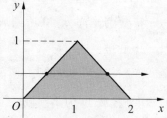

例6 设平面薄片 D 是由 $x + y = 2$，$y = x$ 和 x 轴所围成的区域，它的密度 $\rho_A(x, y) = x + y^2$，求该薄片的质量.

解 所给平面薄片 D 的图形如图 9 - 26 所示.

图 9 - 26

$$m = \iint\limits_{D} (x + y^2) \mathrm{d}\sigma$$

由积分域 D 的图形看出，宜采用先对 x 后对 y 的积分次序，故

$$m = \int_0^1 \mathrm{d}y \int_y^{2-y} (x + y^2) \mathrm{d}x = \int_0^1 \left[\frac{x^2}{2} + y^2 x \right]_y^{2-y} \mathrm{d}y$$

$$= 2\int_0^1 (1 - y + y^2 - y^3) \mathrm{d}y = 2\left[y - \frac{y^2}{2} + \frac{y^3}{3} - \frac{y^4}{4} \right]_0^1 = \frac{7}{6}$$

例 7 设平面薄片所占 xOy 平面上的区域为 $1 \leqslant x^2 + y^2 \leqslant 4$，$x \geqslant 0$，$y \geqslant 0$，其面密度为 $\rho_A(x, y) = x^2 + y^2$，求该薄片的质量.

解 由二重积分的物理意义可知

$$m = \iint\limits_{D} \rho_A(x, y) \mathrm{d}\sigma = \iint\limits_{D} (x^2 + y^2) \mathrm{d}\sigma = \iint\limits_{D} r^2 \cdot r \mathrm{d}r \mathrm{d}\theta$$

$$= \int_0^{\frac{\pi}{2}} \mathrm{d}\theta \int_1^2 r^3 \mathrm{d}r = \frac{\pi}{2} \cdot \frac{r^4}{4} \Big|_1^2 = \frac{15}{8}\pi$$

*四、平面薄片的质心

由力学可知，若平面上有 n 个质点，分别位于点 (x_1, y_1)，(x_2, y_2)，$\cdots$，(x_n, y_n) 处，质量分别为 m_1，m_2，$\cdots$，m_n，则该质点系的质心坐标为

$$\overline{x} = \frac{M_y}{m} = \frac{\sum\limits_{i=1}^{n} m_i x_i}{\sum\limits_{i=1}^{n} m_i}, \quad \overline{y} = \frac{M_x}{m} = \frac{\sum\limits_{i=1}^{n} m_i y_i}{\sum\limits_{i=1}^{n} m_i}$$

其中，$m = \sum\limits_{i=1}^{n} m_i$ 为质点系的总质量，而 $M_y = \sum\limits_{i=1}^{n} m_i x_i$ 与 $M_x = \sum\limits_{i=1}^{n} m_i y_i$ 分别称为质点系对 y 轴和 x 轴的静力矩.

现在我们应用积分的微元法推导出面密度为 $\rho_A(x, y)$ 的平面薄片 D 的质心坐标公式.

在区域 D 上任取一面积微元 $\mathrm{d}\sigma$（其面积也记作 $\mathrm{d}\sigma$），而 (x, y) 为 $\mathrm{d}\sigma$ 内的任一点. 由于 $\mathrm{d}\sigma$ 很微小，且 $\rho_A(x, y)$ 在 D 上连续，所以薄片中相应于 $\mathrm{d}\sigma$ 部分的质量近似等于 $\rho_A(x, y)\mathrm{d}\sigma$，这部分质量可近似看做集中在点 (x, y) 处，于是静力矩 M_y 及 M_x 的微元分别为

$$\mathrm{d}M_y = x \cdot \rho_A(x, y) \mathrm{d}\sigma, \quad \mathrm{d}M_x = y \cdot \rho_A(x, y) \mathrm{d}\sigma$$

以这些微元为被积表达式，在区域 D 上积分，便得

$$M_y = \iint\limits_{D} x \cdot \rho_A(x, y) \mathrm{d}\sigma, \quad M_x = \iint\limits_{D} y \cdot \rho_A(x, y) \mathrm{d}\sigma$$

所以薄片的质心坐标公式为

$$\overline{x} = \frac{M_y}{m} = \frac{\iint\limits_{D} x \rho_A(x, y) \mathrm{d}\sigma}{\iint\limits_{D} \rho_A(x, y) \mathrm{d}\sigma}, \quad \overline{y} = \frac{M_x}{m} = \frac{\iint\limits_{D} y \rho_A(x, y) \mathrm{d}\sigma}{\iint\limits_{D} \rho_A(x, y) \mathrm{d}\sigma}$$

特别地，当密度分布均匀，即 ρ_A 为常数时，质心坐标为

$$\overline{x} = \frac{\iint\limits_{D} x \mathrm{d}\sigma}{\iint\limits_{D} \mathrm{d}\sigma}, \quad \overline{y} = \frac{\iint\limits_{D} y \mathrm{d}\sigma}{\iint\limits_{D} \mathrm{d}\sigma}$$

又称之为 D 的形心坐标.

例 8 求位于两圆 $r = 2\cos\theta$ 和 $r = 4\cos\theta$ 之间的均匀薄片的形心.

解 区域 D 如图 9 - 27 所示. 根据对称性, 可知其形心在 x 轴上, 故 $\overline{y} = 0$. 而

$$\overline{x} = \frac{\iint\limits_{D} x \mathrm{d}\sigma}{\iint\limits_{D} \mathrm{d}\sigma}$$

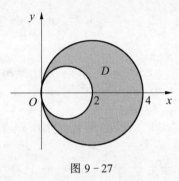

图 9 - 27

易知

$$\iint\limits_{D} \mathrm{d}\sigma = \pi \cdot 2^2 - \pi \cdot 1^2 = 3\pi$$

而

$$\iint\limits_{D} x \mathrm{d}\sigma = \iint\limits_{D} r\cos\theta r \mathrm{d}r \mathrm{d}\theta = 2\int_0^{\frac{\pi}{2}} \cos\theta \mathrm{d}\theta \int_{2\cos\theta}^{4\cos\theta} r^2 \mathrm{d}r$$

$$= \frac{2}{3}(4^3 - 2^3) \int_0^{\frac{\pi}{2}} \cos^4\theta \mathrm{d}\theta = \frac{2}{3} \cdot 56 \cdot \frac{3}{4} \cdot \frac{1}{2} \cdot \frac{\pi}{2} = 7\pi$$

于是 $\overline{x} = \dfrac{7}{3}$, 故所求形心坐标为 $\left(\dfrac{7}{3}, 0\right)$.

*第四节 三重积分的计算

一、直角坐标下三重积分的计算

与二重积分的计算方法类似, 三重积分的计算也采用逐次积分法. 这里主要介绍方法, 并以几何或物理意义加以说明.

在本章第一节中, 我们已知道, 如果空间体的密度函数为 $\rho_V = f(x, y, z)$, 则该空间物体的质量

$$m = \iiint\limits_{\Omega} f(x, y, z) \mathrm{d}V$$

设平行于 z 轴且穿过空间域 Ω 内部的直线与 Ω 的边界曲面 Σ 相交不多于两点. 把

空间域 Ω 投影到 xOy 面上，得一平面区域 D（图 9 - 28）．以 D 的边界为准线作母线平行于 z 轴的柱面，这柱面与曲面 Σ 的交线把 Σ 分为上、下两部分，它们的方程分别为

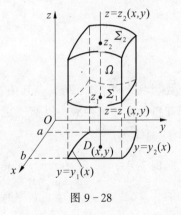

图 9 - 28

$$\Sigma_1: z = z_1(x,y)$$
$$\Sigma_2: z = z_2(x,y)$$

这样，过 D 内任一点(x,y)作与 z 轴平行的直线，与 Σ_1 及 Σ_2 相交的点的竖坐标分别为 $z_1(x,y)$ 与 $z_2(x,y)$．因此，直线介于 Ω 内部的那段细杆上，竖坐标 z 的变化范围是

$$z_1(x,y) \leqslant z \leqslant z_2(x,y)$$

在 D 内定点(x,y)处，$f(x,y,z)$只是变量 z 的函数，在区间$[z_1(x,y), z_2(x,y)]$上对 z 作定积分，得直线段细杆的质量为

$$\int_{z_1(x,y)}^{z_2(x,y)} f(x,y,z)\mathrm{d}z \xlongequal{\text{记}} F(x,y)$$

当点(x,y)在 D 内变动时，它应是 x，y 的函数．若将 D 内每一点处所对应的平行于 z 轴且介于 Ω 内的直线段细杆的质量积累，即计算 $F(x,y)$ 在 D 上的二重积分

$$\iint_D F(x,y)\mathrm{d}\sigma = \iint_D \left[\int_{z_1(x,y)}^{z_2(x,y)} f(x,y,z)\mathrm{d}z\right]\mathrm{d}\sigma \xlongequal{\text{记}} \iint_D \mathrm{d}\sigma \int_{z_1(x,y)}^{z_2(x,y)} f(x,y,z)\mathrm{d}z$$

这就是空间物体 Ω 的质量．从而

$$\iiint_\Omega f(x,y,z)\mathrm{d}V = \iint_D \mathrm{d}\sigma \int_{z_1(x,y)}^{z_2(x,y)} f(x,y,z)\mathrm{d}z \qquad ①$$

公式①把三重积分化为先对 z 作单积分，然后在 D 上再作二重积分，而二重积分的计算方法前面已作介绍．

若区域 D 又可用不等式组

$$\begin{cases} a \leqslant x \leqslant b \\ y_1(x) \leqslant y \leqslant y_2(x) \end{cases}$$

表示，则三重积分可进一步化为三次积分，即有

$$\iiint_\Omega f(x,y,z)\mathrm{d}V = \int_a^b \mathrm{d}x \int_{y_1(x)}^{y_2(x)} \mathrm{d}y \int_{z_1(x,y)}^{z_2(x,y)} f(x,y,z)\mathrm{d}z \qquad ②$$

公式②把三重积分化为先对 z、然后对 y、最后对 x 的三次积分．所以，空间直角坐标下常将体积微元 $\mathrm{d}V$ 表示为 $\mathrm{d}x\mathrm{d}y\mathrm{d}z$，即 $\mathrm{d}V = \mathrm{d}x\mathrm{d}y\mathrm{d}z$．

相仿，若把 Ω 投影到 yOz 平面或 zOx 平面上，便可以把三重积分化为按其他积分次序的三次单积分．例如，欲先对 x 积分，则应把 Ω 投影到 yOz 面上．在具体计算时，可根据被积函数 $f(x,y,z)$ 和积分区域 Ω 的特点，选取最便于计算的积分次序．

最后应该指出，当 $f(x,y,z) \equiv 1$ 时，公式①成为

$$V = \iiint\limits_{\Omega} \mathrm{d}V = \iint\limits_{D} \mathrm{d}\sigma \int_{z_1(x,y)}^{z_2(x,y)} \mathrm{d}z$$

$$= \iint\limits_{D} [z_2(x,y) - z_1(x,y)] \mathrm{d}\sigma \qquad ③$$

公式③右端的二重积分，其几何意义是明显的，它表示以 D 为底、以曲面 $z = z_2(x,y)$ 为曲顶的柱体体积减去以曲面 $z = z_1(x,y)$ 为曲顶的柱体体积，即其数值就是空间形体 Ω 的体积.

例 1 计算 $\iiint\limits_{\Omega} (x + y)\mathrm{d}V$，其中 Ω 是由坐标面 $x = 0$，$y = 0$，$z = 0$ 及平面 $x + y + z = 1$ 所围成的空间域.

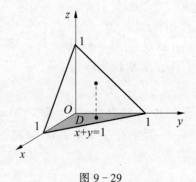

图 9-29

解 如图 9-29 所示，画出积分区域 Ω，容易看出，Ω 在 xOy 面上的投影域

$$D = \{(x,y) \mid x + y \leqslant 1, x \geqslant 0, y \geqslant 0\}$$

在 D 内任取一点 (x,y) 作平行于 z 轴的直线穿过 Ω，沿 z 轴的正方向看，穿入点落在曲面 $z = 0$（下限），穿出点落在曲面 $z = 1 - x - y$（上限）. 于是，由公式①得

$$\iiint\limits_{\Omega} (x + y)\mathrm{d}V = \iint\limits_{D} \mathrm{d}\sigma \int_0^{1-x-y} (x + y)\mathrm{d}z$$

$$= \iint\limits_{D} (x + y)(1 - x - y)\mathrm{d}\sigma \quad （若先对 y 后对 x 积分）$$

$$= \int_0^1 \mathrm{d}x \int_0^{1-x} [(x + y) - (x + y)^2]\mathrm{d}y$$

$$= \int_0^1 \left[\frac{1}{2}(x + y)^2 - \frac{1}{3}(x + y)^3 \right]_0^{1-x} \mathrm{d}x$$

$$= \int_0^1 \left(\frac{1}{6} - \frac{x^2}{2} + \frac{x^3}{3} \right)\mathrm{d}x = \frac{1}{12}$$

若将三重积分直接表示为先对 z、然后对 y、最后对 x 的三次积分，则有

$$\iiint\limits_{\Omega} (x + y)\mathrm{d}V = \int_0^1 \mathrm{d}x \int_0^{1-x} \mathrm{d}y \int_0^{1-x-y} (x + y)\mathrm{d}z$$

$$= \int_0^1 \mathrm{d}x \int_0^{1-x} (x + y)(1 - x - y)\mathrm{d}y$$

$$= \int_0^1 \left[\frac{1}{2}(x + y)^2 - \frac{1}{3}(x + y)^3 \right]_0^{1-x} \mathrm{d}x$$

$$= \frac{1}{12}$$

类似地，也可把 Ω 投影到 yOz 面或 zOx 面上，再进行计算，其结果相同.

例 2 计算 $\iiint\limits_{\Omega} z\,\mathrm{d}x\mathrm{d}y\mathrm{d}z$，其中 Ω 是由锥面 $z =$

$\dfrac{h}{R}\sqrt{x^2+y^2}$ 与平面 $z = h$（$R > 0$，$h > 0$）所围成的空间闭区域.

解法 1 积分区域 Ω 如图 9-30 所示. 它在 xOy 面上的投影域为
$$D = \{(x,y)\mid x^2+y^2 \leqslant R^2\}$$
过 D 内任一点 (x,y) 作平行于 z 轴的直线与 Ω 相交，介于 Ω 内的直线段竖坐标 z 的变化范围是
$$\frac{h}{R}\sqrt{x^2+y^2} \leqslant z \leqslant h$$

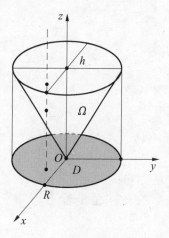

图 9-30

于是
$$\iiint\limits_{\Omega} z\,\mathrm{d}x\mathrm{d}y\mathrm{d}z = \iint\limits_{D}\mathrm{d}x\mathrm{d}y\int_{\frac{h}{R}\sqrt{x^2+y^2}}^{h} z\,\mathrm{d}z = \frac{1}{2}\iint\limits_{D}\left[h^2 - \frac{h^2}{R^2}(x^2+y^2)\right]\mathrm{d}x\mathrm{d}y$$

对这个二重积分，显然宜利用极坐标计算，于是
$$\iiint\limits_{\Omega} z\,\mathrm{d}x\mathrm{d}y\mathrm{d}z = \frac{1}{2}\iint\limits_{D}\left(h^2 - \frac{h^2}{R^2}r^2\right)r\mathrm{d}r\mathrm{d}\theta = \frac{1}{2}\int_0^{2\pi}\mathrm{d}\theta\int_0^R\left(h^2 r - \frac{h^2}{R^2}r^3\right)\mathrm{d}r$$

$$= \pi\cdot\left[\frac{h^2}{2}r^2 - \frac{h^2}{4R^2}r^4\right]_0^R = \frac{1}{4}\pi R^2 h^2$$

对三重积分的计算也可以采用先计算一个二重积分，然后再计算一个单积分的方法，下面给予介绍.

设空间域 Ω 在 z 轴上的投影范围为 $[c, d]$，用平行于 xOy 坐标面的平面 $z = z$（看做 $[c, d]$ 内的某一常数）与 Ω 相截得的截面域为 D_z，则截面域 D_z 的质量为二重积分 $\iint\limits_{D_z}f(x,y,z)\mathrm{d}\sigma$，它是 z 的函数（$c \leqslant z \leqslant d$）. 若将截面薄层沿 z 轴的正方向在区间 $[c, d]$ 上（积累）作定积分，则可得空间物体 Ω 的质量为
$$\iiint\limits_{\Omega} f(x,y,z)\mathrm{d}V = \int_c^d\left[\iint\limits_{D_z}f(x,y,z)\mathrm{d}\sigma\right]\mathrm{d}z \xlongequal{\text{记}} \int_c^d\mathrm{d}z\iint\limits_{D_z}f(x,y,z)\mathrm{d}\sigma \qquad ④$$

公式 ④ 对于被积函数只依赖于 z，且截面面积 D_z 较易求出的情形，计算是非常简便的. 有时也称之为"切片法".

下面就用这种先重后单的切片法来计算例 2.

解法 2 被积函数 $f(x,y,z) = z$，空间域 Ω 向坐标轴 z 轴投影，坐标 z 被限制在 $0 \leqslant z \leqslant h$ 内. 由公式 ④，得
$$\iiint\limits_{\Omega} z\,\mathrm{d}V = \int_0^h z\,\mathrm{d}z\iint\limits_{D_z}\mathrm{d}\sigma$$

过 $[0, h]$ 内的某一常数 z 作平面 $z = z$（常数）与 Ω 相截，所得截面都是圆域，即

$$D_z = \left\{ (x, y) \mid x^2 + y^2 \leqslant \frac{R^2 z^2}{h^2} \right\}$$

其面积是

$$\iint\limits_{D_z} \mathrm{d}\sigma = \pi \frac{R^2 z^2}{h^2}$$

故

$$\iiint\limits_{\Omega} z \mathrm{d}V = \int_0^h z \cdot \pi \frac{R^2 z^2}{h^2} \mathrm{d}z = \pi \frac{R^2}{h^2} \int_0^h z^3 \mathrm{d}z = \frac{1}{4} \pi R^2 h^2$$

二、柱面坐标下三重积分的计算

在利用公式①

$$\iiint\limits_{\Omega} f(x, y, z) \mathrm{d}V = \iint\limits_{D} \mathrm{d}\sigma \int_{z_1(x, y)}^{z_2(x, y)} f(x, y, z) \mathrm{d}z$$

计算三重积分时，如果空间域 Ω 在 xOy 面上的投影域 D 的边界与圆的方程有关，而被积函数中含有 $(x^2 + y^2)$ 的因式，那么二重积分宜采用极坐标来计算. 上述例 2 解法 1 正是采用这种方法. 实际上，这是对三重积分 $\iiint\limits_{\Omega} f(x, y, z) \mathrm{d}V$ 作变量代换

$$x = r\cos\theta, \quad y = r\sin\theta, \quad z = z$$

其中，r，θ，z 的变化范围可以是

$$0 \leqslant r < +\infty, \quad 0 \leqslant \theta \leqslant 2\pi, \quad -\infty < z < +\infty$$

在这变换下被积函数成为

$$f(x, y, z) = f(r\cos\theta, r\sin\theta, z)$$

而体积微元

$$\mathrm{d}V = r\mathrm{d}r\mathrm{d}\theta\mathrm{d}z \quad （证明略）$$

于是得到转换公式

$$\iiint\limits_{\Omega} f(x, y, z) \mathrm{d}V = \iiint\limits_{\Omega} f(r\cos\theta, r\sin\theta, z) r\mathrm{d}r\mathrm{d}\theta\mathrm{d}z$$

⑤

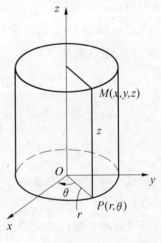

图 9-31

称右端的三重积分为柱面坐标下的三重积分，其中 Ω 的边界曲面方程由柱面坐标表示.

通常把确定空间点位置的数组 (r, θ, z) 称为点的柱面坐标，如图 9-31 所示. 柱面坐标的三个坐标面分别是：

$r =$ 常数，即以 z 轴为中心轴的圆柱面；

$\theta =$ 常数，即过 z 轴（以 z 轴为转轴）的半平面；

$z =$ 常数，即与 xOy 面平行的平面.

我们已掌握应用公式⑤计算三重积分，就是依据积分区域 Ω，确定 r，θ，z 的变化范围，然后化为先对 z、再对 r、最后对 θ 的三次单积分.

例3　计算三重积分 $\iiint\limits_{\Omega}(x+z)\mathrm{d}V$，其中 Ω 是由曲面 $z=\sqrt{x^2+y^2}$ 与 $z=\sqrt{4-x^2-y^2}$ 围成的空间闭区域.

解　如图 9-32 所示，画出区域 Ω. 由重积分性质，有

$$\iiint\limits_{\Omega}(x+z)\mathrm{d}V = \iiint\limits_{\Omega}x\mathrm{d}V + \iiint\limits_{\Omega}z\mathrm{d}V$$

上式右端的第一个积分，注意到积分区域 Ω 前后对称(即关于坐标面 $x=0$ 对称)，且被积函数是 x 的奇函数，所以 $\iiint\limits_{\Omega}x\mathrm{d}V = 0$.

下面计算积分 $\iiint\limits_{\Omega}z\mathrm{d}V$. 由于 Ω 在 xOy 面上的投影为圆域

$$D = \{(x,y)\mid x^2+y^2 \leqslant 2\}$$

宜用柱面坐标. 其中，z 的变化范围是

$$r \leqslant z \leqslant \sqrt{4-r^2}$$

而投影域 D 可表示为

$$0 \leqslant \theta \leqslant 2\pi, \quad 0 \leqslant r \leqslant \sqrt{2}$$

于是

$$\iiint\limits_{\Omega}z\mathrm{d}V = \iint\limits_{D}r\mathrm{d}r\mathrm{d}\theta\int_{r}^{\sqrt{4-r^2}}z\mathrm{d}z = \iint\limits_{D}r(2-r^2)\mathrm{d}r\mathrm{d}\theta$$

$$= \int_0^{2\pi}\mathrm{d}\theta\int_0^{\sqrt{2}}(2r-r^3)\mathrm{d}r = 2\pi\cdot\left[r^2-\frac{1}{4}r^4\right]_0^{\sqrt{2}} = 2\pi$$

故

$$\iiint\limits_{\Omega}(x+z)\mathrm{d}V = 2\pi$$

例4　计算 $\iiint\limits_{\Omega}(x^2+y^2+z)\mathrm{d}V$，其中 Ω 是由曲线 $\begin{cases}y^2=2z\\x=0\end{cases}$ 绕 z 轴旋转一周而成的旋转曲面与平面 $z=4$ 所围成的立体.

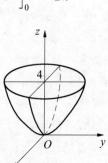

图 9-33

解　由 yOz 面上的抛物线 $y^2=2z$ 绕 z 轴旋转一周得旋转抛物面 $2z=x^2+y^2$.

如图 9-33 所示，画出积分区域 Ω. 由于 Ω 在 xOy 面上的投影为圆域

$$D = \{(x, y) \mid x^2 + y^2 \leqslant 8\}$$

被积函数含 $(x^2 + y^2)$，因此选择柱面坐标来计算.

先对 z 积分，后在 D 上用极坐标计算二重积分. 易见 z 的变化范围是

$$\frac{r^2}{2} \leqslant z \leqslant 4$$

而 D 域表示为

$$0 \leqslant \theta \leqslant 2\pi, \quad 0 \leqslant r \leqslant 2\sqrt{2}$$

所以

$$\iiint\limits_{\Omega} (x^2 + y^2 + z)\mathrm{d}V = \iint\limits_{D} r\mathrm{d}r\mathrm{d}\theta \int_{\frac{r^2}{2}}^{4}(r^2 + z)\mathrm{d}z = \iint\limits_{D} r\left[r^2 z + \frac{z^2}{2}\right]_{\frac{r^2}{2}}^{4}\mathrm{d}r\mathrm{d}\theta$$

$$= \int_{0}^{2\pi}\mathrm{d}\theta \int_{0}^{2\sqrt{2}}\left(8r + 4r^3 - \frac{3}{8}r^5\right)\mathrm{d}r = 2\pi\left[4r^2 + r^4 - \frac{1}{16}r^6\right]_{0}^{2\sqrt{2}} = \frac{256}{3}\pi$$

第五节　对弧长的曲线积分

将定积分推广，当积分是在给定的一段可求长的曲线弧上进行时称之为曲线积分；当积分是在给定的一片光滑曲面上进行时称之为曲面积分. 下面只介绍曲线积分.

按实际需要，曲线积分可分为两种不同的情形：对积分的曲线弧段不考虑其方向的，我们定义为对弧长的曲线积分(或第一型曲线积分)；而对积分的曲线弧段必须考虑其方向的，定义为对坐标的曲线积分(或第二型曲线积分).

一、对弧长曲线积分的概念

先看实例——曲线形物件的质量.

设 xOy 平面上有一细长物质的曲线段 $L = \overset{\frown}{AB}$，它的线密度 $\rho_l(x, y)$ 为 L 上点 (x, y) 的连续函数(图 9-34)，求 L 的质量.

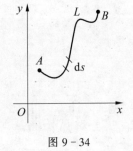

图 9-34

与定积分实质相同，求非均匀分布的总质量；必须应用"微元法".

由于质量分布非均匀，因此不能直接用密度乘弧长来计算出总质量. 然而，曲线形物件的质量对线段具有可加性，我们把曲线弧 $\overset{\frown}{AB}$ 任意分割成许多微小弧段，每一小段弧的长度即为弧长微元. 任取一弧长微元 $\mathrm{d}s$，相应的小弧段质量记为 Δm. 因为 $\mathrm{d}s$ 很微小，其上各点处的密度 $\rho_l(x, y)$ 变化不大，可近似看做不变，就用 $\mathrm{d}s$ 中任一点 (x, y) 的密度 $\rho_l(x, y)$ 作代表，得到 Δm 的近似值，即质量微元为

$$dm = \rho_l(x, y)ds \quad (x, y) \in ds$$

在平面曲线弧 L 上作积分得总质量 m，表示为

$$m = \int_L \rho_l(x, y)ds$$

或

$$m = \int_{\overset{\frown}{AB}} \rho_l(x, y)ds$$

数学上称为函数 $\rho_l(x, y)$ 在曲线弧 L（或 $\overset{\frown}{AB}$）上**对弧长的曲线积分**，又称**第一型曲线积分**。曲线弧 L（或 $\overset{\frown}{AB}$）称为积分路径。

特别地，如果 L 是平面上一封闭曲线，那么函数 $\rho_l(x, y)$ 在闭曲线 L 上对弧长的曲线积分，记为

$$\oint_L \rho_l(x, y)ds$$

这时 L 上的任一点既是曲线的起点，也是终点。

二、对弧长曲线积分的存在性与性质

定理 设函数 $f(x, y)$ 在分段光滑曲线 L 上连续，则对弧长的曲线积分 $\int_L f(x,y)ds$ 一定存在。

下面我们所讨论的对弧长曲线积分总假定其存在。

曲线积分有着与定积分类似的一些性质，此处不重述，但应注意下面两个与积分路径有关的性质：

（1）对弧长的曲线积分与积分路径的方向无关，即

$$\int_{\overset{\frown}{BA}} f(x, y)ds = \int_{\overset{\frown}{AB}} f(x, y)ds$$

（2）若 L 可分为 L_1 及 L_2 两段（记作 $L = L_1 + L_2$），则

$$\int_L f(x, y)ds = \int_{L_1} f(x, y)ds + \int_{L_2} f(x, y)ds$$

三、对弧长曲线积分的计算

方法是：选取曲线弧 L 的参数方程将它代入，把曲线积分化为对参数的定积分来计算。按积分路径 L 的不同方程形式，有下列三个计算公式。

（1）当曲线 L 用参数方程

$$\begin{cases} x = x(t) \\ y = y(t) \end{cases} \quad (\alpha \leqslant t \leqslant \beta)$$

给出，其中 $x(t)$，$y(t)$ 在区间 $[\alpha, \beta]$ 上具有一阶连续导数（曲线是光滑的），又函数 $f(x, y)$ 在 L 上连续，则曲线积分 $\int_L f(x,y)\mathrm{d}s$ 存在，且可以化为定积分

$$\int_L f(x,y)\mathrm{d}s = \int_\alpha^\beta f[x(t),y(t)]\sqrt{[x'(t)]^2 + [y'(t)]^2}\mathrm{d}t \quad (\alpha < \beta) \qquad ①$$

特别地，平面曲线弧 L 之长

$$S = \int_L \mathrm{d}s = \int_\alpha^\beta \sqrt{[x'(t)]^2 + [y'(t)]^2}\mathrm{d}t$$

公式① 表明，计算对弧长的曲线积分 $\int_L f(x,y)\mathrm{d}s$ 时，因为被积函数 $f(x, y)$ 是定义在 L 上，因而点 (x, y) 受 L 方程的约束，即变量 x 与 y 之间不是彼此独立的，而应满足 L 的方程，所以 x 与 y 分别更换为 $x(t)$，$y(t)$；而微长微分 $\mathrm{d}s$ 相应换为 $\sqrt{[x'(t)]^2 + [y'(t)]^2}\,\mathrm{d}t$，然后从 α 到 β 作定积分. 必须注意，由于弧长微分 $\mathrm{d}s = \sqrt{[x'(t)]^2 + [y'(t)]^2}\,\mathrm{d}t > 0$，从而 $\mathrm{d}t > 0$，所以积分的下限 α 必须小于上限 β.

(2) 若曲线 L 的方程由 $y = y(x)$ $(a \leqslant x \leqslant b)$ 给出，则可把 x 作为参数，即

$$\begin{cases} x = x \\ y = y(x) \end{cases} \quad (a \leqslant x \leqslant b)$$

由公式①，可得

$$\int_L f(x,y)\mathrm{d}s = \int_a^b f[x,y(x)]\sqrt{1 + [y'(x)]^2}\mathrm{d}x \quad (a < b) \qquad ②$$

而

$$S = \int_L \mathrm{d}s = \int_a^b \sqrt{1 + [y'(x)]^2}\mathrm{d}x$$

(3) 如果曲线 L 由方程 $x = x(y)$ $(c \leqslant y \leqslant d)$ 给出，则把 y 作为参数，即类似地，有

$$\int_L f(x,y)\mathrm{d}s = \int_c^d f[x(y),y]\sqrt{1 + [x'(y)]^2}\mathrm{d}y \quad (c < d) \qquad ③$$

而

$$S = \int_L \mathrm{d}s = \int_c^d \sqrt{1 + [x'(y)]^2}\mathrm{d}y$$

上述第一型平面曲线积分的概念、性质及计算方法可以推广到空间曲线弧 Γ 对弧长的曲线积分上去. 例如，若空间曲线弧 Γ 的方程由 $x = x(t)$，$y = y(t)$，$z = z(t)$ $(\alpha \leqslant t \leqslant \beta)$ 给出，则

$$\int_L f(x,y,z)\mathrm{d}s$$

$$= \int_\alpha^\beta f[x(t),y(t),z(t)]\sqrt{[x'(t)]^2 + [y'(t)]^2 + [z'(t)]^2}\mathrm{d}t \quad (\alpha < \beta) \qquad ④$$

这里 $x'(t)$，$y'(t)$，$z'(t)$ 在 $[\alpha, \beta]$ 上连续且三元函数 $f(x, y, z)$ 在光滑曲线弧 Γ 上连续.

例 1　设 L 为圆 $x^2 + y^2 = a^2$ 的一周，则 $\oint_L (x^2 + y^2)\mathrm{d}s =$　　　　（　　）

A. πa^3　　B. $2\pi a^3$　　C. πa^2　　D. $2\pi a^2$

解　因为被积函数 $f(x,\ y) = x^2 + y^2$ 定义在 L 上，变量 x 与 y 受 L 的方程 $x^2 + y^2 = a^2$ 所约束，利用这一点可将被积函数化为 a^2，所以

$$\oint_L (x^2 + y^2)\mathrm{d}s = \oint_L a^2 \mathrm{d}s = a^2 \oint_L \mathrm{d}s$$

而 $\oint_L \mathrm{d}s$ 等于圆 L 的周长 $2\pi a$，故

$$\oint_L (x^2 + y^2)\mathrm{d}s = 2\pi a^3$$

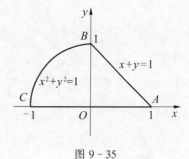

图 9 – 35

应选 B.

例 2　计算 $\oint_L y\mathrm{d}s$，其中 L 为如图 9‑35 所示的封闭路径 $\widehat{ABCA}$.

解　$\oint_L y\mathrm{d}s = \int_{\overline{AB}} y\mathrm{d}s + \int_{\widehat{BC}} y\mathrm{d}s + \int_{\overline{CA}} y\mathrm{d}s$

$\overline{AB}$ 的方程 $x = 1 - y$（$0 \leqslant y \leqslant 1$），由公式③，得

$$\int_{\overline{AB}} y\mathrm{d}s = \int_0^1 y\sqrt{1 + [(1-y)']^2}\mathrm{d}y$$

$$= \sqrt{2}\int_0^1 y\mathrm{d}y = \frac{\sqrt{2}}{2}$$

$\widehat{BC}$ 的参数方程 $x = \cos t$，$y = \sin t$，且在点 B 处对应 $t = \dfrac{\pi}{2}$，在点 C 处对应 $t = \pi$. 由公式①，得

$$\int_{\widehat{BC}} y\mathrm{d}s = \int_{\frac{\pi}{2}}^{\pi} \sin t \sqrt{(-\sin t)^2 + (\cos t)^2}\mathrm{d}t = \int_{\frac{\pi}{2}}^{\pi} \sin t\,\mathrm{d}t = [-\cos t]_{\frac{\pi}{2}}^{\pi} = 1$$

$\overline{CA}$ 的方程为 $y = 0$（$-1 \leqslant x \leqslant 1$），$\mathrm{d}s = \mathrm{d}x$. 由公式②，有

$$\int_{\overline{CA}} y\mathrm{d}s = \int_{-1}^1 0\mathrm{d}x = 0$$

故

$$\oint_L y\mathrm{d}s = 1 + \frac{\sqrt{2}}{2}$$

***例 3**　设物质曲线 Γ 为球面 $x^2 + y^2 + z^2 = a^2$ 与平面 $x = y$ 的交线，其上每一点的密度为 $\rho(x,\ y,\ z) = \sqrt{2y^2 + z^2}$，求 Γ 的质量.

解　由第一型曲线积分的物理意义可知，Γ 的质量为

$$m = \int_\Gamma \sqrt{2y^2 + z^2}\mathrm{d}s$$

这里积分路径为空间曲线，其方程为

$$\begin{cases} x^2 + y^2 + z^2 = a^2 \\ x = y \end{cases}, \quad 即 \quad \begin{cases} 2y^2 + z^2 = a^2 \\ x = y \end{cases}$$

在平面 $x = y$ 上，椭圆 $2y^2 + z^2 = a^2$ 的参数方程为

$$y = \frac{a}{\sqrt{2}}\sin t, \quad z = a\cos t \quad (0 \leqslant t \leqslant 2\pi)$$

所以 Γ 的参数方程可表示为

$$x = \frac{a}{\sqrt{2}}\sin t, \quad y = \frac{a}{\sqrt{2}}\sin t, \quad z = a\cos t \quad (0 \leqslant t \leqslant 2\pi)$$

由于

$$ds = \sqrt{\left(\frac{a}{\sqrt{2}}\cos t\right)^2 + \left(\frac{a}{\sqrt{2}}\cos t\right)^2 + (-a\sin t)^2}\,dt = a\,dt$$

所以

$$m = \int_{\Gamma} \sqrt{2y^2 + z^2}\,ds = \int_0^{2\pi} a^2\,dt = 2\pi a^2$$

类似地，若平面上物质曲线 L 的线密度为 $\rho_l(x, y)$，则 L 的质心坐标$(\overline{x}, \overline{y})$为

$$\overline{x} = \frac{\displaystyle\int_L x\rho_l(x,y)\,ds}{\displaystyle\int_L \rho_l(x,y)\,ds}, \quad \overline{y} = \frac{\displaystyle\int_L y\rho_l(x,y)\,ds}{\displaystyle\int_L \rho_l(x,y)\,ds}$$

第六节　对坐标的曲线积分

　　第一型曲线积分，对积分路径 L 是不考虑方向的，从而相应的弧长微元 ds 总是取正值；下面将介绍的第二型曲线积分，则应考虑积分路径的方向，而且被积表达式往往写成两向量的数量积的形式，这就是两大类型曲线积分的本质差异.

　　第二型曲线积分概念的引入也是实际问题的需要，我们通过求变力沿曲线路径所做的功，引入第二型曲线积分.

一、对坐标曲线积分的概念

　　作为引例，我们来讨论变力沿曲线所做的功.

　　设质点在 xOy 平面上受到力

$$\boldsymbol{F}(x,y) = P(x,y)\boldsymbol{i} + Q(x,y)\boldsymbol{j}$$

的作用，从点 A 沿光滑曲线弧 L 移动到点 B（见图 9-36），其中函数 $P(x, y)$，$Q(x, y)$在 L 上连续，求变力 $\boldsymbol{F}$ 所做的功.

　　如果 $\boldsymbol{F}$ 是常力，且质点是从 A 沿直线移动到 B，那么力 $\boldsymbol{F}$ 所做的功 W 等于两个向

量 $\boldsymbol{F}$ 与 $\overrightarrow{AB}$ 的数量积，即

$$W = \boldsymbol{F} \cdot \overrightarrow{AB}$$

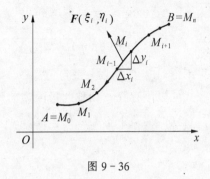

图 9 - 36

现在 $\boldsymbol{F}(x,\ y)$ 为变力，且质点是沿曲线弧 L 移动，因此不能直接用上述公式计算功 W. 为解决问题，仍然采用"分割、求和、取极限"的微元分析法.

在曲线弧上插入点 $M_1(x_1,\ y_1)$，$M_2(x_2,$ $y_2)$，$\cdots$，$M_{n-1}(x_{n-1},\ y_{n-1})$，把 L 任意分成 n 个有向小弧段(图 9 - 36)，对每一有向小弧段 $\overparen{M_{i-1}M_i}$ $(i=1,\ 2,\ \cdots,\ n)$，因其光滑且微小，可以用有向线段

$$\overrightarrow{M_{i-1}M_i} = \Delta x_i \boldsymbol{i} + \Delta y_i \boldsymbol{j}$$

来近似代替，其中 $\Delta x_i = x_i - x_{i-1}$，$\Delta y_i = y_i - y_{i-1}$.

又由于函数 $P(x,\ y)$，$Q(x,\ y)$ 在 L 上连续，可以用 $\overparen{M_{i-1}M_i}$ 上任意取定的一点 $(\xi_i,\ \eta_i)$ 处的力

$$\boldsymbol{F}(\xi_i,\eta_i) = P(\xi_i,\eta_i)\boldsymbol{i} + Q(\xi_i,\eta_i)\boldsymbol{j}$$

来近似代替这有向小弧段上其他各点处的力. 这样，变力 $\boldsymbol{F}(x,\ y)$ 沿小弧段 $\overparen{M_{i-1}M_i}$ 所做的功 ΔW_i 就近似等于常力 $\boldsymbol{F}(\xi_i,\ \eta_i)$ 沿 $\overrightarrow{M_{i-1}M_i}$ 所做的功

$$\Delta W_i \approx \boldsymbol{F}(\xi_i,\eta_i) \cdot \overrightarrow{M_{i-1}M_i} = P(\xi_i,\eta_i)\Delta x_i + Q(\xi_i,\eta_i)\Delta y_i$$

于是

$$W = \sum_{i=1}^{n} \Delta W_i \approx \sum_{i=1}^{n} \boldsymbol{F}(\xi_i,\eta_i) \cdot \overrightarrow{M_{i-1}M_i}$$

$$= \sum_{i=1}^{n} [P(\xi_i,\eta_i)\Delta x_i + Q(\xi_i,\eta_i)\Delta y_i]$$

若令各小段弧长的最大值 $\lambda \to 0$，取上述和式的极限，便得到

$$W = \lim_{\lambda \to 0} \sum_{i=1}^{n} \boldsymbol{F}(\xi_i,\eta_i) \cdot \overrightarrow{M_{i-1}M_i}$$

$$= \lim_{\lambda \to 0} \sum_{i=1}^{n} [P(\xi_i,\eta_i)\Delta x_i + Q(\xi_i,\eta_i)\Delta y_i]$$

如果上述和式的极限存在，抽象其本质，数学上定义为第二型曲线积分.

定义 设 L 为 xOy 平面上从点 A 到点 B 的有向光滑曲线弧，向量函数 $\boldsymbol{F}(x,\ y) = P(x,\ y)\boldsymbol{i} + Q(x,\ y)\boldsymbol{j}$ 在 L 上有定义. 在 L 上插入点 $M_1(x_1,\ y_1)$，$M_2(x_2,\ y_2)$，$\cdots$，$M_{n-1}(x_{n-1},\ y_{n-1})$，把 L 任意分成 n 个有向小弧段

$$\overparen{M_{i-1}M_i} \quad (i = 1,2,\cdots,n; M_0 = A, M_n = B)$$

在 $\overparen{M_{i-1}M_i}$ 上任取一点 $(\xi_i,\ \eta_i)$，记 $\Delta x_i = x_i - x_{i-1}$，$\Delta y_i = y_i - y_{i-1}$. 作出 $\boldsymbol{F}(\xi_i,\ \eta_i)$ 与

$\overrightarrow{M_{i-1}M_i} = \Delta x_i \boldsymbol{i} + \Delta y_i \boldsymbol{j}$ 点乘的和式

$$\sum_{i=1}^{n} \boldsymbol{F}(\xi_i, \eta_i) \cdot \overrightarrow{M_{i-1}M_i} = \sum_{i=1}^{n} [P(\xi_i, \eta_i)\Delta x_i + Q(\xi_i, \eta_i)\Delta y_i]$$

如果不论对 L 怎样划分及点 (ξ_i, η_i) 如何选取，当所有小弧段的最大长度 $\lambda \to 0$ 时，上述和式的极限存在，则称此极限为向量函数 $\boldsymbol{F}(x, y)$ 沿曲线 L 由点 A 到点 B 的**第二型曲线积分**，记作 $\int_L \boldsymbol{F}(x, y) \cdot \mathrm{d}s$，即

$$\int_L \boldsymbol{F}(x, y) \cdot \mathrm{d}s = \lim_{\lambda \to 0} \sum_{i=1}^{n} \boldsymbol{F}(\xi_i, \eta_i) \cdot \overrightarrow{M_{i-1}M_i} \qquad ①$$

式①的被积表达式是向量形式. 在直角坐标下，可以把它表示为坐标形式：

$$\int_L \boldsymbol{F}(x, y) \cdot \mathrm{d}s = \int_L P(x, y)\mathrm{d}x + Q(x, y)\mathrm{d}y$$

$$= \lim_{\lambda \to 0} \sum_{i=1}^{n} [P(\xi_i, \eta_i)\Delta x_i + Q(\xi_i, \eta_i)\Delta y_i] \qquad ②$$

因此，第二型曲线积分也称为**对坐标的曲线积分**.

应当注意，式②中的积分实际上是两个积分的组合，它们完全可以单独出现. 其中

$$\int_L P(x, y)\mathrm{d}x = \lim_{\lambda \to 0} \sum_{i=1}^{n} P(\xi_i, \eta_i)\Delta x_i$$

叫做函数 $P(x, y)$ 在有向曲线弧 L 上**对坐标 x 的曲线积分**.

$$\int_L Q(x, y)\mathrm{d}y = \lim_{\lambda \to 0} \sum_{i=1}^{n} Q(\xi_i, \eta_i)\Delta y_i$$

叫做函数 $Q(x, y)$ 在有向曲线弧 L 上**对坐标 y 的曲线积分**. 其中，$P(x, y)$，$Q(x, y)$ 叫做被积函数，$L = \overparen{AB}$ 为积分路径.

如果 L 是有向闭曲线，也常记为 $\oint_L P(x, y)\,\mathrm{d}x$，$\oint_L Q(x, y)\,\mathrm{d}y$. 这时，因为 L 上任一点既是曲线的起点又是终点，所以必须指明曲线 L 的方向是按逆时针方向，还是按顺时针方向.

可以证明，当 $P(x, y)$，$Q(x, y)$ 在向光滑曲线 L 上连续时，对坐标的曲线积分 $\int_L P(x, y)\mathrm{d}x$ 和 $\int_L Q(x, y)\mathrm{d}y$ 都存在.

二、对坐标曲线积分的性质

对坐标曲线积分有着与定积分相类似的性质，下面只强调指出与积分路径 L 有关的性质.

（1）路径的有向性：沿路径 L 由点 A 到点 B 的方向积分与由点 B 到点 A 的方向积分其结果异号，即

$$\int_{\overparen{AB}} P\mathrm{d}x + Q\mathrm{d}y = -\int_{\overparen{BA}} P\mathrm{d}x + Q\mathrm{d}y$$

(2) 对路径的可加性：设 A，B，C 为 L 上任意三点，则

$$\int_{\overset{\frown}{AB}} P\mathrm{d}x + Q\mathrm{d}y = \int_{\overset{\frown}{AC}} P\mathrm{d}x + Q\mathrm{d}y + \int_{\overset{\frown}{CB}} P\mathrm{d}x + Q\mathrm{d}y$$

三、对坐标曲线积分的计算

对坐标曲线积分的计算方法也是将 L 的参数方程代入，化为对参数的定积分来计算．按积分路径 L 的方程形式有下列三个计算公式：

(1) 当曲线 L 由参数方程

$$x = x(t), \quad y = y(t)$$

给出，L 的起点 A 及终点 B 分别对应着参数 α 及 β（这里 α 不一定小于 β），函数 $x(t)$，$y(t)$ 在以 α 及 β 为端点的闭区间上具有一阶连续导数，当参数 t 由 α 变到 β 时，相应地点 $M(x, y)$ 描出有向曲线 L，而函数 $P(x, y)$，$Q(x, y)$ 在 L 上连续，则积分 $\int_{L} P\mathrm{d}x + Q\mathrm{d}y$ 存在，并且可化为定积分

$$\int_{L} P(x,y)\mathrm{d}x + Q(x,y)\mathrm{d}y$$
$$= \int_{a}^{\beta} \{ P[x(t),y(t)]x'(t) + Q[x(t),y(t)]y'(t) \}\mathrm{d}t \qquad ③$$

公式③表明，计算对坐标的曲线积分时，只需把 x，y，$\mathrm{d}x$，$\mathrm{d}y$ 依次换成 $x(t)$，$y(t)$，$x'(t)\mathrm{d}t$，$y'(t)\mathrm{d}t$，然后从 L 的起点所对应的参数 α 到终点所对应的参数 β 作定积分．定限原则是：路径 L 的起点 A 所对应的参数 α 一定是下限，终点 B 所对应的参数 β 是上限（而不去论其数值的大小）．

(2) 如果 L 由直角坐标方程

$$y = y(x) \quad （起点处 x = a，终点处 x = b）$$

给出，则可把 x 当做参数，由公式③得

$$\int_{L} P(x,y)\mathrm{d}x + Q(x,y)\mathrm{d}y = \int_{a}^{b} \{ P[x,y(x)] + Q[x,y(x)]y'(x) \}\mathrm{d}x \qquad ④$$

(3) 类似地，若 L 由方程

$$x = x(y) \quad （起点处 y = c，终点处 y = d）$$

给出，则可把 y 当做参数，便有

$$\int_{L} P(x,y)\mathrm{d}x + Q(x,y)\mathrm{d}y = \int_{c}^{d} \{ P[x(y),y]x'(y) + Q[x(y),y] \}\mathrm{d}y \qquad ⑤$$

上述对于第二型平面曲线积分的概念、性质及计算方法可推广到对空间曲线的情形．例如，若空间有向曲线弧 Γ 由参数方程 $x = x(t)$，$y = y(t)$，$z = z(t)$ 给出，则有

$$\int_{\Gamma} P(x,y,z)\mathrm{d}x + Q(x,y,z)\mathrm{d}y + R(x,y,z)\mathrm{d}z$$

$$= \int_{\alpha}^{\beta} \{ P[x(t), y(t), z(t)]x'(t) + Q[x(t), y(t), z(t)]y'(t) +$$

$$R[x(t), y(t), z(t)]z'(t) \} dt$$

其中，参数 $t = \alpha$，$t = \beta$ 分别对应于有向曲线弧段 Γ 的起点和终点.

例 1　计算 $\int_L xy dx$，其中 L 是抛物线 $y^2 = x$ 上由点 $A(1, -1)$ 到点 $B(1, 1)$ 的弧段(图 9 - 37).

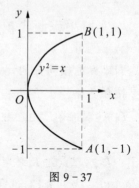

图 9 - 37

解法 1　若认定 L 的方程由

$$x = y^2$$

给出，以 y 为参数，则有 $dx = 2y dy$，L 的起点对应于 $y = -1$，L 的终点对应于 $y = 1$. 由公式⑤，得

$$\int_{\widehat{AB}} xy dx = \int_{-1}^{1} y^2 \cdot y \cdot 2y dy = 2\int_{-1}^{1} y^4 dy = \frac{4}{5}$$

解法 2　若认定曲线弧 $\widehat{AB}$ 用方程

$$y^2 = x$$

表示，以 x 为参数，此时 $y = \pm\sqrt{x}$ 不是单值函数，应把 L 分为 $\widehat{AO}$ 与 $\widehat{OB}$ 两段之和.

在 $\widehat{AO}$ 上，$y = -\sqrt{x}$，起点 A 对应于 $x = 1$，终点 O 对应于 $x = 0$. 由公式④，得

$$\int_{\widehat{AO}} xy dx = \int_{1}^{0} x(-\sqrt{x}) dx = \int_{0}^{1} x^{\frac{3}{2}} dx = \frac{2}{5}$$

在 $\widehat{OB}$ 上，$y = \sqrt{x}$，起点 O 的 $x = 0$，终点 B 的 $x = 1$. 由公式④，得

$$\int_{\widehat{OB}} xy dx = \int_{0}^{1} x\sqrt{x} dx = \int_{0}^{1} x^{\frac{3}{2}} dx = \frac{2}{5}$$

于是

$$\int_{\widehat{AB}} xy dx = \int_{\widehat{AO}} xy dx + \int_{\widehat{OB}} xy dx = \frac{4}{5}$$

例 2　计算 $\int_L x^2 dy$，其中 L 如图 9 - 38 所示：

(1) 半径为 a，圆心在原点，按逆时针方向绕行的右半圆弧 $\widehat{AB}$；

(2) 从点 $A(0, -a)$ 沿 y 轴到点 $B(0, a)$ 的直线段 $\overline{AB}$.

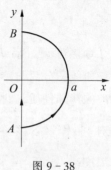

图 9 - 38

解　(1) $\widehat{AB}$ 由参数方程 $x = a\cos t$，$y = a\sin t$ 表示，起点 A 的 $t = -\frac{\pi}{2}$，终点 B 的 $t = \frac{\pi}{2}$. 由公式③，得

$$\int_{\widehat{AB}} x^2 dy = \int_{-\frac{\pi}{2}}^{\frac{\pi}{2}} a^2\cos^2 t \cdot a\cos t dt$$

$$= 2a^3 \int_0^{\frac{\pi}{2}} \cos^3 t \, \mathrm{d}t = 2a^3 \cdot \frac{2}{3} \cdot 1 = \frac{4}{3} a^3$$

(2) $\overline{AB}$ 的方程是 $x = 0$，以 y 为参数，起点 A 的 $y = -a$，终点 B 的 $y = a$. 于是

$$\int_{\overline{AB}} x^2 \mathrm{d}y = \int_{-a}^{a} 0 \mathrm{d}y = 0$$

从本例可见，(1) 和 (2) 的被积函数相同，L 的起点和终点也相同，但沿不同的路径积分得到的值并不相等.

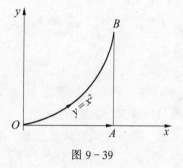

图 9-39

例 3　计算 $\int_L 3x^2 y^2 \mathrm{d}x + 2yx^3 \mathrm{d}y$，其中 L 的起点为 $O(0,0)$，终点是 $B(1,1)$，积分路径 L 如图 9-39，分别为：

(1) 抛物线 $y = x^2$；

(2) 折线 OAB.

解　(1) L 的方程 $y = x^2$，以 x 为参数，起点 O 的 $x = 0$，终点 B 的 $x = 1$. 则有

$$\int_L 3x^2 y^2 \mathrm{d}x + 2yx^3 \mathrm{d}y = \int_0^1 (3x^2 \cdot x^4 + 2x^2 \cdot x^3 \cdot 2x) \mathrm{d}x$$

$$= 7 \int_0^1 x^6 \mathrm{d}x = 1$$

(2) L 由 $\overline{OA}$ 和 $\overline{AB}$ 构成.

$\overline{OA}$ 的方程为 $y = 0$，以 x 为参数，起点 O 的 $x = 0$，终点 A 的 $x = 1$.

$$\int_{\overline{OA}} 3x^2 y^2 \mathrm{d}x + 2yx^3 \mathrm{d}y = \int_0^1 (3x^2 \cdot 0 + 2 \cdot 0 \cdot x^3 \cdot 0) \mathrm{d}x = 0$$

$\overline{AB}$ 的方程为 $x = 1$，以 y 为参数，起点 A 的 $y = 0$，终点 B 的 $y = 1$.

$$\int_{\overline{AB}} 3x^2 y^2 \mathrm{d}x + 2yx^3 \mathrm{d}y = \int_0^1 (3 \cdot 1 \cdot y^2 \cdot 0 + 2y \cdot 1) \mathrm{d}y = \int_0^1 2y \mathrm{d}y = 1$$

于是

$$\int_L 3x^2 y^2 \mathrm{d}x + 2yx^3 \mathrm{d}y = \left(\int_{\overline{OA}} + \int_{\overline{AB}} \right) 3x^2 y^2 \mathrm{d}x + 2yx^3 \mathrm{d}y = 0 + 1 = 1$$

从本例可见，(1) 和 (2) 是沿不同的路径，然而曲线积分的值却可以相等. 也就是说，该曲线积分只与路径的起点和终点有关，而与连接两点的积分路径无关，这一重要而有趣的特殊性质，我们将在第七节中进行研究.

例 4　计算 $\oint_L \dfrac{(x+y)\mathrm{d}x - (x-y)\mathrm{d}y}{x^2 + y^2}$，其中 L 为圆周 $x^2 + y^2 = a^2$（按逆时针方向）.

解　因为被积函数 $P(x,y) = \dfrac{x+y}{x^2 + y^2}$ 与 $Q(x,y) = \dfrac{-x+y}{x^2 + y^2}$ 定义在 L 上，变量 x 与 y 受 L 的方程 $x^2 + y^2 = a^2$ 所约束，所以可先简化为

$$原式 = \oint_L \frac{(x+y)\mathrm{d}x - (x-y)\mathrm{d}y}{a^2}$$

选用圆的参数方程 $x = a\cos t$，$y = a\sin t$（$0 \leqslant t \leqslant 2\pi$），则

$$\oint_L \frac{(x+y)\mathrm{d}x - (x-y)\mathrm{d}y}{a^2}$$

$$= \frac{1}{a^2} \int_0^{2\pi} [(a\cos t + a\sin t)(-a\sin t) - (a\cos t - a\sin t)a\cos t]\mathrm{d}t$$

$$= -\int_0^{2\pi} \mathrm{d}t = -2\pi$$

*例 5   设有一质量为 m 的质点受重力作用，从空间一点 A 沿某一光滑曲线 Γ 移动到另一点 B，求重力所做的功 W．

解   建立空间直角坐标系，取铅直向上的方向为 z 轴（图 9-40），则质点在任一点 (x, y, z) 处所受的重力

$$\boldsymbol{F} = P(x,y,z)\boldsymbol{i} + Q(x,y,z)\boldsymbol{j} + R(x,y,z)\boldsymbol{k}$$

其中，$P=0$，$Q=0$，$R=-mg$，这里 g 是重力加速度．于是，当质点从 $A(x_0, y_0, z_0)$ 移动到点 $B(x_1, y_1, z_1)$ 时，重力所做的功

$$W = \int_\Gamma P\mathrm{d}x + Q\mathrm{d}y + R\mathrm{d}z = \int_{\overset{\frown}{AB}} (-mg)\mathrm{d}z$$

$$= -mg \int_{z_0}^{z_1} \mathrm{d}z = mg(z_0 - z_1)$$

这结果表明，重力所做的功与路径无关，而仅取决于下降的高度．

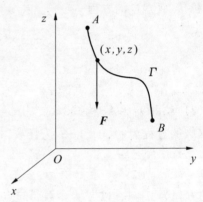

图 9-40

第七节   格林公式及其应用

在多元函数的积分中，重积分与线、面积分之间是有内在联系的．本节仅讨论在平面区域 D 上的二重积分与沿 D 的边界曲线 L 的曲线积分之间的联系，并利用这一联系介绍有关的应用．

一、格林公式

格林公式揭示平面区域 D 上的二重积分与沿区域 D 的边界曲线 L 的第二型曲线积分之间的联系．为了对格林公式有更准确的描述，需对平面区域作些说明．

首先简述平面单连通区域与复连通区域的区别：若区域 D 内任一闭曲线所围成的区域全部属于 D，就称 D 是**单连通区域**；否则称为**复连通区域**．例如图 9-41 所示，a

为单连通域，而 b 和 c 的两个区域 D 都是复连通区域. 直观地说，单连通域是"无洞"的，而复连通域是"有洞"的.

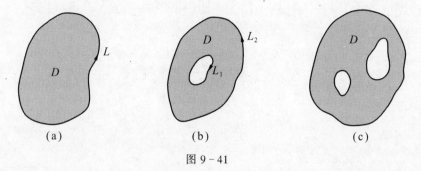

图 9-41

另外，对于平面区域 D 的边界曲线 L 的正向规定为：当人沿 L 的这个方向行走时，D 在他近处的部分总是在他的左侧. 根据这个规定，单连通区域 D(图 9-41a) 的边界曲线 L 的正向是逆时针方向；而复连通区域 D(图 9-41b) 的边界曲线 L 由 L_1 和 L_2 组成，L 的正向具体地说对 L_1 是顺时针方向，而对 L_2 是逆时针方向.

定理 1（格林公式） 设闭区域 D 由分段光滑的曲线 L 围成，函数 $P(x, y)$ 及 $Q(x, y)$ 在 D 上具有一阶连续偏导函数，则

$$\iint\limits_{D} \left(\frac{\partial Q}{\partial x} - \frac{\partial P}{\partial y} \right) d\sigma = \oint_{L} P dx + Q dy \qquad ①$$

其中，L 是 D 的取正向的整个边界曲线.

特别地，$Q=0$ 时公式成为 $-\iint\limits_{D} \frac{\partial P}{\partial y} d\sigma = \oint_{L} P dx \qquad ②$

$P=0$ 时公式成为 $\iint\limits_{D} \frac{\partial Q}{\partial x} d\sigma = \oint_{L} Q dy \qquad ③$

证 设区域 D 的边界曲线与平行于坐标轴的直线的交点不多于两个(图 9-42). 这时，区域 D 表示为

$$y_1(x) \leqslant y \leqslant y_2(x), \quad a \leqslant x \leqslant b$$

根据二重积分计算法，有

$$\iint\limits_{D} \frac{\partial P}{\partial y} d\sigma = \int_a^b dx \int_{y_1(x)}^{y_2(x)} \frac{\partial P(x, y)}{\partial y} dy$$

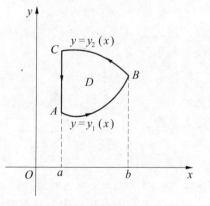

图 9-42

$$= \int_a^b \{ P[x, y_2(x)] - P[x, y_1(x)] \} dx$$

另一方面，由第二型线积分的性质及计算法，得

$$\oint_{L} P(x, y) dx = \int_{\overset{\frown}{AB}} P dx + \int_{\overset{\frown}{BC}} P dx + \int_{\overline{CA}} P dx$$

$$= \int_a^b P[x, y_1(x)]\mathrm{d}x + \int_b^a P[x, y_2(x)]\mathrm{d}x + 0$$

$$= \int_a^b \{P[x, y_1(x)] - P[x, y_2(x)]\}\mathrm{d}x$$

因此

$$-\iint_D \frac{\partial P}{\partial y}\mathrm{d}\sigma = \oint_L P\mathrm{d}x$$

类似可证

$$\iint_D \frac{\partial Q}{\partial x}\mathrm{d}\sigma = \oint_L Q\mathrm{d}y$$

合并上述两式即得公式①.

如果边界曲线 L 与平行于坐标轴的直线的交点多于两个，可在 D 内引进一条或几条辅助曲线把 D 分成有限个部分区域，使得每个部分区域都满足上述条件. 例如，在图 9-43 中，引进一条辅助线 AB 把 D 分成 D_1 与 D_2 两个部分区域，分别应用公式①于这两个部分区域，得

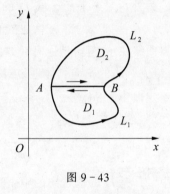

$$\iint_{D_1} \left(\frac{\partial Q}{\partial x} - \frac{\partial P}{\partial y}\right)\mathrm{d}\sigma = \oint_{L_1} P\mathrm{d}x + Q\mathrm{d}y$$

$$\iint_{D_2} \left(\frac{\partial Q}{\partial x} - \frac{\partial P}{\partial y}\right)\mathrm{d}\sigma = \oint_{L_2} P\mathrm{d}x + Q\mathrm{d}y$$

图 9-43

把这两个等式相加，注意到相加时沿辅助线段 AB 的曲线积分相互抵消，便有

$$\iint_D \left(\frac{\partial Q}{\partial x} - \frac{\partial P}{\partial y}\right)\mathrm{d}\sigma = \oint_L P\mathrm{d}x + Q\mathrm{d}y$$

所以，公式①对于如图 9-43 的一般区域 D 也是成立的.

格林公式对于复连通域 D 仍然成立. 例如，对图 9-44 所示的区域 D，只要引进辅助线 AB 就把 D 转化为单连通域，应用公式①仍得

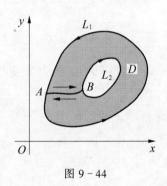

图 9-44

$$\iint_D \left(\frac{\partial Q}{\partial x} - \frac{\partial P}{\partial y}\right)\mathrm{d}\sigma = \oint_L P\mathrm{d}x + Q\mathrm{d}y$$

这里 $L = L_1 + L_2$，L_1 取逆时针方向，L_2 取顺时针方向.

格林公式在理论和应用上都很有价值，下面举例说明.

例 1 计算 $\oint_L x\mathrm{d}y - y\mathrm{d}x$，其中 L 是由坐标轴及直线 $\dfrac{x}{2} + \dfrac{y}{3} = 1$ 所围成的区域的整个边界（按逆时针方向绕行）.

解 区域 D 及边界曲线 L 的图形如图 $9-45$ 所示.

本例题若按将第二型曲线积分化成对参数的定积分来
计算,是比较麻烦的. 首先

$$\oint_L x\mathrm{d}y - y\mathrm{d}x \xrightarrow{\text{写成}} \left(\int_{\overline{OA}} + \int_{\overline{AB}} + \int_{\overline{BO}}\right) x\mathrm{d}y - y\mathrm{d}x$$

然后分别利用 $\overline{OA}$,$\overline{AB}$,$\overline{BO}$ 的方程将右边三个曲线积分都
化成定积分进行演算. 现应用格林公式,可以简化计算量.
这里

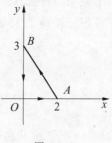

图 $9-45$

$$P = -y, \quad Q = x, \quad \frac{\partial Q}{\partial x} - \frac{\partial P}{\partial y} = 2$$

则有

$$\oint_L x\mathrm{d}y - y\mathrm{d}x = 2\iint_D \mathrm{d}\sigma = 2 \cdot \frac{1}{2} \cdot 2 \cdot 3 = 6$$

例 2 计算 $\oint_L xy^2\mathrm{d}y - x^2 y\mathrm{d}x$,其中 L 为圆周 $x^2 + y^2 = a^2$ 的正向.

解 本例题同样可以取圆的参数方程将它化成定积分直接去计算,但若应用格林公
式会更为方便.

$$P = -x^2 y, \quad Q = xy^2, \quad \frac{\partial Q}{\partial x} - \frac{\partial P}{\partial y} = y^2 + x^2$$

由格林公式,有

$$\oint_L xy^2\mathrm{d}y - x^2 y\mathrm{d}x = \iint_D (x^2 + y^2)\mathrm{d}\sigma = \int_0^{2\pi} \mathrm{d}\theta \int_0^a r^3\mathrm{d}r = 2\pi \cdot \frac{r^4}{4}\bigg|_0^a = \frac{\pi}{2}a^4$$

由例 1、例 2 知,若 L 为封闭曲线,且 $\dfrac{\partial Q}{\partial x} - \dfrac{\partial P}{\partial y}$ 较简单,则利用格林公式将沿 L 上
的曲线积分化为在 L 所包围的区域 D 上的二重积分来计算,会给计算带来方便.

例 3 计算 $\oint_L \dfrac{x\mathrm{d}y - y\mathrm{d}x}{x^2 + y^2}$,其中 L 为:

(1) $(x-2)^2 + (y-2)^2 = 1$ 的正向; (2) $x^2 + y^2 = 2$ 的正向.

解 $P = \dfrac{-y}{x^2 + y^2}$,$Q = \dfrac{x}{x^2 + y^2}$. 注意到

$$\frac{\partial P}{\partial y} = \frac{y^2 - x^2}{(x^2 + y^2)^2} = \frac{\partial Q}{\partial x} \quad (\text{当 } x^2 + y^2 \neq 0)$$

(1) 因为在 L 所围的圆域 $(x-2)^2 + (y-2)^2 \leqslant 1$ 内,并不包含原点 $(0, 0)$,$\dfrac{\partial Q}{\partial x}$
与 $\dfrac{\partial P}{\partial y}$ 是连续函数,因此可应用格林公式,且有

$$\oint_L \frac{x\mathrm{d}y - y\mathrm{d}x}{x^2 + y^2} = \iint_D 0\mathrm{d}\sigma = 0$$

(2) 这里 L 所围的圆域 $x^2 + y^2 \leqslant 2$ 包含了原点 $(0, 0)$,由于原点处 $\dfrac{\partial Q}{\partial x}$ 与 $\dfrac{\partial P}{\partial y}$ 没有定

义，不能用格林公式，故只能直接计算.

将积分路径 L 用参数方程表示：$x = \sqrt{2}\cos t$，$y = \sqrt{2}\sin t$ $(0 \leqslant t \leqslant 2\pi)$. 于是

$$\oint_L \frac{x\mathrm{d}y - y\mathrm{d}x}{x^2 + y^2} = \int_0^{2\pi} \frac{\sqrt{2}\cos t \cdot \sqrt{2}\cos t\,\mathrm{d}t - \sqrt{2}\sin t \cdot (-\sqrt{2}\sin t)\,\mathrm{d}t}{2}$$

$$= \int_0^{2\pi} \mathrm{d}t = 2\pi$$

例 4　计算曲线积分 $I = \int_L (\mathrm{e}^x\sin y + x - 4y)\mathrm{d}x +$ $(\mathrm{e}^x\cos y - 4)\mathrm{d}y$，其中 L 为依逆时针方向沿圆 $x^2 + y^2 = 2x$ 由点 $A(2,\ 0)$ 到点 $O(0,\ 0)$ 的弧段.

解　积分路径 L 如图 9 - 46 所示.

从题目的被积函数可知，不论取 L 的直角坐标方

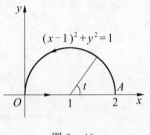

图 9 - 46

程 $y = \sqrt{2x - x^2}$，还是参数方程 $x = 1 + \cos t$，$y = \sin t$，代入转化为定积分都难以计算. 因此，考虑利用格林公式，但注意到 L 不是闭曲线，还不能直接应用格林公式，而应创造条件先补上有向直线段 $\overline{OA}$ 使其封闭. 这里

$$P = \mathrm{e}^x\sin y + x - 4y，\quad Q = \mathrm{e}^x\cos y - 4，\quad \frac{\partial Q}{\partial x} - \frac{\partial P}{\partial y} = 4$$

有

$$I = \oint_{L+\overline{OA}} (\mathrm{e}^x\sin y + x - 4y)\mathrm{d}x + (\mathrm{e}^x\cos y - 4)\mathrm{d}y -$$

$$\int_{\overline{OA}} (\mathrm{e}^x\sin y + x - 4y)\mathrm{d}x + (\mathrm{e}^x\cos y - 4)\mathrm{d}y$$

第一个积分应用格林公式

$$\oint_{L+\overline{OA}} (\mathrm{e}^x\sin y + x - 4y)\mathrm{d}x + (\mathrm{e}^x\cos y - 4)\mathrm{d}y = \iint_D 4\mathrm{d}\sigma = 4\iint_D \mathrm{d}\sigma = 2\pi$$

第二个积分，用 $\overline{OA}$ 的方程 $y = 0$ 代入(起点 O 的 $x = 0$，终点 A 的 $x = 2$)，得

$$\int_{\overline{OA}} (\mathrm{e}^x\sin y + x - 4y)\mathrm{d}x + (\mathrm{e}^x\cos y - 4)\mathrm{d}y$$

$$= \int_0^2 (\mathrm{e}^x\sin 0 + x - 4 \cdot 0)\mathrm{d}x + (\mathrm{e}^x\cos 0 - 4) \cdot 0 = \int_0^2 x\mathrm{d}x = 2$$

故

$$I = 2\pi - 2 = 2(\pi - 1)$$

例 3、例 4 表明，在应用格林公式之前必须检验是否满足定理的条件，不满足条件的是否能创造条件. 应注意在条件不满足时，不能套用，否则会出现错误.

***例 5**　试证明由一条分段光滑的平面闭曲线 L 所围成的有界区域 D 的面积为

$$A = \frac{1}{2}\oint_L x\mathrm{d}y - y\mathrm{d}x$$

其中 L 取正向；并求椭圆 $x = a\cos t$，$y = b\sin t$ 的面积.

证 在格林公式 $\iint\limits_{D}\left(\dfrac{\partial Q}{\partial x} - \dfrac{\partial P}{\partial y}\right)\mathrm{d}\sigma = \oint_{L} P\mathrm{d}x - Q\mathrm{d}y$ 中取 $P = -y$，$Q = x$，即得

$$2\iint\limits_{D}\mathrm{d}\sigma = \oint_{L} x\mathrm{d}y - y\mathrm{d}x$$

上式左端是区域 D 之面积 A 的两倍，所以

$$A = \frac{1}{2}\oint_{L} x\mathrm{d}y - y\mathrm{d}x$$

根据此公式，椭圆 $x = a\cos t$，$y = b\sin t$ 的面积

$$A = \frac{1}{2}\oint_{L} x\mathrm{d}y - y\mathrm{d}x = \frac{1}{2}\int_{0}^{2\pi}\left[a\cos t \cdot b\cos t - b\sin t \cdot (-a\sin t)\right]\mathrm{d}t$$

$$= \frac{1}{2}ab\int_{0}^{2\pi}\mathrm{d}t = \pi ab$$

二、平面曲线积分与路径无关的条件

一般地，曲线积分

$$\int_{L} P(x,y)\mathrm{d}x + Q(x,y)\mathrm{d}y$$

的值，不仅与被积函数 $P(x,y)$，$Q(x,y)$ 以及曲线 L 的起点、终点的位置有关，还与由起点到终点的具体路径 L 有关. 例如第六节中的例 2，该曲线积分的值与路径有关.

但在特殊情况下，比如第六节中的例 3，曲线积分 $\int_{L} 3x^{2}y^{2}\mathrm{d}x + 2yx^{3}\mathrm{d}y$ 当起点 O $(0,0)$ 和终点 $B(1,1)$ 确定后，积分值就与路径的方程无关. 为深入讨论这一问题，我们引进下面定义.

定义 设函数 $P(x,y)$，$Q(x,y)$ 在区域 D 上连续，A，B 是 D 内任意两点. 如果对于 D 内的任意两条从点 A 到点 B 的分段光滑曲线弧 L_1 与 L_2（图 9-47），恒有

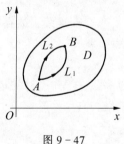

$$\int_{L_1} P\mathrm{d}x + Q\mathrm{d}y = \int_{L_2} P\mathrm{d}x + Q\mathrm{d}y \qquad ④$$

成立，则称曲线积分 $\int_{L} P\mathrm{d}x + Q\mathrm{d}y$ 在 D 内与路径无关，否则便与路径有关.

图 9-47

注意到 $\int_{L_2} P\mathrm{d}x + Q\mathrm{d}y = -\int_{-L_2} P\mathrm{d}x + Q\mathrm{d}y$，这样式④便可写为

$$\int_{L_1} P\mathrm{d}x + Q\mathrm{d}y + \int_{-L_2} P\mathrm{d}x + Q\mathrm{d}y = 0$$

即

$$\oint_{L_1+(-L_2)} P\mathrm{d}x + Q\mathrm{d}y = 0$$

可见，沿 D 内的任意闭曲线 $C = L_1 + (-L_2)$ 的曲线积分值为零.

将上面反过来推证也正确. 由此得到如下结论：

在 D 内曲线积分 $\int_L P\mathrm{d}x + Q\mathrm{d}y$ 与路径无关等价于沿 D 内任意闭曲线 C 的积分 $\oint_C P\mathrm{d}x + Q\mathrm{d}y$ 值为零.

下面讨论如何判定曲线积分与路径无关.

定理 2 若函数 $P(x, y)$，$Q(x, y)$ 在单连通区域 G 内具有一阶连续偏导数，则曲线积分 $\int_L P\mathrm{d}x + Q\mathrm{d}y$ 与路径无关的充分必要条件是

$$\frac{\partial P}{\partial y} = \frac{\partial Q}{\partial x}$$

在 G 内恒成立.

*证 充分性 若在 G 内恒有 $\dfrac{\partial P}{\partial y} = \dfrac{\partial Q}{\partial x}$ 成立，根据格林公式，对于 G 内任意闭曲线 C，都有

$$\oint_C P\mathrm{d}x + Q\mathrm{d}y = \iint_D \left(\frac{\partial Q}{\partial x} - \frac{\partial P}{\partial y}\right)\mathrm{d}\sigma = 0$$

其中，D 为闭曲线 C 所围成的区域.

由上面结论可知，积分 $\int_L P\mathrm{d}x + Q\mathrm{d}y$ 与路径无关.

必要性 设在 G 内，积分 $\int_L P\mathrm{d}x + Q\mathrm{d}y$ 与路径无关，由上面结论知沿 G 内任意闭曲线 C 的积分 $\int_C P\mathrm{d}x + Q\mathrm{d}y = 0$.

若恒等式 $\dfrac{\partial P}{\partial y} = \dfrac{\partial Q}{\partial x}$ 不成立，则至少有一点 $M_0 \in G$，不妨设有 $\left(\dfrac{\partial Q}{\partial x} - \dfrac{\partial P}{\partial y}\right)\Big|_{M_0} > 0$. 由于 $\dfrac{\partial Q}{\partial x} - \dfrac{\partial P}{\partial y}$ 连续，故存在点 M_0 的一个 δ 闭邻域 $U(M_0, \delta)$，使

$$\frac{\partial Q}{\partial x} - \frac{\partial P}{\partial y} > 0 \quad (x,y) \in U(M_0, \delta)$$

于是，沿 $U(M_0, \delta)$ 的边界曲线 L_δ 的积分

$$\oint_{L_\delta} P\mathrm{d}x + Q\mathrm{d}y = \iint_{U(M_0, \delta)} \left(\frac{\partial Q}{\partial x} - \frac{\partial P}{\partial y}\right)\mathrm{d}\sigma > 0$$

这与已知条件矛盾. 故知 $\dfrac{\partial P}{\partial y} = \dfrac{\partial Q}{\partial x}$ 在 G 内恒成立.

当曲线积分与路径无关时，从点 $A(x_0, y_0)$ 到点 $B(x_1, y_1)$ 的曲线积分，常记成

$$\int_{(x_0, y_0)}^{(x_1, y_1)} P\mathrm{d}x + Q\mathrm{d}y$$

计算时，通常可选取一条连接 A，B 两点的简单路径，例如平行于两坐标轴的折线段，会使运算相对较为简单.

例 6 设曲线积分 $\int_L (6x^2y + 4y^3)\mathrm{d}y + (x^3 + kxy^2)\mathrm{d}x$ 与路径无关，求常数 k.

解 本例题的 $P = x^3 + kxy^2$，$Q = 6x^2y + 4y^3$ 在全平面内具有一阶连续偏导数

$$\frac{\partial P}{\partial y} = 2kxy, \quad \frac{\partial Q}{\partial x} = 12xy$$

依据曲线积分与路径无关的充分必要条件 $\dfrac{\partial P}{\partial y} = \dfrac{\partial Q}{\partial x}$，令

$$2kxy = 12xy$$

得

$$k = 6$$

例 7 计算 $\int_L (\mathrm{e}^y + \sin x)\mathrm{d}x + (x\mathrm{e}^y - \cos y)\mathrm{d}y$，其中 L 为沿圆弧 $(x - \pi)^2 + y^2 = \pi^2$ 上从点 $O(0,\ 0)$ 到点 $B(\pi,\ \pi)$ 的弧段.

解法 1 本例若按路径 L 的方程直接计算很困难. 注意到 $P = \mathrm{e}^y + \sin x$，$Q = x\mathrm{e}^y - \cos y$ 满足

$$\frac{\partial P}{\partial y} = \mathrm{e}^y = \frac{\partial Q}{\partial x}$$

且两个偏导数在全平面连续，所以该积分在整个坐标平面内与路径无关.

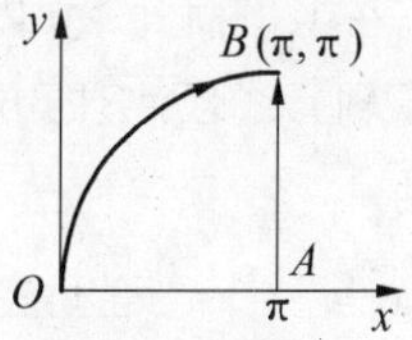

图 9-48

取过点 $O(0,\ 0)$，$A(\pi,\ 0)$，$B(\pi,\ \pi)$ 的折线为积分路径，如图 9-48 所示，则

$$\int_L (\mathrm{e}^y + \sin x)\mathrm{d}x + (x\mathrm{e}^y - \cos y)\mathrm{d}y$$

$$= \left(\int_{\overline{OA}} + \int_{\overline{AB}}\right)(\mathrm{e}^y + \sin x)\mathrm{d}x + (x\mathrm{e}^y - \cos y)\mathrm{d}y$$

在 $\overline{OA}$ 上，$y = 0$，$\mathrm{d}y = 0$. 起点 O 的 $x = 0$，终点 A 的 $x = \pi$. 于是

$$\int_{\overline{OA}} (\mathrm{e}^y + \sin x)\mathrm{d}x + (x\mathrm{e}^y - \cos y)\mathrm{d}y = \int_0^\pi (1 + \sin x)\mathrm{d}x = \pi + 2$$

而 $\overline{AB}$ 的方程是 $x = \pi$，$\mathrm{d}x = 0$. 起点 A 的 $y = 0$，终点 B 的 $y = \pi$. 于是

$$\int_{\overline{AB}} (\mathrm{e}^y + \sin x)\mathrm{d}x + (x\mathrm{e}^y - \cos y)\mathrm{d}y = \int_0^\pi (\pi\mathrm{e}^y - \cos y)\mathrm{d}y$$

$$= \left[\pi\mathrm{e}^y - \sin y\right]_0^\pi = \pi\mathrm{e}^\pi - \pi$$

由此得

$$\int_L (\mathrm{e}^y + \sin x)\mathrm{d}x + (x\mathrm{e}^y - \cos y)\mathrm{d}y = (\pi + 2) + (\pi\mathrm{e}^\pi - \pi) = 2 + \pi\mathrm{e}^\pi$$

解法 2 若选取连接两点 $O(0,\ 0)$ 和 $B(\pi,\ \pi)$ 的直线段 $\overline{OB}$ 为积分路径，其方程是 $y = x$，则 $\mathrm{d}y = \mathrm{d}x$. 起点 O 的 $x = 0$，终点 B 的 $x = \pi$. 于是

$$\int_L (e^y + \sin x)dx + (xe^y - \cos y)dy = \int_0^\pi (e^x + \sin x + xe^x - \cos x)dx$$

$$= [e^x - \cos x - \sin x]_0^\pi + \int_0^\pi xde^x = e^\pi + 1 + [xe^x - e^x]_0^\pi$$

$$= e^\pi + 1 + (\pi e^\pi - e^\pi + 1) = 2 + \pi e^\pi$$

结果是一样的. 可见，曲线积分与路径无关时，选取平行于两坐标轴的折线或连接两点的直线段为积分路径，因表示路径的方程简单，所以运算过程就简单很多.

例 8 证明曲线积分 $\displaystyle\int_L \frac{ydx - xdy}{x^2}$ 在半平面 $x > 0$ 内，与所取路径 L 无关，并求 $\displaystyle\int_{(2,1)}^{(1,2)} \frac{ydx - xdy}{x^2}$ 的值.

解 这里 $P = \dfrac{y}{x^2}$，$Q = -\dfrac{1}{x}$. 在半平面 $x > 0$ 内具有一阶连续偏导数，且

$$\frac{\partial P}{\partial y} = \frac{1}{x^2} = \frac{\partial Q}{\partial x}$$

所以，该积分在半平面 $x > 0$ 内与路径无关.

在半平面 $x > 0$ 内取从点 $A(2，1)$ 到点 $B(1，2)$ 的直线段 $\overline{AB}$ 为积分路径(没有通过 y 轴).线段 $\overline{AB}$ 的方程是 $y = 3 - x$，$dy = -dx$. 起点 A 的 $x = 2$，终点 B 的 $x = 1$. 于是

$$\int_{(2,1)}^{(1,2)} \frac{ydx - xdy}{x^2} = \int_2^1 \frac{(3-x)dx - x \cdot (-dx)}{x^2} = \int_2^1 \frac{3}{x^2}dx = -\frac{3}{2}$$

当然在半平面 $x > 0$ 内，选取平行于坐标轴的折线段为积分路径，结果是一样的，计算过程也是简便的.

例 9 已知函数 $f(x)$ 具有一阶连续导数，且 $f(0) = \dfrac{1}{2}$，确定 $f(x)$ 使曲线积分 $\displaystyle\int_L [e^x + f(x)]ydx - f(x)dy$ 与路径无关.

解 所给曲线积分与路径无关，这等价于在全平面内 $\dfrac{\partial P}{\partial y} = \dfrac{\partial Q}{\partial x}$ 成立. 故令

$$\frac{\partial}{\partial y}[(e^x + f(x))y] = \frac{\partial}{\partial x}[-f(x)]$$

得

$$e^x + f(x) = -f'(x)，\quad f'(x) + f(x) = -e^x$$

这是一个关于 $f(x)$ 的一阶线性非齐次微分方程，由通解公式有

$$f(x) = e^{-\int dx}\left(\int(-e^x)e^{\int dx}dx + C\right) = e^{-x}\left(-\int e^{2x}dx + C\right)$$

$$= e^{-x}\left(-\frac{1}{2}e^{2x} + C\right)$$

再由定解条件 $f(0) = \dfrac{1}{2}$ 代入，得 $\dfrac{1}{2} = e^0\left(-\dfrac{1}{2}e^0 + C\right)$，$C = 1$. 所以

$$f(x) = \mathrm{e}^{-x}\left(-\frac{1}{2}\mathrm{e}^{2x} + 1\right) = \mathrm{e}^{-x} - \frac{1}{2}\mathrm{e}^{x}$$

为所求.

*三、二元函数的全微分求积

由多元函数微分学可知，若二元函数 $u(x, y)$ 可微，则二元函数 u 的全微分为

$$\mathrm{d}u = \frac{\partial u}{\partial x}\mathrm{d}x + \frac{\partial u}{\partial y}\mathrm{d}y$$

现在逆向考虑问题：已给微分式 $P(x, y)\mathrm{d}x + Q(x, y)\mathrm{d}y$，试问 $P(x, y)$，$Q(x, y)$ 应满足什么条件，表达式 $P(x, y)\mathrm{d}x + Q(x, y)\mathrm{d}y$ 就恰好是某个二元函数的全微分，并在 $u(x, y)$ 存在的情况下，求出一个这样的二元函数 $u(x, y)$，使其满足

$$\mathrm{d}u = P(x,y)\mathrm{d}x + Q(x,y)\mathrm{d}y$$

这类问题称为**全微分求积**问题，所求函数 $u(x, y)$ 也叫做微分式 $P\mathrm{d}x + Q\mathrm{d}y$ 的一个**原函数**.

定理 3　若函数 $P(x, y)$，$Q(x, y)$ 在单连通区域 G 内具有一阶连续偏导数，则 $P(x, y)\mathrm{d}x + Q(x, y)\mathrm{d}y$ 在 G 内为某个二元函数 $u(x, y)$ 的全微分的充分必要条件是

$$\frac{\partial P}{\partial y} = \frac{\partial Q}{\partial x}$$

在 G 内恒成立.

定理的证明不详述. 但可以指出，如果在 G 内任取一定点 $A(x_0, y_0)$ 为起点，动点 $B(x, y)$ 为终点，作出可变上限（可变终点）的线积分 $\int_{(x_0,y_0)}^{(x,y)} P\mathrm{d}x + Q\mathrm{d}y$. 依定理的条件可知它与积分路径无关，因而是关于上限 (x, y) 的函数，这函数正是被积表达式的一个原函数. 若记作 $u(x, y)$，则

$$u(x,y) = \int_{(x_0,y_0)}^{(x,y)} P\mathrm{d}x + Q\mathrm{d}y$$

且有

$$\mathrm{d}u = P(x,y)\mathrm{d}x + Q(x,y)\mathrm{d}y$$

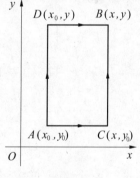

图 9-49

定理 3 圆满回答了全微分求积问题，而且利用积分与路径无关给出了求 $u(x, y)$ 的一种方法. 具体求 $u(x, y)$ 时，只要选择平行于两坐标轴的折线段作为积分路径（图 9-49），可具体化为公式

$$u(x,y) = \int_{x_0}^{x} P(x,y_0)\mathrm{d}x + \int_{y_0}^{y} Q(x,y)\mathrm{d}y \quad (\text{折线 } ACB \text{ 路径})$$

或

$$u(x,y) = \int_{y_0}^{y} Q(x_0,y)\mathrm{d}y + \int_{x_0}^{x} P(x,y)\mathrm{d}x \quad \text{（折线 } ADB \text{ 路径）}$$

例 10 验证 $(3x^2y^2 + 2xy)\mathrm{d}x + (2x^3y + x^2)\mathrm{d}y$ 在 xOy 平面内是某一函数的全微分，并求出它的一个原函数 $u(x,y)$.

解 记 $P = 3x^2y^2 + 2xy$，$Q = 2x^3y + x^2$，则

$$\frac{\partial P}{\partial y} = 6x^2y + 2x = \frac{\partial Q}{\partial x}$$

在 xOy 平面内恒成立. 可知必存在 $u(x,y)$，使

$$\mathrm{d}u = (3x^2y^2 + 2xy)\mathrm{d}x + (2x^3y + x^2)\mathrm{d}y$$

取 $(x_0, y_0) = (0, 0)$，选择积分路径如图 $9-50$ 所示的折线段 OAB，有

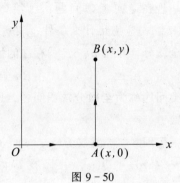

图 $9-50$

$$u(x,y) = \int_{(0,0)}^{(x,y)} (3x^2y^2 + 2xy)\mathrm{d}x + (2x^3y + x^2)\mathrm{d}y$$

$$= \int_{0}^{x} 0\mathrm{d}x + \int_{0}^{y} (2x^3y + x^2)\mathrm{d}y$$

$$= \left[x^3y^2 + x^2y \right]_0^y = x^3y^2 + x^2y$$

在本例中，我们取 $O(0, 0)$ 为起点，显然有利于简化计算.

另外，还有结论：若 $\mathrm{d}u = P(x, y)\mathrm{d}x + Q(x, y)\mathrm{d}y$ 成立，则曲线积分

$$\int_{\overset{\frown}{AB}} P(x,y)\mathrm{d}x + Q(x,y)\mathrm{d}y = u(x,y)\bigg|_A^B = u(B) - u(A)$$

这是定积分计算中，牛顿-莱布尼兹公式的推广.

例 11 求 $\displaystyle\int_{(0,0)}^{(2,1)} (3x^2y^2 + 2xy)\mathrm{d}x + (2x^3y + x^2)\mathrm{d}y$.

解 原式 $= \displaystyle\int_{(0,0)}^{(2,1)} \mathrm{d}(x^3y^2 + x^2y) = \left[x^3y^2 + x^2y \right]_{(0,0)}^{(2,1)}$

$$= 12 - 0 = 12$$

测试题（九）

一、单项选择题（20分）

1. 设二重积分 $\iint\limits_{D} 3\mathrm{d}\sigma$ 的积分区域 D 的面积为 A，则 $3A - \iint\limits_{D}(3 - A)\mathrm{d}\sigma =$ （　　）

　A. 0　　　　B. A　　　　C. A^2　　　　D. $3A$

2. 设在区域 B 上，连续函数 $f(x, y) \geqslant 0$，且 $D \subset B$，记 $\iint\limits_{D} f(x, y)\mathrm{d}\sigma = I_1$，$\iint\limits_{B} f(x, y)\mathrm{d}\sigma = I_2$，则　　　　　　　　　　　　（　　）

　A. $I_1 = I_2$　　B. $I_1 < I_2$　　C. $I_1 > I_2$　　D. $I_1 < I_2 < 0$

3. 设 D 是正方形区域 $1 \leqslant x \leqslant 2$，$0 \leqslant y \leqslant 1$，又 $\iint\limits_{D} yf(x)\mathrm{d}\sigma = 1$，则 $\int_1^2 f(x)\mathrm{d}x =$ 　　　　　　　　　　　　　　　　　　　（　　）

　A. 0　　　　B. $\dfrac{1}{2}$　　　　C. 1　　　　D. 2

4. 设积分区域 D 是由 $x^2 + y^2 \leqslant 4$，$x \leqslant 0$ 及 $y \geqslant 0$ 所确定，则 $\iint\limits_{D} 4\mathrm{d}x\mathrm{d}y =$ 　（　　）

　A. π　　　　B. 2π　　　　C. 3π　　　　D. 4π

5. 设 D 是由 $y = \sqrt{4 - x^2}$ 与 $y = 0$ 所围成的区域，那么，二重积分 $\iint\limits_{D} f(\sqrt{x^2 + y^2})\mathrm{d}\sigma$ 化为极坐标下的二次积分是　　　　（　　）

　A. $\displaystyle\int_0^\pi \mathrm{d}\theta \int_0^2 f(r)\mathrm{d}r$　　　　　　B. $\displaystyle\int_0^\pi \mathrm{d}\theta \int_0^2 r\mathrm{d}r$

　C. $\displaystyle\int_0^\pi \mathrm{d}\theta \int_0^4 f(r) \cdot r\mathrm{d}r$　　　　D. $\displaystyle\int_0^\pi \mathrm{d}\theta \int_0^2 rf(r)\mathrm{d}r$

二、填空题（20分）

6. 设 D 是长方形区域 $0 \leqslant x \leqslant 2$，$0 \leqslant y \leqslant 1$，则二重积分 $\iint\limits_{D} xy\mathrm{d}\sigma =$

_____．

7. 设 D 是长方形区域 $0 \leqslant x \leqslant 2$，$0 \leqslant y \leqslant 1$，则二重积分 $\iint\limits_{D}(x + y)\mathrm{d}\sigma =$

_____．

8. 设 D 是由 $x^2 + y^2 \leqslant a^2$ 及 $x \geqslant 0$ 所确定的区域，且 $\iint\limits_{D} \sqrt{x^2 + y^2}\,d\sigma = \dfrac{8}{3}\pi$，则圆的半径 $a =$ _____.

9. 设 D 是闭圆域 $x^2 + y^2 \leqslant R^2$. 那么，利用二重积分的几何意义，可得 $V = \iint\limits_{D} \sqrt{R^2 - x^2 - y^2}\,d\sigma =$ _____.

10. 设 $f(x, y)$ 为连续函数，交换二次积分 $I = \int_0^1 dy \int_y^{\sqrt{y}} f(x,y)\,dx$ 的积分次序，则 $I =$ _____.

三、计算题（40 分）

11. 计算二重积分 $\iint\limits_{D} \dfrac{x}{y^2}\,dxdy$，其中 D 是由 $xy = 1$，$y = x$ 及 $x = 2$ 所围成的区域.

12. 计算二重积分 $\iint\limits_{D} y\,dxdy$，其中 D 是由 $x = y^2 + 1$，$x = 0$，$y = 0$ 及 $y = 1$ 所围成的区域.

13. 计算二次积分 $\int_0^1 dx \int_x^1 \sin y^2\,dy$.

14. 计算二重积分 $\iint\limits_{D} e^{-x^2-y^2}\,d\sigma$，其中 D 为圆环域 $4 \leqslant x^2 + y^2 \leqslant 9$.

15. 计算二重积分 $\iint\limits_{D} \sqrt{x^2 + y^2}\,dxdy$，其中 D 为闭圆域 $\left(x - \dfrac{1}{2}\right)^2 + y^2 \leqslant \dfrac{1}{4}$.

四、综合题（20 分）

Ⅰ. 经管类

16. 设 D 是由直线 $y = x$，$y = 2x$ 及 $x = \dfrac{\pi}{2}$ 所围成的区域，且二重积分

$$\iint\limits_{D} A\sin(x + y)\,dxdy = 1$$

试求常数 A 的值.

17. 用二重积分计算由旋转抛物面 $z = 1 - x^2 - y^2$ 和平面 $z = 0$ 所围成的立体的体积.

18. 设函数 $f(x)$ 在区间 $[a, b]$ 上连续，证明

$$\int_a^b dx \int_a^x (x - y)f(y)\,dy = \frac{1}{2}\int_a^b (b - y)^2 f(y)\,dy$$

Ⅱ．理工类

16. 计算 $\oint_L e^{\sqrt{x^2+y^2}} \mathrm{d}s$，其中 L 为圆周 $x^2 + y^2 = a^2$，x 轴及 y 轴在第一象限内所围成的扇形区域的整个边界.

17. 计算 $\int_L (x + y)\mathrm{d}x + (x - y)\mathrm{d}y$，其中 L 是抛物线 $y = x^2$ 上从点 $(0，0)$ 到点 $(1，1)$ 的一段弧.

18. 已知函数 $f(x)$ 具有一阶连续导数，且 $f(0) = 0$，确定 $f(x)$ 使曲线积分 $\int_L (1 + f(x))y^2 \mathrm{d}x + yf(x)\mathrm{d}y$ 与路径无关.

测试题（九）答案

1. C

2. B

3. D

4. D

5. D

6. 1

7. 3

8. 2

9. $\dfrac{2}{3}\pi R^3$

10. $\displaystyle\int_0^1 \mathrm{d}x \int_{x^2}^{x} f(x,y)\,\mathrm{d}y$

11. $\dfrac{4}{3}$

12. $\dfrac{3}{4}$

13. $\dfrac{1}{2}(1-\cos 1)$

14. $\pi(\mathrm{e}^{-4}-\mathrm{e}^{-9})$

15. $\dfrac{4}{9}$

Ⅰ．**经管类**

16. $A=3$

17. $\dfrac{\pi}{2}$

18. 略

Ⅱ．**理工类**

16. $\left(\dfrac{\pi}{2}a+2\right)\mathrm{e}^a-2$

17. 1

18. $f(x)=\mathrm{e}^{2x}-1$

第十章 无穷级数

无穷级数是由于数学应用于实践的需要而产生的又一个逼近工具，它研究的是无穷项"相加"的运算，这与我们以往所熟知的有限项（有限个数或有限个函数）的加法运算有着本质的不同．本章先介绍常数项级数的概念与审敛准则；然后根据实际需要，着重讨论幂级数以及如何将已知函数展开成幂级数的问题．

第一节 常数项级数的概念和性质

一、引言

"一尺之棰，日取其半，万世不竭．"

这是一个古老而有趣的例子：一尺长的木棒（一个单位长），每天截取一半，则永远也截取不完．实际上，若撇开木棒的物质属性，假设真的可以永远截取的话，从数量上观察，由第一天到第 n 天每天截取的长度依次为（单位长的）

$$\frac{1}{2}, \frac{1}{4}, \frac{1}{8}, \cdots, \frac{1}{2^n}$$

则 n 天共截下了

$$S_n = \frac{1}{2} + \frac{1}{4} + \frac{1}{8} + \cdots + \frac{1}{2^n} = 1 - \frac{1}{2^n}$$

现在要问：日复一日、永无止境地截下去，究竟"一共"能截下多长？

如果形式地记下这个长度，应该为

$$\frac{1}{2} + \frac{1}{4} + \frac{1}{8} + \cdots + \frac{1}{2^n} + \cdots \qquad ①$$

这就好像是将每日所截得的长度无穷无尽地"加"了起来．式①就是一个无穷级数．

事实上，我们无法真的将无穷多个数"相加"起来，而只能把式①中的第一个数加上第二个数，再加上第三个数……但无论如何也加不完所有的数．然而另一方面，可以清楚地看到所加的项数越多，得到的和就越逼近于 1（仅从问题本身，用常识就可以断定）．即有

$$\lim_{n \to \infty} S_n = \lim_{n \to \infty} \left(\frac{1}{2} + \frac{1}{4} + \frac{1}{8} + \cdots + \frac{1}{2^n} \right) = 1$$

这个 1，就作为无穷级数①的"和". 不过，这个"和"不同于以往我们所说的和，它不是用算术加法得来的，而是经历了一个极限过程的结果. 所以，上面问题的答案是：永无止境地截下去，累积起所有截下的长度"总共"是 1. 但不能将这个答案理解为木棒最终有一天被截完，而是说，越截下去就越接近于"木棒被全部截下来".

这个例子告诉我们，无穷多个数相加是一种新的运算，它是一个极限过程.

二、级数的基本概念

设给定一个数列 $\{u_n\}$：u_1，u_2，u_3，$\cdots$，u_n，$\cdots$，将它的各项依次用加号连接起来的表达式

$$u_1 + u_2 + u_3 + \cdots + u_n + \cdots \xlongequal{\text{记为}} \sum_{n=1}^{\infty} u_n \qquad ②$$

就称为**无穷级数**，简称级数. 其中，u_1 称为级数的**首项**，而 u_n 称为级数的**一般项**或**通项**. 由于每一项都是常数，故也称为**常数项级数**.

例如

$$\sum_{n=1}^{\infty} \frac{1}{2^n} = \frac{1}{2} + \frac{1}{4} + \frac{1}{8} + \cdots + \frac{1}{2^n} + \cdots$$

$$\sum_{n=1}^{\infty} (-1)^n = -1 + 1 - 1 + \cdots + (-1)^n + \cdots$$

$$\sum_{n=1}^{\infty} \frac{(-1)^{n-1}}{n^2} = 1 - \frac{1}{2^2} + \frac{1}{3^2} - \frac{1}{4^2} + \cdots + \frac{(-1)^{n-1}}{n^2} + \cdots$$

都是常数项级数.

对于无穷级数，按照通常的加法规则去求"和"是不可能的，因为它是个"无限和". 无穷多项之和的含义是什么？事实上，这一个无限求和的过程是一个极限过程. 我们可以从有限多项的和出发，观察它们的变化趋势，从而达到认识无穷多项"相加"的含义.

作出级数②的前 n 项之和（称为**部分和**）

$$S_n = u_1 + u_2 + u_3 + \cdots + u_n$$

当 n 依次取 1，2，3，$\cdots$时，得到一个新的数列$\{S_n\}$：

$$S_1 = u_1$$
$$S_2 = u_1 + u_2$$
$$S_3 = u_1 + u_2 + u_3$$
$$\vdots$$
$$S_n = u_1 + u_2 + u_3 + \cdots + u_n$$
$$\vdots$$

当 $n \to \infty$ 时，部分和数列$\{S_n\}$的极限（即 $\lim\limits_{n \to \infty} S_n$）就反映了无穷多项相加的结果.

例 1 考察引言中的级数①:

$$\frac{1}{2} + \frac{1}{2^2} + \frac{1}{2^3} + \cdots + \frac{1}{2^n} + \cdots$$

解 这是一个首项为 $\frac{1}{2}$、公比是 $\frac{1}{2}$ 的等比级数. 它的部分和数列为

$$S_1 = \frac{1}{2}, \quad S_2 = \frac{1}{2} + \frac{1}{4} = \frac{3}{4}, \quad \cdots, \quad S_n = \frac{1}{2} + \frac{1}{4} + \frac{1}{8} + \cdots + \frac{1}{2^n}, \quad \cdots$$

依据等比级数的部分和公式, 得

$$S_n = \frac{1}{2} + \frac{1}{4} + \frac{1}{8} + \cdots + \frac{1}{2^n} = \frac{\frac{1}{2}\left(1 - \frac{1}{2^n}\right)}{1 - \frac{1}{2}} = 1 - \frac{1}{2^n}$$

当 $n \to \infty$ 时, 观察 S_n 的变化趋势. 显然, S_n 无限接近于定数 1. 即

$$\lim_{n \to \infty} S_n = \lim_{n \to \infty} \left(1 - \frac{1}{2^n}\right) = 1$$

因此, 我们认定级数①无穷多项相加的和等于 1.

例 2 考察级数

$$1 + 2 + 3 + \cdots + n + \cdots$$

解 这个级数的部分和为

$$S_n = 1 + 2 + 3 + \cdots + n = \frac{n(n+1)}{2}$$

显然有

$$\lim_{n \to \infty} S_n = \lim_{n \to \infty} \frac{n(n+1)}{2} = +\infty$$

因为 $n \to \infty$ 时, S_n 没有极限, 我们就说这个级数没有和.

例 3 考察级数

$$1 - 1 + 1 - 1 + \cdots + (-1)^{n-1} + \cdots$$

解 级数的前 n 项和为

$$S_n = 1 - 1 + 1 - 1 + \cdots + (-1)^{n-1} = \begin{cases} 1 & (n \text{ 为奇数}) \\ 0 & (n \text{ 为偶数}) \end{cases}$$

可见, 当 $n \to \infty$ 时, S_n 不趋于一个确定的常数, 极限不存在. 这时我们认为所给级数也没有和.

通过对上面三个级数的考察可知, 其结果归结为两种情形: 一种是当 n 无限增大时, 级数的部分和 S_n 有极限, 即

$$\lim_{n \to \infty} S_n = S$$

S 是个确定的常数, 则称 S 为该级数的和; 另一种是当 n 无限增大时, 级数的部分和 S_n 没有极限, 则说级数没有和.

下面给"无限和"下定义.

定义 如果级数② $\sum\limits_{n=1}^{\infty} u_n$ 的部分和数列 $\{S_n\}$ 有极限 S，即

$$\lim_{n \to \infty} S_n = S$$

则称级数②**收敛**，极限值 S 为级数②的**和**，记作

$$\sum_{n=1}^{\infty} u_n = S$$

收敛级数的和与其部分和之差

$$R_n = S - S_n = u_{n+1} + u_{n+2} + \cdots$$

称为该级数的**余项**.

如果部分和数列 $\{S_n\}$ 没有极限，则称级数②**发散**，发散的级数没有和.

从定义可知，一个发散的级数是没有实用价值的，只有级数收敛才有再作进一步研究的意义. 这样，对给定的级数，判定其敛散性就成为首要问题.

例 4 讨论等比级数（又称几何级数）

$$\sum_{n=1}^{\infty} ar^{n-1} = a + ar + ar^2 + \cdots + ar^{n-1} + \cdots \quad (a \neq 0)$$

的敛散性.

解 如果 $|r| \neq 1$，则部分和为

$$S_n = a + ar + ar^2 + \cdots + ar^{n-1} = \frac{a(1 - r^n)}{1 - r}$$

当 $|r| < 1$ 时，由于 $\lim\limits_{n \to \infty} r^n = 0$，所以

$$\lim_{n \to \infty} S_n = \frac{a}{1 - r}$$

因此，所给级数收敛，其和为 $\dfrac{a}{1 - r}$.

当 $|r| > 1$ 时，由于 $\lim\limits_{n \to \infty} r^n = \infty$，所以 $\lim\limits_{n \to \infty} S_n = \infty$，因此所给级数发散.

当 $r = 1$ 时，$S_n = na$，$\lim\limits_{n \to \infty} S_n = \infty$，因此级数发散.

当 $r = -1$ 时，所给级数成为 $a - a + a - a + \cdots$，其部分和

$$S_n = \begin{cases} a & (n \text{ 为奇数}) \\ 0 & (n \text{ 为偶数}) \end{cases}$$

所以 S_n 的极限不存在，所给级数发散.

综上所述，当 $|r| < 1$ 时，等比级数 $\sum\limits_{n=1}^{\infty} ar^{n-1}$ 收敛，其和为 $\dfrac{a}{1 - r}$；当 $|r| \geqslant 1$ 时，级数 $\sum\limits_{n=1}^{\infty} ar^{n-1}$ 发散.（此结论以后可作为公式使用）

例 5 判定级数 $\sum\limits_{n=1}^{\infty} \dfrac{1}{n(n + 1)}$ 的敛散性.

解 因为

$$u_n = \frac{1}{n(n+1)} = \frac{1}{n} - \frac{1}{n+1}$$

所以部分和

$$S_n = \frac{1}{1 \cdot 2} + \frac{1}{2 \cdot 3} + \cdots + \frac{1}{n(n+1)}$$

$$= \left(1 - \frac{1}{2}\right) + \left(\frac{1}{2} - \frac{1}{3}\right) + \cdots + \left(\frac{1}{n} - \frac{1}{n+1}\right) = 1 - \frac{1}{n+1}$$

$$\lim_{n \to \infty} S_n = \lim_{n \to \infty} \left(1 - \frac{1}{n+1}\right) = 1.$$

因此所给级数收敛, 其和为 1.

三、级数收敛的必要条件

按定义判定一个级数是否收敛, 需要求出该级数的部分和 S_n, 然后考察极限 $\lim\limits_{n \to \infty} S_n$ 是否存在. 这对大多数级数来说, 不是容易办得到的, 因此需要进一步寻找简单易行的判定方法.

观察前面各例中的收敛级数, 不难发现, 它们的共同特征是其一般项 u_n 都随着 n 的无限增大而趋于零. 这具有普遍性, 为此归纳出如下定理.

定理　若级数 $\sum\limits_{n=1}^{\infty} u_n$ 收敛, 则 $\lim\limits_{n \to \infty} u_n = 0$.

证　设 $\sum\limits_{n=1}^{\infty} u_n = S$, 则 $\lim\limits_{n \to \infty} S_n = \lim\limits_{n \to \infty} S_{n-1} = S$.

由于

$$u_n = S_n - S_{n-1}$$

故得

$$\lim_{n \to \infty} u_n = \lim_{n \to \infty} (S_n - S_{n-1}) = \lim_{n \to \infty} S_n - \lim_{n \to \infty} S_{n-1} = S - S = 0.$$

证毕.

这就是说, 收敛级数的通项必定以零为极限. 因此, 如果 $\lim\limits_{n \to \infty} u_n \neq 0$, 则级数 $\sum\limits_{n=1}^{\infty} u_n$ 一定发散. 但是, 当 $\lim\limits_{n \to \infty} u_n = 0$ 时, 还不能判定级数 $\sum\limits_{n=1}^{\infty} u_n$ 是否收敛.

例 6　判定级数 $\sum\limits_{n=1}^{\infty} \frac{n^n}{(n+1)^n}$ 的敛散性.

解　因为

$$\lim_{n \to \infty} u_n = \lim_{n \to \infty} \frac{n^n}{(n+1)^n} = \lim_{n \to \infty} \frac{1}{\left(1 + \frac{1}{n}\right)^n} = \frac{1}{e} \neq 0$$

所以所给级数发散.

例 7 判定级数 $\sum\limits_{n=1}^{\infty} \sin \dfrac{n\pi}{2}$ 的敛散性.

解 因为 $\lim\limits_{n\to\infty} u_n = \lim\limits_{n\to\infty} \sin \dfrac{n\pi}{2}$ 不存在，所以题给级数是发散的.

例 8 级数

$$\sum_{n=1}^{\infty} \frac{1}{n} = 1 + \frac{1}{2} + \frac{1}{3} + \cdots + \frac{1}{n} + \cdots$$

称为调和级数. 它的一般项 $u_n = \dfrac{1}{n} \to 0$（当 $n\to\infty$ 时），但调和级数是发散的.

*证 根据不等式 $x > \ln(1+x)\ (x > 0)$，得

$$S_n = 1 + \frac{1}{2} + \frac{1}{3} + \cdots + \frac{1}{n}$$

$$> \ln(1+1) + \ln\left(1 + \frac{1}{2}\right) + \ln\left(1 + \frac{1}{3}\right) + \cdots + \ln\left(1 + \frac{1}{n}\right)$$

$$= \ln 2 + \ln \frac{3}{2} + \ln \frac{4}{3} + \cdots + \ln \frac{n+1}{n}$$

$$= \ln\left(2 \cdot \frac{3}{2} \cdot \frac{4}{3} \cdot \cdots \cdot \frac{n+1}{n}\right) = \ln(n+1) \xrightarrow[n\to\infty]{} +\infty$$

因此，$\lim\limits_{n\to\infty} S_n$ 不存在，调和级数发散.

四、级数的主要性质

由于级数的敛散性等价于它的部分和是否存在极限. 所以，我们应用极限运算的有关性质，不难证明级数的一些主要性质.

性质 1 如果级数 $\sum\limits_{n=1}^{\infty} u_n$ 收敛于和 S，那么它的各项同乘以一个常数 k 所得的级数 $\sum\limits_{n=1}^{\infty} ku_n$ 也收敛，且有 $\sum\limits_{n=1}^{\infty} ku_n = k\sum\limits_{n=1}^{\infty} u_n = kS$；

若级数 $\sum\limits_{n=1}^{\infty} u_n$ 发散，且 $k \neq 0$，则 $\sum\limits_{n=1}^{\infty} ku_n$ 必定发散.

性质 2 若级数 $\sum\limits_{n=1}^{\infty} u_n = S$，$\sum\limits_{n=1}^{\infty} v_n = \sigma$，则由它们逐项相加或逐项相减所得的级数也收敛，且有

$$\sum_{n=1}^{\infty} (u_n \pm v_n) = S \pm \sigma$$

注意 （1）若级数 $\sum\limits_{n=1}^{\infty} u_n$ 收敛，而级数 $\sum\limits_{n=1}^{\infty} v_n$ 发散，则级数 $\sum\limits_{n=1}^{\infty} (u_n + v_n)$ 是发散的.

（2）两个发散级数逐项相加，所得级数未必发散.

性质 3 在给定的级数中，删去、添加或更换有限项后，其敛散性不变.

例9 判别级数 $\sum\limits_{n=1}^{\infty}\left[\dfrac{2}{3^n} + \dfrac{(-1)^{n-1}}{2^n}\right]$ 是否收敛. 若收敛，求其和.

解 因为

$$\sum_{n=1}^{\infty}\left[\frac{2}{3^n} + \frac{(-1)^{n-1}}{2^n}\right] = \sum_{n=1}^{\infty}\frac{2}{3^n} + \sum_{n=1}^{\infty}\frac{(-1)^{n-1}}{2^n}$$

其中，级数 $\sum\limits_{n=1}^{\infty}\dfrac{2}{3^n}$ 为首项 $a = \dfrac{2}{3}$、公比 $r = \dfrac{1}{3}$ 的等比级数，级数 $\sum\limits_{n=1}^{\infty}\dfrac{(-1)^{n-1}}{2^n}$ 为首项 $a = \dfrac{1}{2}$、公比 $r = -\dfrac{1}{2}$ 的等比级数，它们都收敛，有

$$\sum_{n=1}^{\infty}\frac{2}{3^n} = \frac{\dfrac{2}{3}}{1 - \dfrac{1}{3}} = 1, \quad \sum_{n=1}^{\infty}\frac{(-1)^{n-1}}{2^n} = \frac{\dfrac{1}{2}}{1 - \left(-\dfrac{1}{2}\right)} = \frac{1}{3}$$

根据性质 2，级数 $\sum\limits_{n=1}^{\infty}\left[\dfrac{2}{3^n} + \dfrac{(-1)^{n-1}}{2^n}\right]$ 收敛，其和为 $\dfrac{4}{3}$.

第二节 常数项级数的审敛法

对给定的常数项级数，经常以 $\lim\limits_{n\to\infty}u_n = 0$ 这一级数收敛的必要性条件先对级数进行初审，筛去那些明显发散的级数，然后对满足这一必要性条件的级数再作进一步判定.

然而在上一节中，我们还只会用定义来判别级数的敛散性. 对一般的级数，考察级数的部分和数列是否存在极限是相当困难、甚至是不可能的. 因此，寻求更加简便、更加具有可操作性的判别方法就显得非常必要. 下面先介绍正项级数的审敛法，然后再讨论任意项级数的审敛法.

一、正项级数的审敛法

如果级数 $\sum\limits_{n=1}^{\infty}u_n$ 的每一项都是非负的，即 $u_n \geqslant 0$ $(n = 1, 2, \cdots)$，则称 $\sum\limits_{n=1}^{\infty}u_n$ 为**正项级数**.

显然，正项级数的部分和数列 $\{S_n\}$ 是单调增的. 根据"单调有界数列必有极限"的准则，可得正项级数 $\sum\limits_{n=1}^{\infty}u_n$ 收敛的充分必要条件是部分和数列 $\{S_n\}$ 有上界.

应用这一条件，可以推导出更加便于使用的正项级数审敛法则.

1. 比较判别法

定理1 设有两个正项级数 $\sum\limits_{n=1}^{\infty}u_n$ 与 $\sum\limits_{n=1}^{\infty}v_n$，而且 $u_n \leqslant v_n$ $(n = 1, 2, \cdots)$，则

（1）当 $\sum\limits_{n=1}^{\infty} v_n$ 收敛时，$\sum\limits_{n=1}^{\infty} u_n$ 也收敛；

（2）当 $\sum\limits_{n=1}^{\infty} u_n$ 发散时，$\sum\limits_{n=1}^{\infty} v_n$ 也发散.

（俗称小于收敛的必收敛，大于发散的必发散）

证 （1）设级数 $\sum\limits_{n=1}^{\infty} v_n = \sigma$ （收敛），由条件 $u_n \leqslant v_n$ （$n = 1$，2，$\cdots$），知级数 $\sum\limits_{n=1}^{\infty} u_n$ 的部分和

$$S_n = u_1 + u_2 + \cdots + u_n \leqslant v_1 + v_2 + \cdots + v_n \leqslant \sigma$$

即 $\{S_n\}$ 有界，所以级数 $\sum\limits_{n=1}^{\infty} u_n$ 收敛.

（2）当级数 $\sum\limits_{n=1}^{\infty} u_n$ 发散时，倘若级数 $\sum\limits_{n=1}^{\infty} v_n$ 收敛，则由（1）的结论可知 $\sum\limits_{n=1}^{\infty} u_n$ 也收敛，这与题设矛盾. 故得 $\sum\limits_{n=1}^{\infty} v_n$ 发散.

例 1 判别级数 $\sum\limits_{n=1}^{\infty} \dfrac{1}{n^n}$ 的敛散性.

解 观察级数

$$\sum_{n=1}^{\infty} \frac{1}{n^n} = 1 + \frac{1}{2^2} + \frac{1}{3^3} + \cdots + \frac{1}{n^n} + \cdots$$

从 $n = 2$ 开始，$u_n = \dfrac{1}{n^n} \leqslant \dfrac{1}{2^n}$. 而等比级数 $\sum\limits_{n=2}^{\infty} \dfrac{1}{2^n}$ $\left(r = \dfrac{1}{2}\right)$ 是收敛的，由比较法知 $\sum\limits_{n=1}^{\infty} \dfrac{1}{n^n}$ 也收敛.

例 2 讨论 P-级数 $\sum\limits_{n=1}^{\infty} \dfrac{1}{n^P}$ 的敛散性.

解 当 $P \leqslant 1$ 时，$\dfrac{1}{n^P} \geqslant \dfrac{1}{n}$ （$n = 1$，2，$\cdots$），而调和级数 $\sum\limits_{n=1}^{\infty} \dfrac{1}{n}$ 是发散级数，故级数 $\sum\limits_{n=1}^{\infty} \dfrac{1}{n^P}$ 也发散.

当 $P > 1$ 时，可以证明（略）$\sum\limits_{n=1}^{\infty} \dfrac{1}{n^P}$ 的部分和数列 $\{S_n\}$ 有界，则它是收敛的.

综上所述，P-级数 $\sum\limits_{n=1}^{\infty} \dfrac{1}{n^P}$，当 $P > 1$ 时收敛；当 $P \leqslant 1$ 时发散.（此结论以后可作为公式使用）

应用比较判别法，对所给正项级数 $\sum\limits_{n=1}^{\infty} u_n$ 的敛散性，需要有一个预测（预测时常将等比级数和 P-级数作为参照方）. 若预测 $\sum\limits_{n=1}^{\infty} u_n$ 收敛，则需放大 u_n 而得出 v_n，且

$\sum\limits_{n=1}^{\infty} v_n$ 应为收敛的；如果预测 $\sum\limits_{n=1}^{\infty} u_n$ 发散，则需缩小 u_n 而得出 v_n，且 $\sum\limits_{n=1}^{\infty} v_n$ 应为发散的.

例 3　判定级数 $\sum\limits_{n=1}^{\infty} \dfrac{1}{n(2n+1)}$ 的敛散性.

解　题给级数的 $u_n = \dfrac{1}{n(2n+1)}$ 满足 $\lim\limits_{n\to\infty} u_n = \lim\limits_{n\to\infty} \dfrac{1}{n(2n+1)} = 0$，还未能确定该级数的敛散性.

观察通项的分母是关于 n 的二次多项式，当 n 无限增大时，起关键作用的是 n^2.

所以选用 $P = 2$ 的级数 $\sum\limits_{n=1}^{\infty} \dfrac{1}{n^2}$（它收敛）作为参照方，应适当放大 u_n，有

$$u_n = \frac{1}{n(2n+1)} < \frac{1}{n^2}$$

因为 $\sum\limits_{n=1}^{\infty} \dfrac{1}{n^2}$（$P = 2 > 1$）是收敛的，由比较法知所给级数收敛.

例 4　判定级数 $\sum\limits_{n=1}^{\infty} \dfrac{1}{\sqrt{1+n^2}}$ 的敛散性.

解　$u_n = \dfrac{1}{\sqrt{1+n^2}}$ 满足 $\lim\limits_{n\to\infty} u_n = 0$，还未能确定级数的敛散性，需作进一步判断.

通项的分母是关于 n 的一次，选调和级数 $\sum\limits_{n=1}^{\infty} \dfrac{1}{n}$（它发散）作为参照方，应适当缩小 u_n，有

$$u_n = \frac{1}{\sqrt{1+n^2}} > \frac{1}{\sqrt{1+2n+n^2}} = \frac{1}{n+1}$$

因为 $\sum\limits_{n=1}^{\infty} \dfrac{1}{n+1} = \sum\limits_{n=2}^{\infty} \dfrac{1}{n}$ 是由调和级数删去第一项所得，可知它发散. 由比较法知级数 $\sum\limits_{n=1}^{\infty} \dfrac{1}{\sqrt{1+n^2}}$ 发散.

比较法需对 u_n 作出适当的放大或缩小，且只能进行单向推理，故实用上不够方便. 为此，改用下面的推论.

推论（比较法的极限形式）　设 $\sum\limits_{n=1}^{\infty} u_n$，$\sum\limits_{n=1}^{\infty} v_n$（$v_n > 0$）是两个正项级数，且有极限

$$\lim_{n\to\infty} \frac{u_n}{v_n} = l \quad (0 < l < +\infty)$$

则级数 $\sum\limits_{n=1}^{\infty} u_n$ 与 $\sum\limits_{n=1}^{\infty} v_n$ 同时收敛或者同时发散.

例 5　试用比较法的极限形式，审敛上述例 3、例 4 的级数.

解 对例 3，由题目 $\sum\limits_{n=1}^{\infty} \dfrac{1}{n(2n+1)}$ 简化出级数 $\sum\limits_{n=1}^{\infty} \dfrac{1}{n^2}$ 作为参照方之后，只需求极限

$$\lim_{n\to\infty} \frac{\dfrac{1}{n(2n+1)}}{\dfrac{1}{n^2}} = \lim_{n\to\infty} \frac{n^2}{2n^2+n} = \frac{1}{2} > 0$$

而 $\sum\limits_{n=1}^{\infty} \dfrac{1}{n^2}$ $(P=2>1)$ 是收敛的，故 $\sum\limits_{n=1}^{\infty} \dfrac{1}{n(2n+1)}$ 收敛.

对例 4，由题目 $\sum\limits_{n=1}^{\infty} \dfrac{1}{\sqrt{1+n^2}}$ 选出级数 $\sum\limits_{n=1}^{\infty} \dfrac{1}{n}$ 作为参照方，求极限

$$\lim_{n\to\infty} \frac{\dfrac{1}{\sqrt{1+n^2}}}{\dfrac{1}{n}} = \lim_{n\to\infty} \frac{n}{\sqrt{1+n^2}} = 1 > 0$$

而调和级数 $\sum\limits_{n=1}^{\infty} \dfrac{1}{n}$ 是发散的，故 $\sum\limits_{n=1}^{\infty} \dfrac{1}{\sqrt{1+n^2}}$ 发散.

例 6 判定级数 $\sum\limits_{n=1}^{\infty} \sin\dfrac{\pi}{2^n}$ 的敛散性.

解 这是一个正项级数. 当 $n\to\infty$ 时，$u_n = \sin\dfrac{\pi}{2^n} \to 0$，还未能确定所给级数的敛散性，需另作判断.

因为 $n\to\infty$ 时，$\sin\dfrac{\pi}{2^n} \sim \dfrac{\pi}{2^n}$，所以选级数 $\sum\limits_{n=1}^{\infty} \dfrac{\pi}{2^n}$ 作为参照方，求极限

$$\lim_{n\to\infty} \frac{\sin\dfrac{\pi}{2^n}}{\dfrac{\pi}{2^n}} = 1 > 0$$

而等比级数 $\sum\limits_{n=1}^{\infty} \dfrac{\pi}{2^n}$ $\left(a=\dfrac{\pi}{2},\ r=\dfrac{1}{2}\right)$ 收敛，故 $\sum\limits_{n=1}^{\infty} \sin\dfrac{\pi}{2^n}$ 收敛.

2. 比值判别法

下面介绍的判别法，不需要参照其他级数，只需由所给级数自身的通项出发，便能判定其敛散性. 这样，应用起来就简便多了.

定理 2 设有正项级数 $\sum\limits_{n=1}^{\infty} u_n$，且

$$\lim_{n\to\infty} \frac{u_{n+1}}{u_n} = \rho$$

则

(1) 当 $\rho < 1$ 时，级数收敛；

（2）当 $\rho > 1$ 时（含 $\rho = +\infty$），级数发散；

（3）当 $\rho = 1$ 时，还未能判定级数的敛散性，即比值法失效.

（证明过程从略）

例 7 判别级数 $\sum\limits_{n=1}^{\infty} \dfrac{10^n}{n!}$ 的敛散性.

解 因为

$$\lim_{n \to \infty} \frac{u_{n+1}}{u_n} = \lim_{n \to \infty} \frac{\dfrac{10^{n+1}}{(n+1)!}}{\dfrac{10^n}{n!}} = \lim_{n \to \infty} \frac{10}{n+1} = 0 < 1$$

所以级数 $\sum\limits_{n=1}^{\infty} \dfrac{10^n}{n!}$ 收敛.

例 8 判别级数 $\sum\limits_{n=1}^{\infty} \dfrac{n^n}{n!}$ 的敛散性.

解 因为

$$\lim_{n \to \infty} \frac{u_{n+1}}{u_n} = \lim_{n \to \infty} \frac{\dfrac{(n+1)^{n+1}}{(n+1)!}}{\dfrac{n^n}{n!}} = \lim_{n \to \infty} \frac{(n+1)^n}{n^n}$$

$$= \lim_{n \to \infty} \left(1 + \frac{1}{n}\right)^n = e > 1$$

所以级数 $\sum\limits_{n=1}^{\infty} \dfrac{n^n}{n!}$ 发散.

例 9 判别级数 $\sum\limits_{n=1}^{\infty} \dfrac{a^n}{n^b}$ （$a > 0$，$b > 0$）的敛散性.

解 求极限

$$\lim_{n \to \infty} \frac{u_{n+1}}{u_n} = \lim_{n \to \infty} \frac{a^{n+1}}{(n+1)^b} \cdot \frac{n^b}{a^n} = a \lim_{n \to \infty} \left(\frac{n}{n+1}\right)^b = a$$

当 $0 < a < 1$ 时，所给级数收敛；当 $a > 1$ 时，所给级数发散；当 $a = 1$ 时（比值法失效），所给级数为 $\sum\limits_{n=1}^{\infty} \dfrac{1}{n^b}$，它是一个 P-级数，则 $P = b > 1$ 时收敛，$P = b \leqslant 1$ 时发散.

到此为止，判定正项级数 $\sum\limits_{n=1}^{\infty} u_n$ 的敛散性，一般可按如下顺序进行考察：

（1）先求 $\lim\limits_{n \to \infty} u_n$（容易求），若 $\lim\limits_{n \to \infty} u_n \neq 0$，则 $\sum\limits_{n=1}^{\infty} u_n$ 发散，如第一节中的例6、例7；

（2）当 $\lim\limits_{n \to \infty} u_n = 0$ 或 $\lim\limits_{n \to \infty} u_n$ 不易求的情况下，继续审敛时，应先观察通项 u_n，若含有形如 a^n，$n!$，n^n 的因子，通常采用比值法更为方便，如例7、例8、例9；

（3）使用比较法时，应先对 $\sum\limits_{n=1}^{\infty} u_n$ 的敛散性作出预测，选好参照方，如例3、例4、例5、例6.

二、任意项级数的审敛法

如果级数 $\sum\limits_{n=1}^{\infty} u_n$ 的各项 u_n 中，既有正数，又有负数或零时，我们称它为**任意项级数**. 其中，最简单的是正、负项相间出现的**交错级数**.

1. 交错级数的审敛法（莱布尼兹判别法）

设 $u_n > 0$，则交错级数可以表示成

$$\sum_{n=1}^{\infty} (-1)^{n-1} u_n = u_1 - u_2 + u_3 - u_4 + \cdots + (-1)^{n-1} u_n + \cdots$$

或

$$\sum_{n=1}^{\infty} (-1)^{n} u_n = -u_1 + u_2 - u_3 + u_4 - \cdots + (-1)^{n} u_n + \cdots$$

如果满足条件：

(1) $\lim\limits_{n\to\infty} u_n = 0$;　　　(2) $u_n \geqslant u_{n+1}$ $(n = 1, 2, \cdots)$.

则交错级数收敛，且其和 $S \leqslant u_1$.

例 10 判别级数 $\lim\limits_{n=1}(-1)^{n-1} \dfrac{1}{n}$ 的敛散性.

解 这是交错级数，且满足条件：

(1) $\lim\limits_{n\to\infty} u_n = \lim\limits_{n\to\infty} \dfrac{1}{n} = 0$;

(2) $u_n = \dfrac{1}{n} > \dfrac{1}{n+1} = u_{n+1}$ $(n = 1, 2, \cdots)$.

故所给级数收敛，且其和 $S < 1$ $(= u_1)$.

*例 11 判别级数 $\sum\limits_{n=1}^{\infty} (-1)^{n} \dfrac{\ln n}{n}$ 的敛散性.

解 考察函数 $f(x) = \dfrac{\ln x}{x}$ $(x > 0)$.

(1) 由 $\lim\limits_{x\to+\infty} \dfrac{\ln x}{x} \left(\dfrac{\infty}{\infty}\right) = \lim\limits_{x\to+\infty} \dfrac{\frac{1}{x}}{1} = 0$, 得 $\lim\limits_{n\to\infty} u_n = \lim\limits_{n\to\infty} \dfrac{\ln n}{n} = 0$;

(2) 由 $f'(x) = \left(\dfrac{\ln x}{x}\right)' = \dfrac{1 - \ln x}{x^2} < 0$ $(x > e)$, 知 $f(x)$ 在区间 $[e, +\infty)$ 内单调减, 于是有 $u_n = \dfrac{\ln n}{n} > \dfrac{\ln(n+1)}{n+1} = u_{n+1}$ $(n = 3, 4, \cdots)$.

依据莱布尼兹判别法，级数 $\sum\limits_{n=3}^{\infty} (-1)^{n} \dfrac{\ln n}{n}$ 收敛，故 $\sum\limits_{n=1}^{\infty} (-1)^{n} \dfrac{\ln n}{n} = \dfrac{\ln 2}{2} + \sum\limits_{n=3}^{\infty} (-1)^{n} \dfrac{\ln n}{n}$ 收敛.

2. 任意项级数的审敛法(绝对收敛与条件收敛)

对于任意项级数 $\sum\limits_{n=1}^{\infty} u_n$,并没有判定其敛散性的通用法则. 因此,自然先转而去考察其各项取绝对值所构成的正项级数

$$\sum_{n=1}^{\infty} |u_n| = |u_1| + |u_2| + \cdots + |u_n| + \cdots$$

的敛散性,因为有如下结论:

如果 $\sum\limits_{n=1}^{\infty} |u_n|$ 收敛,则级数 $\sum\limits_{n=1}^{\infty} u_n$ 必定收敛,并称之为**绝对收敛**.

若 $\sum\limits_{n=1}^{\infty} |u_n|$ 发散,则级数 $\sum\limits_{n=1}^{\infty} u_n$ 未必发散. 此时,对 $\sum\limits_{n=1}^{\infty} u_n$ 的敛散性还要进一步判断,如果审敛的结果是收敛的,为区别于绝对收敛级数,则称之为**条件收敛**.

例如,级数 $\sum\limits_{n=1}^{\infty} (-1)^{n-1} \dfrac{1}{n}$ 是收敛的(例 10),但其各项取绝对值所构成的级数 $\sum\limits_{n=1}^{\infty} \dfrac{1}{n}$ 为发散的调和级数,所以级数 $\sum\limits_{n=1}^{\infty} (-1)^{n-1} \dfrac{1}{n}$ 是条件收敛的.

还要说明一点的是,凡使用比值法判断出 $\sum\limits_{n=1}^{\infty} |u_n|$ 发散时,则可断言级数 $\sum\limits_{n=1}^{\infty} u_n$ 发散. 因为此时有 $\lim\limits_{n\to\infty} u_n \neq 0$;而对更一般的任意项级数,并没有审敛的通用法则.

例 12 讨论级数 $\sum\limits_{n=1}^{\infty} \dfrac{(-1)^{n+1}}{\sqrt{n}+n}$ 的敛散性.

解 先考察各项取绝对值所构成的级数 $\sum\limits_{n=1}^{\infty} \left| \dfrac{(-1)^{n+1}}{\sqrt{n}+n} \right| = \sum\limits_{n=1}^{\infty} \dfrac{1}{\sqrt{n}+n}$ 的敛散性. 因为

$$u_n = \frac{1}{\sqrt{n}+n} > \frac{1}{n+n} = \frac{1}{2n}$$

而级数 $\sum\limits_{n=1}^{\infty} \dfrac{1}{2n} = \dfrac{1}{2} \sum\limits_{n=1}^{\infty} \dfrac{1}{n}$ 发散,由比较法知 $\sum\limits_{n=1}^{\infty} \left| \dfrac{(-1)^{n+1}}{\sqrt{n}+n} \right|$ 发散. 但题给的级数是交错级数,且满足条件:

(1) $\lim\limits_{n\to\infty} u_n = \lim\limits_{n\to\infty} \dfrac{1}{\sqrt{n}+n} = 0$;   (2) $\dfrac{1}{\sqrt{1}+1} > \dfrac{1}{\sqrt{2}+2} > \dfrac{1}{\sqrt{3}+3} > \cdots$.

因而是条件收敛的,其和 $S \leqslant \dfrac{1}{2}$.

例 13 判定级数 $\sum\limits_{n=1}^{\infty} (-1)^n \dfrac{\sin\sqrt{n}}{\sqrt{n^3}}$ 的敛散性. 如果它收敛,那么是绝对收敛还是条件收敛?

解 所给级数形似交错级数,但实际并非如此. 因为 $\sin\sqrt{n}$ 随着 n 变大,其符号不规则地变化,应用绝对收敛原理,各项取绝对值去考察. 因为

$$|u_n| = \left| (-1)^n \frac{\sin\sqrt{n}}{\sqrt{n^3}} \right| = \frac{|\sin\sqrt{n}|}{n^{3/2}} \leqslant \frac{1}{n^{3/2}}$$

而 $\sum\limits_{n=1}^{\infty} \dfrac{1}{n^{3/2}}$ 是 $P = \dfrac{3}{2} > 1$ 的 P -级数，它为收敛级数，所以原级数 $\sum\limits_{n=1}^{\infty} (-1)^n \dfrac{\sin\sqrt{n}}{n^{3/2}}$ 绝对收敛.

例 14 判定级数 $\sum\limits_{n=1}^{\infty} \dfrac{(-1)^{n-1}}{n^P}$ 的敛散性，是绝对收敛还是条件收敛？

解 当 $P \leqslant 0$ 时，$\lim\limits_{n\to\infty} \dfrac{1}{n^P} \neq 0$，故 $\sum\limits_{n=1}^{\infty} \dfrac{(-1)^{n-1}}{n^P}$ 发散.

当 $P > 0$ 时，考察 $\sum\limits_{n=1}^{\infty} \left| \dfrac{(-1)^{n-1}}{n^P} \right| = \sum\limits_{n=1}^{\infty} \dfrac{1}{n^P}$，它是 P -级数，可知

(1) $P > 1$ 时，P -级数收敛，故原级数绝对收敛；

(2) $0 < P \leqslant 1$ 时，P -级数发散，但 $\sum\limits_{n=1}^{\infty} \dfrac{(-1)^{n-1}}{n^P}$ 是交错级数，满足

$$\lim_{n\to\infty} \frac{1}{n^P} = 0 \quad 及 \quad \frac{1}{n^P} > \frac{1}{(n+1)^P} \quad (n=1,2,\cdots)$$

由莱布尼兹判别法知 $\sum\limits_{n=1}^{\infty} \dfrac{(-1)^{n-1}}{n^P}$ 收敛，即这时原级数条件收敛.

综合上述，得

$$\sum_{n=1}^{\infty} \frac{(-1)^{n-1}}{n^P} \Longrightarrow \begin{cases} 发散 & (P \leqslant 0 \text{ 时}) \\ 条件收敛 & (0 < P \leqslant 1 \text{ 时}) \\ 绝对收敛 & (P > 1 \text{ 时}) \end{cases}$$

例 15 判别级数 $\sum\limits_{n=1}^{\infty} (-1)^n \dfrac{n^{n+1}}{(n+1)!}$ 的敛散性.

解 因为

$$\lim_{n\to\infty} \frac{|u_{n+1}|}{|u_n|} = \lim_{n\to\infty} \frac{(n+1)^{n+2}}{(n+2)!} \cdot \frac{(n+1)!}{n^{n+1}}$$

$$= \lim_{n\to\infty} \left(\frac{n+1}{n} \right)^n \cdot \frac{(n+1)^2}{n(n+2)}$$

$$= \lim_{n\to\infty} \left(1 + \frac{1}{n} \right)^n \cdot \lim_{n\to\infty} \frac{(n+1)^2}{n(n+2)} = e > 1.$$

所以 $\sum\limits_{n=1}^{\infty} |u_n|$ 发散. 由于此结论是用比值法得出的，可知原级数发散.

第三节　幂　级　数

一、函数项级数的收敛概念

设函数 $u_n(n)$ $(n=1,2,\cdots)$ 的定义区间都是 I，则称表达式

$$\sum_{n=1}^{\infty} u_n(x) = u_1(x) + u_2(x) + \cdots + u_n(x) + \cdots \qquad ①$$

为区间 I 上的函数项级数.

如果给定 $x_0 \in I$，将它代入级数①得到的常数项级数 $\sum_{n=1}^{\infty} u_n(x_0)$ 是收敛的，则称 x_0 是函数项级数 $\sum_{n=1}^{\infty} u_n(x)$ 的**收敛点**；若 $\sum_{n=1}^{\infty} u_n(x_0)$ 发散，则称 x_0 是函数项级数 $\sum_{n=1}^{\infty} u_n(x)$ 的**发散点**.

所有收敛点的集合称为**收敛域**，记为 E. 在收敛域上，函数项级数 $\sum_{n=1}^{\infty} u_n(x)$ 确定了一个**和函数** $S(x)$，即有

$$\sum_{n=1}^{\infty} u_n(x) = S(x) \quad (x \in E)$$

把前 n 项之和记为 $S_n(x) = \sum_{k=1}^{n} u_k(x)$，则在收敛域上有

$$\lim_{n \to \infty} S_n(x) = S(x)$$

这时称 $R_n(x) = S(x) - S_n(x)$ 为函数项级数的**余项**. 于是，在收敛域上又有

$$\lim_{n \to \infty} R_n(x) = 0$$

下面着重讨论函数项级数中结构最简单（各项是幂函数）而应用又广泛的一类所谓幂级数.

二、幂级数的收敛范围

形如

$$\sum_{n=0}^{\infty} a_n x^n = a_0 + a_1 x + a_2 x^2 + \cdots + a_n x^n + \cdots \quad （标准形式） \qquad ②$$

或

$$\sum_{n=0}^{\infty} a_n (x - x_0)^n$$

$$= a_0 + a_1(x - x_0) + a_2(x - x_0)^2 + \cdots + a_n(x - x_0)^n + \cdots \quad （一般形式） \qquad ③$$

的函数项级数称为**幂级数**，其中 x_0 与系数 a_n（$n = 0$，1，2，$\cdots$）都是实常数．在级数③中，令 $t = x - x_0$，它就变成式②的标准形式．

关于幂级数 $\sum\limits_{n=0}^{\infty} a_n x^n$ 的收敛性，有下面的定理.

定理 1（阿贝尔定理）　（1）$\sum\limits_{n=0}^{\infty} a_n x^n$ 在 $x = 0$ 处收敛，其和 $S = a_0$；

（2）若 $\sum\limits_{n=0}^{\infty} a_n x^n$ 在 $x = x_0$（$x_0 \neq 0$）处收敛，则对一切适合 $|x| < |x_0|$ 的 x，$\sum\limits_{n=0}^{\infty} a_n x^n$ 绝对收敛；

（3）若 $\sum\limits_{n=0}^{\infty} a_n x^n$ 在 $x = x_1$（$x_1 \neq 0$）处发散，则对符合 $|x| > |x_1|$ 的 x，$\sum\limits_{n=0}^{\infty} a_n x^n$ 发散.

证　（1）显然成立.

（2）若级数 $\sum\limits_{n=0}^{\infty} a_n x_0^n$ 收敛，则由级数收敛的必要条件，可知 $\lim\limits_{n \to \infty} a_n x_0^n = 0$，从而 $a_n x_0^n$ 有界．即存在正数 M，使得

$$|a_n x_0^n| \leqslant M \quad (n = 1, 2, \cdots)$$

因此，对任意 $x \in (-|x_0|, |x_0|)$，都有

$$|a_n x^n| = |a_n x_0^n| \cdot \left| \frac{x^n}{x_0^n} \right| \leqslant M \left| \frac{x}{x_0} \right|^n$$

因为 $\left| \dfrac{x}{x_0} \right| < 1$，故等比级数 $\sum\limits_{n=0}^{\infty} M \left| \dfrac{x}{x_0} \right|^n$ 收敛．由正项级数的比较判别法，得知 $\sum\limits_{n=0}^{\infty} |a_n x^n|$ 收敛，即 $\sum\limits_{n=0}^{\infty} a_n x^n$ 绝对收敛.

（3）应用反证法：设 $|x| > |x_1|$ 时，$\sum\limits_{n=0}^{\infty} a_n x^n$ 收敛，则依（2）的结论，级数 $\sum\limits_{n=0}^{\infty} a_n x^n$ 在 x_1 处应为收敛，这与假设矛盾，故 $\sum\limits_{n=0}^{\infty} a_n x^n$ 是发散的.
证毕.

依据阿贝尔定理，不难推断，幂级数 $\sum\limits_{n=0}^{\infty} a_n x^n$ 的收敛范围是以对称区间(端点除外)的形式出现的，如

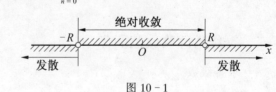

图 10 - 1

图 10-1 所示. 这就是说，存在 R，有下面三种情形：

（1）当 $R = 0$ 时，$\sum\limits_{n=0}^{\infty} a_n x^n$ 仅在 $x = 0$ 处收敛；

（2）当 $R = +\infty$ 时，$\sum\limits_{n=0}^{\infty} a_n x^n$ 在 $(-\infty, +\infty)$ 内绝对收敛；

（3）当 R 为正常数时，$\displaystyle\sum_{n=0}^{\infty} a_n x^n$ 在 $(-R, R)$ 内绝对收敛，而 $x = \pm R$ 时，幂级数可能收敛也可能发散.

通常称上述的 R 为幂级数 $\displaystyle\sum_{n=0}^{\infty} a_n x^n$ 的 **收敛半径**，称 $(-R, R)$ 为 $\displaystyle\sum_{n=0}^{\infty} a_n x^n$ 的 **收敛区间**，它永远是个开区间；而将收敛区间并上收敛的端点称为 $\displaystyle\sum_{n=0}^{\infty} a_n x^n$ 的 **收敛域**.

因此，研究幂级数 $\displaystyle\sum_{n=0}^{\infty} a_n x^n$ 的敛散性，收敛半径的求法自然成为关注的重点. 由于一个幂级数 $\displaystyle\sum_{n=0}^{\infty} a_n x^n$ 完全由系数串 a_n（$n = 0, 1, 2, \cdots$）所唯一确定，故其收敛半径应该也与 a_n 有着密切的关系. 下面的定理不单证实了这一点，也给出了求收敛半径的具体公式.

定理 2 设有幂级数 $\displaystyle\sum_{n=0}^{\infty} a_n x^n$（$a_n \neq 0$），则收敛半径

$$R = \lim_{n \to \infty} \frac{|a_n|}{|a_{n+1}|} \quad (\text{存在或} +\infty)$$

证 设 $\displaystyle\lim_{n \to \infty} \frac{|a_n|}{|a_{n+1}|} = L$，考察正项级数 $\displaystyle\sum_{n=0}^{\infty} |a_n x^n|$ 的敛散性，由比值法得

$$\lim_{n \to \infty} \frac{|a_{n+1} x^{n+1}|}{|a_n x^n|} = |x| \lim_{n \to \infty} \frac{|a_{n+1}|}{|a_n|} \qquad ④$$

（1）若 $0 < L < +\infty$，则对任意 $x \neq 0$，式④右端等于 $\dfrac{|x|}{L}$. 当 $\dfrac{|x|}{L} < 1$，即 $|x| < L$ 时，级数 $\displaystyle\sum_{n=0}^{\infty} a_n x^n$ 绝对收敛；当 $\dfrac{|x|}{L} > 1$，即 $|x| > L$ 时，该级数发散，因此，$R = L$.

（2）若 $L = 0$，则对任意 $x \neq 0$，式④右端等于 $+\infty$. 因此，对任何 $x \neq 0$，该级数都发散，仅当 $x = 0$ 时收敛，即收敛半径 $R = 0 = L$.

（3）若 $L = +\infty$，则对任何 $x \in (-\infty, +\infty)$，式④右端等于 0. 因此，级数在 $(-\infty, +\infty)$ 内绝对收敛，故 $R = +\infty = L$.

例 1 求幂级数 $\displaystyle\sum_{n=1}^{\infty} n! x^n$ 的收敛半径.

解 收敛半径

$$R = \lim_{n \to \infty} \frac{|a_n|}{|a_{n+1}|} = \lim_{n \to \infty} \frac{n!}{(n+1)!} = \lim_{n \to \infty} \frac{1}{n+1} = 0$$

例 2 求幂级数 $\displaystyle\sum_{n=0}^{\infty} \frac{x^n}{n!}$ 的收敛区间.

解 因为

$$R = \lim_{n \to \infty} \frac{|a_n|}{|a_{n+1}|} = \lim_{n \to \infty} \frac{\dfrac{1}{n!}}{\dfrac{1}{(n+1)!}} = \lim_{n \to \infty}(n+1) = +\infty$$

所以收敛区间为 $(-\infty, +\infty)$.

例3 求幂级数 $\displaystyle\sum_{n=1}^{\infty} \frac{(-1)^n}{3^{n-1}\sqrt{n}}x^n$ 的收敛半径、收敛区间与收敛域.

解 收敛半径

$$R = \lim_{n \to \infty} \frac{|a_n|}{|a_{n+1}|} = \lim_{n \to \infty} \frac{1}{3^{n-1}\sqrt{n}} \cdot \frac{3^n \sqrt{n+1}}{1} = \lim_{n \to \infty} \frac{3\sqrt{n+1}}{\sqrt{n}} = 3$$

该级数的收敛区间为 $(-3, 3)$.

当 $x = -3$ 时，级数为 $\displaystyle\sum_{n=1}^{\infty} \frac{(-1)^n}{3^{n-1}\sqrt{n}}(-3)^n = \sum_{n=1}^{\infty} \frac{3}{\sqrt{n}}\left(P = \frac{1}{2} < 1\right)$，它是发散的.

当 $x = 3$ 时，级数为 $\displaystyle\sum_{n=1}^{\infty} \frac{(-1)^n}{3^{n-1}\sqrt{n}}3^n = \sum_{n=1}^{\infty}(-1)^n \frac{3}{\sqrt{n}}$，它是交错级数，依据莱布尼兹判别法，可知级数收敛且为条件收敛.

所以原级数的收敛域是 $(-3, 3]$.

注 (1) 对于幂级数 $\displaystyle\sum_{n=0}^{\infty} b_n x^{2n}$（缺奇次幂）和 $\displaystyle\sum b_n x^{2n+1}$（缺偶次幂），已经不是定理2所讨论的标准形式，因此不能直接应用定理2的公式求收敛半径，应改为

$$R = \sqrt{\lim_{n \to \infty} \frac{|b_n|}{|b_{n+1}|}};$$

(2) 对于幂级数的一般形式 $\displaystyle\sum_{n=0}^{\infty} a_n(x - x_0)^n$，只要作变换 $t = x - x_0$，则转化为标准形式 $\displaystyle\sum_{n=0}^{\infty} a_n t^n$. 可见，定理2求 R 的公式仍适用于一般形式 $\displaystyle\sum_{n=0}^{\infty} a_n(x - x_0)^n$，但收敛区间 $(x_0 - R, x_0 + R)$ 的中心是在 x_0 处.

例4 求幂级数 $\displaystyle\sum_{n=1}^{\infty} \frac{1}{2^n}x^{2n-1}$ 的收敛半径、收敛区间与收敛域.

解 所给幂级数缺偶次幂的项. 由

$$\lim_{n \to \infty} \frac{|b_n|}{|b_{n+1}|} = \lim_{n \to \infty} \frac{1}{2^n} \cdot \frac{2^{n+1}}{1} = 2$$

得收敛半径 $R = \sqrt{2}$，收敛区间 $(-\sqrt{2}, \sqrt{2})$.

当 $x = -\sqrt{2}$ 时，级数为 $\displaystyle\sum_{n=1}^{\infty} \frac{(-\sqrt{2})^{2n-1}}{2^n} = \sum_{n=1}^{\infty} \frac{-1}{\sqrt{2}}$，它是发散的.

当 $x = \sqrt{2}$ 时，级数为 $\displaystyle\sum_{n=1}^{\infty} \frac{(\sqrt{2})^{2n-1}}{2^n} = \sum_{n=1}^{\infty} \frac{1}{\sqrt{2}}$，也发散.

从而得出原级数的收敛域是 $(-\sqrt{2}, \sqrt{2})$.

例 5　求幂级数 $\sum\limits_{n=1}^{\infty} \dfrac{3^n}{n^2}(x-1)^n$ 的收敛域.

解　收敛半径

$$R = \lim_{n\to\infty} \frac{|a_n|}{|a_{n+1}|} = \lim_{n\to\infty} \frac{3^n}{n^2} \cdot \frac{(n+1)^2}{3^{n+1}} = \frac{1}{3}$$

再由

$$-\frac{1}{3} < x-1 < \frac{1}{3} \quad 即 \quad \frac{2}{3} < x < \frac{4}{3}$$

得收敛区间为 $\left(\dfrac{2}{3}, \dfrac{4}{3}\right)$.

当 $x = \dfrac{4}{3}$ 时，级数为 $\sum\limits_{n=1}^{\infty} \dfrac{3^n}{n^2}\left(\dfrac{4}{3}-1\right)^n = \sum\limits_{n=1}^{\infty} \dfrac{1}{n^2}$ $(P=2>1)$，是收敛级数.

当 $x = \dfrac{2}{3}$ 时，级数为 $\sum\limits_{n=1}^{\infty} \dfrac{3^n}{n^2}\left(\dfrac{2}{3}-1\right)^n = \sum\limits_{n=1}^{\infty} \dfrac{(-1)^n}{n^2}$，是绝对收敛的.

从而得出原级数的收敛域是 $\left[\dfrac{2}{3}, \dfrac{4}{3}\right]$.

三、幂级数的性质

设幂级数 $\sum\limits_{n=0}^{\infty} a_n x^n$ 的收敛半径 $R>0$，则在收敛区间 $(-R, R)$ 内，$\sum\limits_{n=0}^{\infty} a_n x^n$ 确定了一个和函数 $S(x)$，即有

$$\sum_{n=0}^{\infty} a_n x^n = S(x), \quad x \in (-R, R)$$

下面列出幂级数的一些重要性质.

性质 1　设在收敛区间 $(-R_1, R_1)$ 内，幂级数 $\sum\limits_{n=0}^{\infty} a_n x^n = S(x)$；在收敛区间 $(-R_2, R_2)$ 内，幂级数 $\sum\limits_{n=0}^{\infty} b_n x^n = \sigma(x)$. 记 $R = \min\{R_1, R_2\}$，则在公共的收敛区间 $(-R, R)$ 内有

$$\sum_{n=0}^{\infty} a_n x^n \pm \sum_{n=0}^{\infty} b_n x^n = \sum_{n=0}^{\infty} (a_n \pm b_n) x^n = S(x) \pm \sigma(x)$$

性质 2　幂级数 $\sum\limits_{n=0}^{\infty} a_n x^n$ 的和函数 $S(x)$ 在其收敛区间 $(-R, R)$ 内是连续函数.

性质 3　幂级数 $\sum\limits_{n=0}^{\infty} a_n x^n$ 的和函数 $S(x)$ 在其收敛区间 $(-R, R)$ 内是可导的，且有

$$S'(x) = \left(\sum_{n=0}^{\infty} a_n x^n\right)' = \sum_{n=0}^{\infty} (a_n x^n)' = \sum_{n=1}^{\infty} n a_n x^{n-1}$$

逐项求导后所得幂级数的收敛半径仍为 R.

性质4 幂级数 $\sum\limits_{n=0}^{\infty} a_n x^n$ 的和函数 $S(x)$ 在其收敛区间 $(-R，R)$ 内是可积的，且有

$$\int_0^x S(t)\mathrm{d}t = \int_0^x \left(\sum_{n=0}^{\infty} a_n t^n\right)\mathrm{d}t = \sum_{n=0}^{\infty} \int_0^x a_n t^n \mathrm{d}t = \sum_{n=0}^{\infty} \frac{a_n}{n+1} x^{n+1}$$

逐项积分后所得幂级数的收敛半径仍为 R．

注 幂级数逐项求导或逐项积分后所得幂级数的收敛半径是不变的，因此在收敛区间内，求导或积分可以进行任意次．但在收敛区间的端点处敛散性可能会发生变化，要单独加以判别．

利用幂级数的性质，可以借助某些简单幂级数的和函数去求出另外一些幂级数的和函数．

例6 求幂级数 $\sum\limits_{n=0}^{\infty} x^n$ 在收敛区间 $(-1，1)$ 内的和函数．

解 幂级数

$$\sum_{n=0}^{\infty} x^n = 1 + x + x^2 + \cdots + x^{n-1} + \cdots \quad (-1 < x < 1)$$

是一个首项 $a=1$、公比 $r=x$ 的等比级数．当 $|r|=|x|<1$ 时，该级数收敛，其和为 $\dfrac{1}{1-x}$．即

$$1 + x + x^2 + \cdots + x^{n-1} + \cdots = \frac{1}{1-x} \quad (-1 < x < 1)$$

（以后作为公式使用）

例7 求幂级数 $\sum\limits_{n=0}^{\infty} (-1)^n x^n$ 在收敛区间 $(-1，1)$ 内的和函数．

解 幂级数

$$\sum_{n=0}^{\infty} (-1)^n x^n = 1 - x + x^2 - \cdots + (-1)^n x^n + \cdots \quad (-1 < x < 1)$$

是一个首项 $a=1$、公比 $r=-x$ 的等比级数．当 $|r|=|-x|=|x|<1$ 时，该级数收敛，其和为 $\dfrac{1}{1-(-x)}=\dfrac{1}{1+x}$．即

$$1 - x + x^2 - \cdots + (-1)^n x^n + \cdots = \frac{1}{1+x} \quad (-1 < x < 1)$$

（以后作为公式使用）

例8 求幂级数 $\sum\limits_{n=1}^{\infty} \dfrac{x^n}{n}$ 在收敛区间 $(-1，1)$ 内的和函数．

解 设和函数为 $S(x)$，即

$$S(x) = \sum_{n=1}^{\infty} \frac{x^n}{n} = x + \frac{x^2}{2} + \frac{x^3}{3} + \cdots + \frac{x^n}{n} + \cdots \quad (-1 < x < 1)$$

观察所给幂级数的通项 $\dfrac{x^n}{n}$，对其求导可以简化为 $\left(\dfrac{x^n}{n}\right)' = x^{n-1}$．所以，先将上式两边

对 x 求导(逐项求导),得

$$S'(x) = (x)' + \left(\frac{x^2}{2}\right)' + \left(\frac{x^3}{3}\right)' + \cdots + \left(\frac{x^n}{n}\right)' + \cdots$$

$$= 1 + x + x^2 + \cdots + x^{n-1} + \cdots \quad (-1 < x < 1)$$

利用例 6 的公式,得

$$S'(x) = \frac{1}{1-x} \quad (-1 < x < 1)$$

然后再积分还原

$$S(x) - S(0) = \int_0^x \frac{1}{1-t} \mathrm{d}t = -\ln(1-t)\Big|_0^x = -\ln(1-x)$$

由于 $S(0) = 0$,所以

$$S(x) = -\ln(1-x) \quad (-1 < x < 1)$$

例 9 求幂级数 $\displaystyle\sum_{n=1}^{\infty} nx^{n-1}$ 在收敛区间 $(-1, 1)$ 内的和函数.

解法 1 设和函数为 $S(x)$,即

$$S(x) = \sum_{n=1}^{\infty} nx^{n-1} = 1 + 2x + 3x^2 + \cdots + nx^{n-1} + \cdots \quad (-1 < x < 1)$$

观察它的通项 nx^{n-1},对其积分可以简化,有 $\displaystyle\int_0^x nt^{n-1}\mathrm{d}t = x^n$. 所以,先将上式两边积分(逐项积分),得

$$\int_0^x S(t)\mathrm{d}t = \int_0^x \mathrm{d}t + \int_0^x 2t\mathrm{d}t + \cdots + \int_0^x nt^{n-1}\mathrm{d}t + \cdots$$

$$= x + x^2 + \cdots + x^n + \cdots \quad (-1 < x < 1)$$

这是一个首项 $a = x$、公比 $r = x$ 的等比级数. 当 $|r| = |x| < 1$ 时,该级数收敛,其和为 $\dfrac{x}{1-x}$. 即

$$\int_0^x S(t)\mathrm{d}t = \sum_{n=1}^{\infty} x^n = \frac{x}{1-x} \quad (-1 < x < 1)$$

然后再求导还原

$$S(x) = \left(\int_0^x S(t)\mathrm{d}t\right)' = \left(\frac{x}{1-x}\right)' = \frac{1}{(1-x)^2} \quad (-1 < x < 1)$$

解法 2 直接利用例 6 的公式

$$1 + x + x^2 + \cdots + x^n + \cdots = \frac{1}{1-x} \quad (-1 < x < 1)$$

求导,有

$$(1 + x + x^2 + \cdots + x^n + \cdots)' = \left(\frac{1}{1-x}\right)' \quad (-1 < x < 1)$$

得

$$1 + 2x + 3x^2 + \cdots + nx^{n-1} + \cdots = \frac{1}{(1-x)^2} \quad (-1 < x < 1)$$

第四节　函数展开成幂级数

我们已经知道，幂级数 $\sum_{n=0}^{\infty} a_n x^n$ 在收敛区间内收敛于它的和函数 $S(x)$. 即

$$S(x) = \sum_{n=0}^{\infty} a_n x^n, \quad x \in (-R, R)$$

这个事实启发我们去探讨相反的问题：对于给定的一个函数 $f(x)$，是否可以在 x_0 的某邻域内将 $f(x)$ 表示成一个收敛的幂级数？即

$$f(x) = \sum_{n=0}^{\infty} a_n (x - x_0)^n, \quad x \in (x_0 - R, x_0 + R) \qquad ①$$

当 $x_0 = 0$ 时，式①成为

$$f(x) = \sum_{n=0}^{\infty} a_n x^n, \quad x \in (-R, R)$$

如果答案是肯定的，就可以利用幂级数来研究一个给定的函数的性质. 研究函数 $f(x)$ 能否展开为幂级数，需要解决两个问题：一是如果 $f(x)$ 能展开为 $\sum_{n=0}^{\infty} a_n (x - x_0)^n$，系数 a_n 如何确定？二是式①右端的幂级数收敛于 $f(x)$ 的条件是什么？

一、$f(x)$ 的泰勒级数

先讨论第一个问题. 假设式①成立，则根据幂级数的性质，$f(x)$ 在收敛区间 $(x_0 - R, x_0 + R)$ 内任意阶可导，并且是对式①逐项求导，得

$$f'(x) = a_1 + 2a_2(x - x_0) + 3a_3(x - x_0)^2 + \cdots + na_n(x - x_0)^{n-1} + \cdots$$

$$f''(x) = 2!a_2 + 3!a_3(x - x_0) + 4 \cdot 3a_4(x - x_0)^2 + \cdots + n(n-1)a_n(x - x_0)^{n-2} + \cdots$$

$$\vdots$$

$$f^{(n)}(x) = n!a_n + (n+1)!a_{n+1}(x - x_0) + \cdots$$

$$\vdots$$

在以上诸式中，令 $x = x_0$，可得出

$$a_0 = f(x_0), \quad a_1 = f'(x_0), \quad a_2 = \frac{1}{2!}f''(x_0), \quad \cdots, \quad a_n = \frac{1}{n!}f^{(n)}(x_0), \quad \cdots$$

从而得知，如果函数 $f(x)$ 在 $(x_0 - R, x_0 + R)$ 内能展开成 $(x - x_0)$ 的幂级数，那么，$f(x)$ 在 x_0 处应具有任意阶导数，并且该级数的系数由

$$a_n = \frac{f^{(n)}(x_0)}{n!} \quad (n = 0, 1, 2, \cdots)$$

唯一确定. 即展开式①应该为

$$f(x) = f(x_0) + f'(x_0)(x - x_0) + \frac{f''(x_0)}{2!}(x - x_0)^2 + \cdots +$$

$$\frac{f^{(n)}(x_0)}{n!}(x - x_0)^n + \cdots, \quad x \in (x_0 - R, x_0 + R) \qquad ②$$

称式②右端的幂级数为 $f(x)$ 在 x_0 处的**泰勒级数**. 特别地，$f(x)$ 在 $x_0 = 0$ 处的泰勒级数

$$f(0) + f'(0)x + \frac{f''(0)}{2!}x^2 + \cdots + \frac{f^{(n)}(0)}{n!}x^n + \cdots$$

又称为 $f(x)$ 的**麦克劳林级数**.

现在问题是：式②右端的泰勒级数，虽然在 $x = x_0$ 处显然收敛于 $f(x_0)$，但除点 x_0 外，这级数是否收敛？ 如果它收敛，在什么条件下收敛于 $f(x)$？ 这就要讨论第二个问题. 对于第二个问题的探讨，已超出本书的要求，这里只给出结论：当 $f(x)$ 在 $(x_0 - R, x_0 + R)$ 内任意阶可导，则 $f(x)$ 在 $(x_0 - R, x_0 + R)$ 内能展开为它在 x_0 处的泰勒级数的充要条件是

$$\lim_{n \to \infty} R_n(x) = 0, \quad x \in (x_0 - R, x_0 + R)$$

其中

$$R_n(x) = \frac{f^{(n+1)}(\xi)}{(n+1)!}(x - x_0)^{n+1} \quad (\xi \text{ 介于 } x_0 \text{ 与 } x \text{ 之间})$$

显然此结论对具体函数的展开问题，使用起来不是很方便. 下面的充分条件更具有可操作性.

当 $f(x)$ 在 $(x_0 - R, x_0 + R)$ 内任意阶可导，若存在正常数 k，对于任意 $x \in (x_0 - R, x_0 + R)$，都有 $|f^{(n)}(x)| \leqslant k$ $(n = 0, 1, 2, \cdots)$，则 $f(x)$ 在 $(x_0 - R, x_0 + R)$ 内必能展开为它在 x_0 处的泰勒级数.

例 1 将函数 $f(x) = e^x$ 展开为麦克劳林级数.

解 任给 $R > 0$，则 $f(x) = e^x$ 在 $(-R, R)$ 内任意阶可导，且

$$|f^{(n)}(x)| = |e^x| = e^x \leqslant e^R = k \quad (n = 0, 1, 2, \cdots)$$

依据函数展开为幂级数的充分条件，知 $f(x) = e^x$ 在 $(-R, R)$ 内可展开成麦克劳林级数. 因为

$$f^{(n)}(0) = e^0 = 1 \quad (n = 0, 1, 2, \cdots)$$

所以

$$e^x = 1 + x + \frac{x^2}{2!} + \cdots + \frac{x^n}{n!} + \cdots, \quad x \in (-R, R)$$

再由 $R > 0$ 的任意性，得

$$e^x = 1 + x + \frac{x^2}{2!} + \cdots + \frac{x^n}{n!} + \cdots, \quad x \in (-\infty, +\infty)$$

例 2 将函数 $f(x) = \sin x$ 展开为 x 的幂级数.

解 对任意的 $x \in (-\infty, +\infty)$，$f(x) = \sin x$ 任意阶可导，且

$$f^{(n)}(x) = \sin\left(x + n\frac{\pi}{2}\right) \quad (n = 0, 1, 2, \cdots)$$

满足

$$\left| f^{(n)}(x) \right| = \left| \sin\left(x + n\frac{\pi}{2}\right) \right| \leqslant 1 \quad (n = 0, 1, 2, \cdots)$$

所以 $f(x) = \sin x$ 在 $(-\infty, +\infty)$ 内可展开成麦克劳林级数. 由于 $f(0) = 0$，$f'(0) = 1$，$f''(0) = 0$，$f'''(0) = -1$，$\cdots$，依次循环取这四个值. 故得

$$\sin x = x - \frac{x^3}{3!} + \frac{x^5}{5!} - \cdots + (-1)^n \frac{x^{2n+1}}{(2n+1)!} + \cdots, \quad x \in (-\infty, +\infty)$$

二、间接展开法

从上面两个例子不难发现，这种直接将 $f(x)$ 展开成幂级数的方法，需要求出 $f(x)$ 的各阶导数，并找出其规律，写出 $f^{(n)}(x)$ 的表达式；还要判定 $|f^{(n)}(x)| \leqslant k$. 如果 $f(x)$ 是比较复杂的函数，应用直接方法往往相当困难. 由于函数的幂级数展开式是唯一的，所以通常都是借助熟知的函数展开式，使用变量替换、函数变形及利用幂级数的性质等手段，求出另外一些函数的幂级数展开式. 这种间接展开的方法更为方便快捷.

例 3 将函数 $f(x) = \cos x$ 展开为 x 的幂级数.

解 已知正弦函数 $\sin x$ 的展开式为

$$\sin x = x - \frac{x^3}{3!} + \frac{x^5}{5!} - \cdots + (-1)^n \frac{x^{2n+1}}{(2n+1)!} + \cdots, \quad x \in (-\infty, +\infty)$$

对上式逐项求导，得

$$\cos x = 1 - \frac{x^2}{2!} + \frac{x^4}{4!} - \cdots + (-1)^n \frac{x^{2n}}{(2n)!} + \cdots, \quad x \in (-\infty, +\infty)$$

例 4 将函数 $f(x) = \ln(1 + x)$ 展开为 x 的幂级数.

解 因为

$$[\ln(1 + x)]' = \frac{1}{1 + x}$$

$$= 1 - x + x^2 - x^3 + \cdots + (-1)^n x^n + \cdots \quad (-1 < x < 1)$$

将上式从 0 到 x 逐项积分

$$\int_0^x [\ln(1 + t)]' \, \mathrm{d}t = \int_0^x \mathrm{d}t - \int_0^x t \, \mathrm{d}t + \int_0^x t^2 \, \mathrm{d}t - \cdots + (-1)^n \int_0^x t^n \, \mathrm{d}t + \cdots$$

得

$$\ln(1 + x) = x - \frac{x^2}{2} + \frac{x^3}{3} - \cdots + (-1)^n \frac{x^{n+1}}{n + 1} + \cdots \quad (-1 < x < 1)$$

而在 $x = 1$ 处，级数 $\sum\limits_{n=0}^{\infty} (-1)^n \dfrac{1}{n + 1}$ 是收敛的交错级数；在 $x = -1$ 处，级数 $\sum\limits_{n=1}^{\infty} \dfrac{-1}{n}$

是发散级数. 因此有

$$\ln(1 + x) = x - \frac{x^2}{2} + \frac{x^3}{3} - \cdots + (-1)^n \frac{x^{n+1}}{n+1} + \cdots \quad (-1 < x \leqslant 1)$$

由此展开式，利用变量替换，易得 $\ln(1 - x)$ 的展开式

$$\ln(1 - x) = \ln[1 + (-x)]$$

$$= -x - \frac{x^2}{2} - \frac{x^3}{3} - \cdots - \frac{x^{n+1}}{n+1} - \cdots \quad (-1 \leqslant x < 1)$$

例 5　将函数 $f(x) = x e^{x^2}$ 展开为 x 的幂级数.

解　利用公式

$$e^x = 1 + \frac{x}{1!} + \frac{x^2}{2!} + \cdots + \frac{x^n}{n!} + \cdots \quad (-\infty < x < +\infty)$$

得

$$e^{x^2} = 1 + \frac{x^2}{1!} + \frac{(x^2)^2}{2!} + \cdots + \frac{(x^2)^n}{n!} + \cdots \quad (-\infty < x < +\infty)$$

于是

$$x e^{x^2} = x\left(1 + \frac{x^2}{1!} + \frac{x^4}{2!} + \cdots + \frac{x^{2n}}{n!} + \cdots\right) = \sum_{n=0}^{\infty} \frac{x^{2n+1}}{n!} \quad (-\infty < x < +\infty)$$

*例 6　将函数 $f(x) = \arctan x$ 展开成 x 的幂级数，并指出收敛域.

解　因为

$$(\arctan x)' = \frac{1}{1 + x^2}$$

利用公式

$$\frac{1}{1 + x} = 1 - x + x^2 - x^3 + \cdots + (-1)^n x^n + \cdots \quad (|x| < 1)$$

得

$$(\arctan x)' = \frac{1}{1 + x^2} = 1 - x^2 + x^4 - x^6 + \cdots + (-1)^n x^{2n} + \cdots$$

$$(|x^2| < 1 \text{ 即 } |x| < 1)$$

将上式从 0 到 x 逐项积分

$$\int_0^x (\arctan t)' dt = \int_0^x dt - \int_0^x t^2 dt + \int_0^x t^4 dt - \cdots + \int_0^x (-1)^n t^{2n} dt + \cdots$$

得

$$\arctan x = x - \frac{x^3}{3} + \frac{x^5}{5} - \cdots + (-1)^n \frac{x^{2n+1}}{2n+1} + \cdots \quad (-1 < x < 1)$$

因为 $x = \pm 1$ 代入时，右端是收敛的交错级数，所以上式的收敛域为 $-1 \leqslant x \leqslant 1$，即

$$\arctan x = x - \frac{x^3}{3} + \frac{x^5}{5} - \cdots + (-1)^n \frac{x^{2n+1}}{2n+1} + \cdots \quad (-1 \leqslant x \leqslant 1)$$

例 7　将函数 $f(x) = \frac{1}{x - a}$ $(a > 0)$ 展开为 x 的幂级数.

解 由于 $f(x)=\dfrac{1}{x-a}$ 与 $\dfrac{1}{1-x}$ 相似，所以应先将 $f(x)$ 恒等变形为

$$\frac{1}{x-a}=\frac{1}{-a\left(1-\dfrac{x}{a}\right)}=\left(-\frac{1}{a}\right)\cdot\frac{1}{1-\dfrac{x}{a}}$$

利用

$$\frac{1}{1-x}=1+x+x^2+\cdots+x^n+\cdots\quad(-1<x<1)$$

得

$$\frac{1}{1-\dfrac{x}{a}}=1+\frac{x}{a}+\left(\frac{x}{a}\right)^2+\cdots+\left(\frac{x}{a}\right)^n+\cdots\quad\left(-1<\frac{x}{a}<1\right)$$

由此得

$$\frac{1}{x-a}=\left(-\frac{1}{a}\right)\left(1+\frac{x}{a}+\frac{x^2}{a^2}+\cdots+\frac{x^n}{a^n}+\cdots\right)$$

$$=-\frac{1}{a}-\frac{x}{a^2}-\frac{x^2}{a^3}-\cdots-\frac{x^n}{a^{n+1}}-\cdots=-\sum_{n=0}^{\infty}\frac{x^n}{a^{n+1}}\quad(-a<x<a)$$

*例 8 将 $f(x)=\dfrac{5}{x^2+x-6}$ 展开成 x 的幂级数.

解 由于

$$\frac{5}{x^2+x-6}=\frac{5}{(x-2)(x+3)}=\frac{(x+3)-(x-2)}{(x-2)(x+3)}=\frac{1}{x-2}-\frac{1}{x+3}$$

利用公式 $\dfrac{1}{1-x}=\displaystyle\sum_{n=0}^{\infty}x^n$ $(-1<x<1)$，得

$$\frac{1}{x-2}=-\frac{1}{2}\cdot\frac{1}{1-\dfrac{x}{2}}=-\frac{1}{2}\sum_{n=0}^{\infty}\left(\frac{x}{2}\right)^n$$

$$=-\sum_{n=0}^{\infty}\frac{x^n}{2^{n+1}}\quad\left(-1<\frac{x}{2}<1,-2<x<2\right)$$

而由公式 $\dfrac{1}{1+x}=\displaystyle\sum_{n=0}^{\infty}(-1)^n x^n$ $(-1<x<1)$，得

$$\frac{1}{x+3}=\frac{1}{3}\cdot\frac{1}{1+\dfrac{x}{3}}=\frac{1}{3}\sum_{n=0}^{\infty}(-1)^n\frac{x^n}{3^n}$$

$$=\sum_{n=0}^{\infty}(-1)^n\frac{x^n}{3^{n+1}}\quad\left(-1<\frac{x}{3}<1,-3<x<3\right)$$

所以

$$f(x)=\frac{1}{x-2}-\frac{1}{x+3}=-\sum_{n=0}^{\infty}\frac{x^n}{2^{n+1}}-\sum_{n=0}^{\infty}(-1)^n\frac{x^n}{3^{n+1}}$$

$$=-\sum_{n=0}^{\infty}\left[\frac{1}{2^{n+1}}+\frac{(-1)^n}{3^{n+1}}\right]x^n\quad(-2<x<2)$$

例 9　将 $f(x) = \dfrac{1}{3x+2}$ 展开成 $(x-1)$ 的幂级数.

解　因为

$$\frac{1}{3x+2} = \frac{1}{5+3(x-1)} = \frac{1}{5} \cdot \frac{1}{1+\dfrac{3}{5}(x-1)}$$

由公式 $\dfrac{1}{1+x} = \displaystyle\sum_{n=0}^{\infty} (-1)^n x^n \ (-1 < x < 1)$，得

$$\frac{1}{3x+2} = \frac{1}{5} \cdot \frac{1}{1+\dfrac{3}{5}(x-1)} = \frac{1}{5} \sum_{n=0}^{\infty} (-1)^n \left[\frac{3}{5}(x-1)\right]^n$$

$$= \sum_{n=0}^{\infty} (-1)^n \frac{3^n}{5^{n+1}} (x-1)^n$$

展开式成立的范围为 $-1 < \dfrac{3(x-1)}{5} < 1$，解得 $-\dfrac{2}{3} < x < \dfrac{8}{3}$，即收敛区间为 $\left(-\dfrac{2}{3}, \dfrac{8}{3}\right)$.

* **例 10**　计算定积分 $\displaystyle\int_0^1 \mathrm{e}^{-x^2} \mathrm{d}x$ 的近似值，精确到小数点后 4 位.

解　由于被积函数 e^{-x^2} 的原函数不能用初等函数表示，所以该积分无法用牛顿-莱布尼兹公式计算. 但我们可以将 e^{-x^2} 用幂级数表示，然后逐项积分.

由公式　$\mathrm{e}^x = 1 + x + \dfrac{x^2}{2!} + \cdots + \dfrac{x^n}{n!} + \cdots \quad (-\infty < x < +\infty)$

得

$$\mathrm{e}^{-x^2} = 1 - x^2 + \frac{x^4}{2!} - \frac{x^6}{3!} + \cdots + (-1)^n \frac{x^{2n}}{n!} + \cdots \quad (-\infty < x < +\infty)$$

两端积分

$$\int_0^1 \mathrm{e}^{-x^2} \mathrm{d}x = \int_0^1 \mathrm{d}x - \int_0^1 x^2 \mathrm{d}x + \int_0^1 \frac{x^4}{2!} \mathrm{d}x - \int_0^1 \frac{x^6}{3!} \mathrm{d}x + \cdots$$

$$= 1 - \frac{1}{3} + \frac{1}{5 \cdot 2!} - \frac{1}{7 \cdot 3!} + \frac{1}{9 \cdot 4!} - \frac{1}{11 \cdot 5!} + \frac{1}{13 \cdot 6!} - \frac{1}{15 \cdot 7!} + \cdots$$

右端为交错级数，由于 $\dfrac{1}{15 \cdot 7!} < \dfrac{1}{10^4}$，于是取前七项计算就能精确到小数后 4 位. 即

$$\int_0^1 \mathrm{e}^{-x^2} \mathrm{d}x \approx 1 - \frac{1}{3} + \frac{1}{5 \cdot 2!} - \frac{1}{7 \cdot 3!} + \frac{1}{9 \cdot 4!} - \frac{1}{11 \cdot 5!} + \frac{1}{13 \cdot 6!} \approx 0.746\,8$$

* 第五节　三角级数

本节讨论另一类在理论及应用上都极为重要的函数项级数——三角级数，它的一般

形式是

$$\frac{a_0}{2} + \sum_{n=1}^{\infty} (a_n \cos nx + b_n \sin nx) \qquad ①$$

其中，系数 a_0，a_n 和 b_n（$n = 1$，2，$\cdots$）都是实常数．由于三角级数的通项是以 2π 为周期的正弦与余弦函数，因此，如果三角级数收敛，其和函数 $S(x)$ 也应该是一个以 2π 为周期的函数．

周期运动是自然界普遍存在的一种运动形式，反映在数学上，就形成了周期函数的概念．如同研究把函数展开成幂级数一样，自然提出如下问题：能否把一个给定的以 2π 为周期的周期函数 $f(x)$ 展开为形如式①的三角级数？也就是表示式

$$f(x) = \frac{a_0}{2} + \sum_{n=1}^{\infty} (a_n \cos nx + b_n \sin nx) \qquad ②$$

能否成立？如果能，那么就可以用简单的正弦波的叠加来研究一个复杂的周期现象，这是一件非常有意义的事情．为了研究这个问题，同样必须解决两个问题：

（1）如果展开式②成立，那么其中的系数 a_0，a_n，b_n 如何确定？

（2）周期函数 $f(x)$ 应满足什么条件，才能展开成三角级数？

一、把以 2π 为周期的函数展开成三角级数

1. 三角函数系的正交性

从式①可以看出，三角级数是由函数系

$$1,\ \cos x,\ \sin x,\ \cos 2x,\ \sin 2x,\ \cdots,\ \cos nx,\ \sin nx,\ \cdots$$

构成的，通常称之为**三角函数系**．这个函数系有一个非常重要的性质：其中任意两个不同函数的乘积在区间 $[-\pi, \pi]$ 上的积分值等于零，而任一函数的平方在 $[-\pi, \pi]$ 上的积分值不等于零，即有下列等式

$$\int_{-\pi}^{\pi} \cos nx \, dx = \int_{-\pi}^{\pi} \sin nx \, dx = 0 \qquad \int_{-\pi}^{\pi} \sin mx \cos nx \, dx = 0$$

$$\int_{-\pi}^{\pi} \cos mx \cos nx \, dx = 0 \quad (m \neq n) \qquad \int_{-\pi}^{\pi} \sin mx \sin nx \, dx = 0 \quad (m \neq n)$$

$$\int_{-\pi}^{\pi} 1^2 \, dx = 2\pi \qquad \int_{-\pi}^{\pi} \cos^2 nx \, dx = \int_{-\pi}^{\pi} \sin^2 nx \, dx = \pi$$

读者可以通过定积分的计算来验证上述等式．三角函数系的这个性质称之为**正交性**．

2. 函数 $f(x)$ 所对应的傅里叶级数

利用三角函数系的正交性可以解决问题（1）．

因为 $f(x)$ 是以 2π 为周期的函数，由于周期性，只要在 $[-\pi, \pi]$ 上讨论就可以了．假设

$$f(x) = \frac{a_0}{2} + \sum_{n=1}^{\infty} (a_n \cos nx + b_n \sin nx) \qquad ②$$

成立，则将式②两边在收敛区间$[-\pi, \pi]$上积分（逐项积分），得

$$\int_{-\pi}^{\pi} f(x)\mathrm{d}x = \int_{-\pi}^{\pi} \frac{a_0}{2}\mathrm{d}x + \sum_{n=1}^{\infty} \left(a_n \int_{-\pi}^{\pi} \cos nx\mathrm{d}x + b_n \int_{-\pi}^{\pi} \sin nx\mathrm{d}x \right)$$

$$= \frac{a_0}{2} \cdot 2\pi + \sum_{n=1}^{\infty} (a_n \cdot 0 + b_n \cdot 0) = \pi a_0$$

解得

$$a_0 = \frac{1}{\pi} \int_{-\pi}^{\pi} f(x)\mathrm{d}x$$

为了确定a_n，将式②两边同乘以$\cos kx$（$k = 1, 2, \cdots$）后，在$[-\pi, \pi]$上积分，得

$$\int_{-\pi}^{\pi} f(x)\cos kx\mathrm{d}x = \frac{a_0}{2}\int_{-\pi}^{\pi} \cos kx\mathrm{d}x + \sum_{n=1}^{\infty} \left(a_n \int_{-\pi}^{\pi} \cos nx \cos kx\mathrm{d}x + b_n \int_{-\pi}^{\pi} \sin nx \cos kx\mathrm{d}x \right)$$

$$= 0 + \sum_{n=1}^{\infty} a_n \int_{-\pi}^{\pi} \cos nx \cos kx\mathrm{d}x + 0$$

等式右边除$k = n$外的各项均为零，从而得

$$\int_{-\pi}^{\pi} f(x)\cos nx\mathrm{d}x = a_n \int_{-\pi}^{\pi} \cos^2 nx\mathrm{d}x = a_n \pi$$

解得

$$a_n = \frac{1}{\pi} \int_{-\pi}^{\pi} f(x)\cos nx\mathrm{d}x \quad (n = 1, 2, \cdots)$$

类似地，将式②两边同乘以$\sin kx$后，在$[-\pi, \pi]$上积分，可得

$$b_n = \frac{1}{\pi} \int_{-\pi}^{\pi} f(x)\sin nx\mathrm{d}x \quad (n = 1, 2, \cdots)$$

注意到当$n = 0$时，a_n的表达式与a_0的表达式实质相同，为了简化，将上面的结果合并写成系数公式

$$a_n = \frac{1}{\pi} \int_{-\pi}^{\pi} f(x)\cos nx\mathrm{d}x \quad (n = 0, 1, 2, \cdots)$$

$$\qquad ③$$

$$b_n = \frac{1}{\pi} \int_{-\pi}^{\pi} f(x)\sin nx\mathrm{d}x \quad (n = 1, 2, \cdots)$$

由公式③确定的系数a_0，a_n和b_n（$n = 1, 2, \cdots$）称为$f(x)$的**傅里叶系数**，而将这些系数代入式②所得出的三角级数称为$f(x)$对应的**傅里叶级数**. 记作

$$f(x) \sim \frac{a_0}{2} + \sum_{n=1}^{\infty} (a_n \cos nx + b_n \sin nx)$$

特别地，如果$f(x)$是奇函数，则有

$$a_n = \frac{1}{\pi} \int_{-\pi}^{\pi} f(x)\cos nx\mathrm{d}x = 0 \quad (n = 0, 1, 2, \cdots)$$

$$b_n = \frac{2}{\pi} \int_0^{\pi} f(x) \sin nx \, dx \quad (n = 1, 2, \cdots)$$

这时 $f(x)$ 的傅里叶级数只含正弦函数项，称为**正弦级数**：

$$f(x) \sim \sum_{n=1}^{\infty} b_n \sin nx$$

同样地，如果 $f(x)$ 是偶函数，则有

$$a_n = \frac{2}{\pi} \int_0^{\pi} f(x) \cos nx \, dx \quad (n = 0, 1, 2, \cdots)$$

$$b_n = \frac{1}{\pi} \int_{-\pi}^{\pi} f(x) \sin nx \, dx = 0 \quad (n = 1, 2, \cdots)$$

这时 $f(x)$ 的傅里叶级数只含余弦函数项，称为**余弦级数**：

$$f(x) \sim \frac{a_0}{2} + \sum_{n=1}^{\infty} a_n \cos nx$$

3. 傅里叶级数的收敛定理

依据系数公式③，只要 $f(x)$ 在 $[-\pi, \pi]$ 上可积，就可以按此公式计算出系数 a_n 和 b_n，并唯一地写出 $f(x)$ 对应的傅里叶级数，即

$$f(x) \sim \frac{a_0}{2} + \sum_{n=1}^{\infty} (a_n \cos nx + b_n \sin nx)$$

至于这个级数是否收敛？如果收敛，是否收敛于 $f(x)$ 的问题还需要进一步研究，这就是本节开头提出的问题（2）. 一旦证明了该级数收敛，而且是收敛于 $f(x)$ 之后，就可以把符号"$\sim$"换成等号"$=$".

关于傅里叶级数的收敛性是一个相当复杂的理论问题，至今还没有便于应用的判别收敛性的充要条件，下面不加证明地给出一个应用较为广泛的充分条件. 为此，先说明什么叫分段单调函数.

如果在函数 $f(x)$ 的定义区间内插入 $n-1$ 个分点：

$$a = x_0 < x_1 < x_2 < \cdots < x_{n-1} < x_n = b$$

能使 $f(x)$ 在每个子区间 (x_{i-1}, x_i) $(i = 1, 2, \cdots, n)$ 上都单调，那么就称 $f(x)$ 在 $[a, b]$ 上**分段单调**（图 $10-2$）.

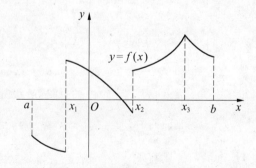

图 $10-2$

收敛定理(狄利克雷充分条件)　设函数 $f(x)$ 在 $[-\pi, \pi]$ 上分段单调, 而且除有限个第一类间断点外是连续的, 那么它的傅里叶级数在 $[-\pi, \pi]$ 上处处收敛, 其和函数为

$$S(x) = \begin{cases} f(x) & (x \text{ 是 } f(x) \text{ 的连续点}) \\ \dfrac{f(x-0) + f(x+0)}{2} & (x \text{ 是 } f(x) \text{ 的间断点}) \\ \dfrac{f(\pi-0) + f(-\pi+0)}{2} & (x = \pm\pi) \end{cases}$$

定理表明, 在连续点处 $f(x)$ 可展开成它的傅里叶级数; 而当 x 是 $f(x)$ 的间断点时, 级数是收敛于间断点处函数左、右极限的算术平均值, 它并不一定就是 $f(x)$ 于间断点处的函数值.

还应当指出的是, 虽然定理中的 $f(x)$ 仅定义在 $[-\pi, \pi]$ 上, 但我们讨论的是以 2π 为周期的周期函数, 所以如果 $f(x)$ 的傅里叶级数在 $[-\pi, \pi]$ 上收敛, 则它必在整个数轴上都收敛.

例 1　设 $f(x)$ 是以 2π 为周期的函数, 它在 $[-\pi, \pi)$ 上的表达式为

$$f(x) = \begin{cases} -1 & (-\pi \leqslant x < 0) \\ 1 & (0 \leqslant x < \pi) \end{cases}$$

试将 $f(x)$ 展开成傅里叶级数.

解　所给函数 $f(x)$ 的图象如图 $10-3$ 所示.

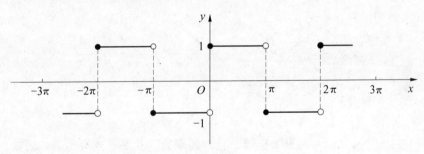

图 $10-3$

显然, $f(x)$ 满足收敛定理条件, 点 $x = k\pi$ ($k = 0, \pm 1, \pm 2, \cdots$) 为 $f(x)$ 的第一类间断点, 在其他点处都连续. 根据系数公式③, 得

$$a_0 = \frac{1}{\pi}\int_{-\pi}^{\pi} f(x)\mathrm{d}x = \frac{1}{\pi}\int_{-\pi}^{0}(-1)\mathrm{d}x + \frac{1}{\pi}\int_{0}^{\pi}\mathrm{d}x = 0$$

$$a_n = \frac{1}{\pi}\int_{-\pi}^{\pi} f(x)\cos nx\,\mathrm{d}x$$

$$= \frac{1}{\pi}\int_{-\pi}^{0}(-1)\cos nx\,\mathrm{d}x + \frac{1}{\pi}\int_{0}^{\pi}\cos nx\,\mathrm{d}x = 0 \quad (n = 1,2,\cdots)$$

$$b_n = \frac{1}{\pi}\int_{-\pi}^{\pi} f(x)\sin nx\,\mathrm{d}x = \frac{1}{\pi}\int_{-\pi}^{0}(-1)\sin nx\,\mathrm{d}x + \frac{1}{\pi}\int_{0}^{\pi}\sin nx\,\mathrm{d}x$$

$$= \frac{1}{\pi}\left[\frac{\cos nx}{n}\right]_{-\pi}^{0} + \frac{1}{\pi}\left[-\frac{\cos nx}{n}\right]_{0}^{\pi} = \frac{1}{n\pi}\left[1 - \cos(-n\pi) - \cos n\pi + 1\right]$$

$$= \frac{2}{n\pi}\left[1 - (-1)^n\right] = \begin{cases} \dfrac{4}{n\pi} & (n = 1,3,\cdots) \\ 0 & (n = 2,4,\cdots) \end{cases}$$

所以，在连续点处 $f(x)$ 的傅里叶展开式为

$$f(x) = \frac{4}{\pi}\left[\sin x + \frac{1}{3}\sin 3x + \frac{1}{5}\sin 5x + \cdots + \frac{1}{2n-1}\sin(2n-1)x + \cdots\right]$$

$$(-\infty < x < +\infty;\ x \neq 0,\ \pm\pi,\ \pm 2\pi,\ \cdots)$$

在间断点 $x = k\pi$ $(k = 0,\ \pm 1,\ \pm 2,\ \cdots)$ 处，上式右端的傅里叶级数收敛于

$$\frac{1 + (-1)}{2} = 0$$

注 本例的 $f(x)$ 是奇函数，它的傅里叶展开式是正弦级数．

例2 设 $f(x)$ 是以 2π 为周期的函数，它在 $[-\pi,\ \pi)$ 上的表达式为

$$f(x) = \begin{cases} -x & (-\pi \leqslant x < 0) \\ x & (0 \leqslant x < \pi) \end{cases}$$

求 $f(x)$ 的傅里叶展开式．

解 所给函数 $f(x)$ 的图象如图 10-4 所示．

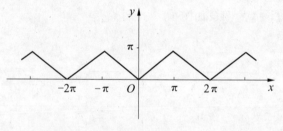

图 10-4

函数 $f(x)$ 在 $(-\infty,\ +\infty)$ 内处处连续，且为偶函数，其展开式应为余弦级数．故

$$b_n = \frac{1}{\pi}\int_{-\pi}^{\pi} f(x)\sin nx\,\mathrm{d}x = 0 \quad (n = 1,2,\cdots)$$

$$a_0 = \frac{2}{\pi}\int_{0}^{\pi} f(x)\,\mathrm{d}x = \frac{2}{\pi}\int_{0}^{\pi} x\,\mathrm{d}x = \pi$$

$$a_n = \frac{2}{\pi}\int_{0}^{\pi} f(x)\cos nx\,\mathrm{d}x = \frac{2}{\pi}\int_{0}^{\pi} x\cos nx\,\mathrm{d}x$$

$$= \frac{2}{n\pi}\left(x\sin nx\,\Big|_{0}^{\pi} - \int_{0}^{\pi}\sin nx\,\mathrm{d}x\right)$$

$$= \frac{2}{n\pi}\left(0 + \frac{1}{n}\cos nx\,\Big|_{0}^{\pi}\right) = \frac{2}{n^2\pi}(\cos n\pi - 1)$$

$$= \frac{2}{n^2\pi}\left[(-1)^n - 1\right] = \begin{cases} -\dfrac{4}{n^2\pi} & (n = 1,3,\cdots) \\ 0 & (n = 2,4,\cdots) \end{cases}$$

所以，在区间$(-\infty，+\infty)$内，$f(x)$展开成的余弦级数为

$$f(x) = \frac{\pi}{2} - \frac{4}{\pi}\left[\cos x + \frac{1}{3^2}\cos 3x + \frac{1}{5^2}\cos 5x + \cdots + \frac{1}{(2n-1)^2}\cos(2n-1)x + \cdots\right]$$

例3 将函数

$$f(x) = \begin{cases} 0 & (-\pi \leqslant x < 0) \\ x & (0 \leqslant x \leqslant \pi) \end{cases}$$

展开成傅里叶级数.

解 函数$f(x)$定义在区间$[-\pi，\pi]$上，它不是周期函数. 但$f(x)$在$[-\pi，\pi]$上满足收敛定理的条件，只需将$f(x)$作周期延拓，使延拓产生的新函数$F(x)$在$[-\pi，\pi)$上的表达式为

$$F(x) = f(x) = \begin{cases} 0 & (-\pi \leqslant x < 0) \\ x & (0 \leqslant x < \pi) \end{cases}$$

并以2π为周期. 然后，将周期函数$F(x)$展开为傅里叶级数，再将x限制在$[-\pi，\pi]$上便得所求.

根据系数公式③，有

$$a_0 = \frac{1}{\pi}\int_{-\pi}^{\pi}f(x)\mathrm{d}x = \frac{1}{\pi}\int_0^{\pi}x\mathrm{d}x = \frac{\pi}{2}$$

$$a_n = \frac{1}{\pi}\int_{-\pi}^{\pi}f(x)\cos nx\mathrm{d}x = \frac{1}{\pi}\int_0^{\pi}x\cos nx\mathrm{d}x$$

$$= \frac{1}{n\pi}\left(x\sin nx\Big|_0^{\pi} - \int_0^{\pi}\sin nx\mathrm{d}x\right) = \frac{1}{n\pi}\left(0 + \frac{1}{n}\cos nx\Big|_0^{\pi}\right)$$

$$= \frac{1}{n^2\pi}(\cos n\pi - 1) = \frac{1}{n^2\pi}\left[(-1)^n - 1\right]$$

$$= \begin{cases} -\dfrac{2}{n^2\pi} & (n = 1,3,\cdots) \\ 0 & (n = 2,4,\cdots) \end{cases}$$

$$b_n = \frac{1}{\pi}\int_{-\pi}^{\pi}f(x)\sin nx\mathrm{d}x = \frac{1}{\pi}\int_0^{\pi}x\sin nx\mathrm{d}x$$

$$= \frac{1}{n\pi}\left(-x\cos nx\Big|_0^{\pi} + \int_0^{\pi}\cos nx\mathrm{d}x\right)$$

$$= \frac{1}{n\pi}\left(-\pi\cos n\pi + \frac{1}{n}\sin nx\Big|_0^{\pi}\right) = \frac{(-1)^{n+1}}{n}$$

因此，在区间$(-\pi，\pi)$内，$f(x)$的傅里叶展开式为

$$f(x) = \frac{\pi}{4} - \frac{2}{\pi}\left(\cos x + \frac{1}{3^2}\cos 3x + \frac{1}{5^2}\cos 5x + \cdots\right) +$$

$$\left(\sin x - \frac{1}{2}\sin 2x + \frac{1}{3}\sin 3x - \frac{1}{4}\sin 4x + \cdots\right)$$

当$x = \pm\pi$时，上式右边的傅里叶级数收敛于

$$\frac{f(-\pi+0) + f(\pi-0)}{2} = \frac{0+\pi}{2} = \frac{\pi}{2}$$

二、定义在$[0,\pi]$上的函数展开成正弦级数或余弦级数

由前面的讨论可知，若以2π为周期的函数$f(x)$是奇函数，则其傅里叶级数是正弦级数；若以2π为周期的函数$f(x)$是偶函数，则其傅里叶级数是余弦级数. 因此，如果给定的函数$f(x)$只在$[0,\pi]$上有定义，则可在区间$[-\pi,0)$上补充函数定义，使产生的新函数$F(x)$是$[-\pi,\pi]$上的奇函数（称**奇延拓**）或者为偶函数（称**偶延拓**），并以2π为周期进行延拓. 然后，将$F(x)$展开成指定的正弦级数或余弦级数，再将x限制在$[0,\pi]$上考察，便得所求.

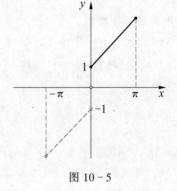

图 10 - 5

例4 将函数$f(x)=x+1$ $(0\leqslant x\leqslant\pi)$分别展开成正弦级数和余弦级数.

解 （1）先把$f(x)$展开成正弦级数. 为此，对$f(x)$作奇延拓，如图$10-5$所示. 则

$$a_n = 0 \quad (n = 0,1,2,\cdots)$$

$$b_n = \frac{2}{\pi}\int_0^\pi f(x)\sin nx\,dx$$

$$= \frac{2}{\pi}\int_0^\pi (x+1)\sin nx\,dx$$

$$= \frac{2}{\pi}\left[-\frac{(x+1)\cos nx}{n} + \frac{\sin nx}{n^2}\right]_0^\pi$$

$$= \frac{2}{n\pi}[1-(-1)^n(\pi+1)] \quad (n = 1,2,\cdots)$$

由此得$f(x)$的正弦展开式为

$$x+1 = \frac{2}{\pi}\sum_{n=1}^\infty \frac{1-(-1)^n(\pi+1)}{n}\sin nx \quad (0 < x < \pi)$$

（2）再把$f(x)$展开成余弦级数. 为此，对$f(x)$作偶延拓，如图$10-6$所示. 则

$$b_n = 0 \quad (n = 1,2,\cdots)$$

$$a_0 = \frac{2}{\pi}\int_0^\pi (x+1)dx = \frac{2}{\pi}\left[\frac{x^2}{2}+x\right]_0^\pi = \pi+2$$

$$a_n = \frac{2}{\pi}\int_0^\pi f(x)\cos nx\,dx$$

$$= \frac{2}{\pi}\int_0^\pi (x+1)\cos nx\,dx$$

$$= \frac{2}{\pi}\left[\frac{(x+1)\sin nx}{n} + \frac{\cos nx}{n^2}\right]_0^\pi$$

$$= \begin{cases} -\dfrac{4}{n^2\pi} & (n = 1,3,\cdots) \\ 0 & (n = 2,4,\cdots) \end{cases}$$

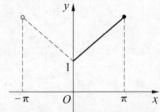

图 10 - 6

所以 $f(x)$ 的余弦展开式为

$$x + 1 = \frac{\pi + 2}{2} - \frac{4}{\pi}\sum_{n=1}^{\infty}\frac{1}{(2n-1)}\cos(2n-1)x \quad (0 \leqslant x \leqslant \pi)$$

三、把以 $2l$ 为周期的函数展开成三角级数

设 $f(x)$ 是以 $2l$ $(l > 0)$ 为周期的函数，作变量代换

$$x = \frac{2l}{2\pi}t = \frac{l}{\pi}t$$

则 $F(t) = f\left(\dfrac{l}{\pi}t\right)$ 便是以 2π 为周期的函数. 如果 $f(t)$ 在 $[-l, l]$ 上满足收敛定理的条件，则 $F(x)$ 在 $[-\pi, \pi]$ 上也满足收敛定理的条件. 根据收敛定理，可知 $F(t)$ 在连续点处的傅里叶展开式为

$$F(t) = \frac{a_0}{2} + \sum_{n=1}^{\infty}(a_n\cos nt + b_n\sin nt)$$

其中

$$a_n = \frac{1}{\pi}\int_{-\pi}^{\pi}F(t)\cos nt\,dt \quad (n = 0,1,2,\cdots)$$

$$b_n = \frac{1}{\pi}\int_{-\pi}^{\pi}F(t)\sin nt\,dt \quad (n = 1,2,\cdots)$$

应用定积分换元法，返回令 $t = \dfrac{\pi x}{l}$，代入上面展开式及系数公式，注意到 $F(t) = f\left(\dfrac{l}{\pi}t\right) = f(x)$，便得到 $f(x)$ 在连续点处的傅里叶展开式为

$$f(x) = \frac{a_0}{2} + \sum_{n=1}^{\infty}\left(a_n\cos\frac{n\pi x}{l} + b_n\sin\frac{n\pi x}{l}\right) \qquad ④$$

其中

$$a_n = \frac{1}{l}\int_{-l}^{l}f(x)\cos\frac{n\pi x}{l}dx \quad (n = 0,1,2,\cdots)$$

$$b_n = \frac{1}{l}\int_{-l}^{l}f(x)\sin\frac{n\pi x}{l}dx \quad (n = 1,2,\cdots)$$

$$⑤$$

而在 $f(x)$ 的间断点处，式④右端级数收敛于

$$\frac{f(x-0) + f(x+0)}{2}$$

特别地，如果 $f(x)$ 是定义在 $[-l, l]$ 上的奇函数，则 $f(x)$ 的展开式为正弦级数

$$\sum_{n=1}^{\infty}b_n\sin\frac{n\pi x}{l}$$

其中

$$b_n = \frac{2}{l}\int_{0}^{l}f(x)\sin\frac{n\pi x}{l}dx \quad (n = 1,2,\cdots)$$

如果 $f(x)$ 是定义在 $[-l, l]$ 上的偶函数, 则 $f(x)$ 的展开式为余弦级数

$$\frac{a_0}{2} + \sum_{n=1}^{\infty} a_n \cos \frac{n\pi x}{l}$$

其中

$$a_n = \frac{2}{l} \int_0^l f(x) \cos \frac{n\pi x}{l} \mathrm{d}x \quad (n = 0,1,2,\cdots)$$

若 $f(x)$ 定义在有限区间 $[-l, l]$ 上, 关于对 $f(x)$ 作周期延拓以及 $f(x)$ 只是定义在 $[0, l]$ 上, 如何对 $f(x)$ 作奇开拓或者偶开拓等问题, 都与 $f(x)$ 以 2π 为周期的其他情形类似, 不再一一重述.

例5 设 $f(x)$ 是以 4 为周期的函数, 它在 $[-2, 2)$ 上的表达式为

$$f(x) = \begin{cases} 0 & (-2 \leqslant x < 0) \\ 2 & (0 \leqslant x < 2) \end{cases}$$

试将 $f(x)$ 展开成傅里叶级数.

解 所给函数 $f(x)$ 的图象如图 10-7 所示.

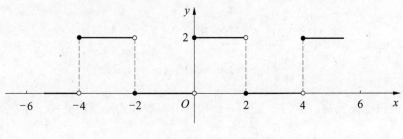

图 10-7

显然, $f(x)$ 满足收敛定理的条件, 根据系数公式⑤, 得

$$a_0 = \frac{1}{2} \int_{-2}^{2} f(x) \mathrm{d}x = \frac{1}{2} \int_{0}^{2} 2 \mathrm{d}x = 2$$

$$a_n = \frac{1}{2} \int_{-2}^{2} f(x) \cos \frac{n\pi x}{2} \mathrm{d}x = \frac{1}{2} \int_{0}^{2} 2 \cos \frac{n\pi x}{2} \mathrm{d}x$$

$$= \frac{2}{n\pi} \sin \frac{n\pi x}{2} \Big|_{0}^{2} = \frac{2}{n\pi} (\sin n\pi - 0) = 0 \quad (n = 1,2,\cdots)$$

$$b_n = \frac{1}{2} \int_{-2}^{2} f(x) \sin \frac{n\pi x}{2} \mathrm{d}x = \frac{1}{2} \int_{0}^{2} 2 \sin \frac{n\pi x}{2} \mathrm{d}x$$

$$= \frac{2}{n\pi} \left[-\cos \frac{n\pi x}{2} \right]_{0}^{2} = \frac{2}{n\pi} (1 - \cos n\pi)$$

$$= \frac{2}{n\pi} [1 - (-1)^n]$$

$$= \begin{cases} \dfrac{4}{n\pi} & (n = 1,3,\cdots) \\ 0 & (n = 2,4,\cdots) \end{cases}$$

因此，在连续点处 $f(x)$ 的傅里叶展开式为

$$f(x) = 1 + \frac{4}{\pi} \left(\sin\frac{\pi x}{2} + \frac{1}{3}\sin\frac{3\pi x}{2} + \frac{1}{5}\sin\frac{5\pi x}{2} + \cdots \right)$$

$$(-\infty < x < +\infty;\ x \neq 0,\ \pm 2,\ \pm 4,\ \cdots)$$

在 $f(x)$ 的间断点 $x = 0$，± 2，± 4，$\cdots$ 处，上式右端的傅里叶级数收敛于 $\frac{0+2}{2} = 1$.

例 6　将函数 $f(x) = 1 - x$ $(0 \leqslant x \leqslant 2)$ 展开成正弦级数.

解　按题意要求，应将 $f(x)$ 作奇延拓. 因此，有

$$a_n = 0 \quad (n = 0, 1, 2, \cdots)$$

$$b_n = \frac{2}{2}\int_0^2 f(x)\sin\frac{n\pi x}{2}\mathrm{d}x$$

$$= \int_0^2 (1 - x)\sin\frac{n\pi x}{2}\mathrm{d}x$$

$$= \left[\frac{2}{n\pi}(x - 1)\cos\frac{n\pi x}{2} - \frac{4}{n^2\pi^2}\sin\frac{n\pi x}{2} \right]_0^2$$

$$= \left(\frac{2}{n\pi}\cos n\pi - \frac{4}{n^2\pi^2}\sin n\pi \right) - \left(-\frac{2}{n\pi}\cos 0 - 0 \right)$$

$$= \frac{2}{n\pi}(1 + \cos n\pi)$$

$$= \frac{2}{n\pi}[1 + (-1)^n]$$

$$= \begin{cases} 0 & (n = 1, 3, \cdots) \\ \dfrac{4}{n\pi} & (n = 2, 4, \cdots) \end{cases}$$

从而得 $f(x)$ 的正弦展开式为

$$1 - x = \frac{4}{\pi}\left(\frac{1}{2}\sin\pi x + \frac{1}{4}\sin 2\pi x + \frac{1}{6}\sin 3\pi x + \cdots \right) \quad (0 < x < 2)$$

在 $x = 0$，2 处，上式右端的正弦级数收敛于 0，不等于 $f(0) = 1$ 或 $f(2) = -1$.

测试题（十）

一、单项选择题（20 分）

1. 级数 $\sum\limits_{n=1}^{\infty} \dfrac{1}{n(n+1)}$ 的前 9 项之和为 （   ）

   A. $\dfrac{1}{900}$ B. $\dfrac{2}{3}$ C. 0.9 D. 1

2. 设级数 $\sum\limits_{n=1}^{\infty} u_n$ 收敛，且 $u_n \neq 0$，则下列级数中收敛的是 （   ）

   A. $\sum\limits_{n=1}^{\infty}(u_n + 10)$ B. $\sum\limits_{n=5}^{\infty} u_n$ C. $\sum\limits_{n=1}^{\infty}\dfrac{1}{u_n}$ D. $\sum\limits_{n=1}^{\infty}\sin\dfrac{n\pi}{6}$

3. 下列条件中，能保证正项级数 $\sum\limits_{n=1}^{\infty} a_n$ 收敛的是 （   ）

   A. $a_n \leqslant \dfrac{1}{\sqrt{n}}$ B. $a_n \leqslant \dfrac{1}{n}$ C. $a_n \leqslant \dfrac{n}{\sqrt{n^5}}$ D. $a_n > \dfrac{1}{n}$

4. 设幂级数 $\sum\limits_{n=0}^{\infty} a_n x^n$ 在 $x=2$ 处收敛，则该级数在 $x=-1$ 处必定 （   ）

   A. 发散   B. 条件收敛   C. 绝对收敛   D. 敛散性不能确定

5. 若幂级数 $\sum\limits_{n=0}^{\infty} a_n x^n$ 的收敛半径为 3，则下列叙述正确的是 （   ）

   A. 该幂级数在 $x=4$ 处一定收敛

   B. 该幂级数在 $x=3$ 处一定发散

   C. 该幂级数在 $x=-2$ 处不一定收敛

   D. 该幂级数在 $x=-3$ 处不一定发散

二、填空题（20 分）

6. $\lim\limits_{n\to\infty}\left(8 + \dfrac{1}{2} + \dfrac{1}{3} + \cdots + \dfrac{1}{n}\right) = $ _____.

7. 级数 $\dfrac{1}{2} - \dfrac{3}{10} + \dfrac{1}{2^2} - \dfrac{3}{10^2} + \dfrac{1}{2^3} - \dfrac{3}{10^3} + \cdots$ 的和 $S = $ _____.

8. 设级数 $\sum\limits_{n=1}^{\infty} n^2\left(\dfrac{a}{3}\right)^n$ $(a>0)$ 收敛，则 a 的取值范围是 _____.

9. 幂级数 $\sum\limits_{n=1}^{\infty} \dfrac{x^n}{n\sqrt{n}}$ 的收敛半径 $R = $ _____.

10. 在 $|x| < 1$ 内，幂级数 $\sum\limits_{n=1}^{\infty} x^n$ 的和函数 $S(x) =$ _____.

三、计算题（40 分）

11. 判别级数 $\sum\limits_{n=1}^{\infty} \dfrac{1}{n(2n-1)}$ 的敛散性.

12. 判别级数 $\sum\limits_{n=1}^{\infty} \dfrac{n+1}{n(n+2)}$ 的敛散性.

13. 用比值审敛法，判别级数 $\sum\limits_{n=1}^{\infty} \dfrac{n^n}{a^n n!}$ $(a>0, a \neq e)$ 的敛散性.

14. 判别级数 $\sum\limits_{n=1}^{\infty} \dfrac{(-1)^{n+1}}{\sqrt{n}+n}$ 的敛散性. 如果它收敛，那么是绝对收敛还是条件收敛？

15. 求幂级数 $\sum\limits_{n=0}^{\infty} n\left(\dfrac{x}{2}\right)^n$ 的收敛半径、收敛区间及收敛域.

四、综合题（20 分）

16. 求幂级数 $\sum\limits_{n=0}^{\infty} \dfrac{n^2+1}{3^n}(x-2)^{2n}$ 的收敛区间.

17. 求幂级数 $\sum\limits_{n=1}^{\infty} n x^{n-1}$ 在收敛区间 $(-1,1)$ 内的和函数.

18. 将函数 $f(x) = \dfrac{1}{x-2}$ 展开成 x 的幂级数，并指出收敛区间.

测试题（十）答案

1. C

2. B

3. C

4. C

5. D

6. $+\infty$

7. $\dfrac{2}{3}$

8. $0 < a < 3$

9. $R = 1$

10. $\dfrac{x}{1-x}$

11. 收敛

12. 发散

13. $a > e$ 时，收敛；$0 < a < e$ 时，发散

14. 条件收敛

15. $R = 2$，收敛区间 $(-2, 2)$，收敛域 $(-2, 2)$

16. $(2-\sqrt{3},\ 2+\sqrt{3})$

17. $\dfrac{1}{(1-x)^2}$ $(-1 < x < 1)$

18. $-\sum\limits_{n=0}^{\infty} \dfrac{x^n}{2^{n+1}}$ $(-2 < x < 2)$